文学写作教程

（第二版）

琚静斋 著

图书在版编目(CIP)数据

文学写作教程/琚静斋著 . —2 版 . —北京：北京大学出版社，2018.10
ISBN 978-7-301-29910-4

Ⅰ.①文… Ⅱ.①琚… Ⅲ.①文学写作学—高等学校—教材 Ⅳ.①I04

中国版本图书馆 CIP 数据核字（2018）第 216929 号

书　　　　名	文学写作教程（第二版）
	WENXUE XIEZUO JIAOCHENG
著作责任者	琚静斋　著
责 任 编 辑	唐知涵
标 准 书 号	ISBN 978-7-301-29910-4
出 版 发 行	北京大学出版社
地　　　　址	北京市海淀区成府路 205 号　100871
网　　　　址	http://www.pup.cn　　　　新浪微博:@ 北京大学出版社
微信公众号	通识书苑（微信号：sartspku）　科学元典（微信号：kexueyuandian）
电 子 邮 箱	编辑部 jyzx@ pup.cn　　　　总编室 zpup@ pup.cn
电　　　　话	邮购部 010-62752015　发行部 010-62750672　编辑部 010-62753056
印 刷 者	河北滦县鑫华书刊印刷厂
经 销 者	新华书店
	730 毫米×980 毫米　16 开本　16.25 印张　300 千字
	2013 年 9 月第 1 版
	2018 年 10 月第 2 版　2024 年 5 月第 8 次印刷
定　　　　价	49.00 元

未经许可，不得以任何方式复制或抄袭本书之部分或全部内容。
版权所有，侵权必究
举报电话：010-62752024　电子邮箱：fd@pup.pku.edu.cn
图书如有印装质量问题，请与出版部联系，电话：010-62756370

第二版前言

《文学写作教程》是我在中央民族大学所开设的选修课课程讲义的基础上加工整理而成的,2013年由北京大学出版社正式出版,目前作为全校本科生公共选修课程的必备教材使用。

我多年来坚持业余写作,积累了比较丰富的文学写作经验,本书在很大程度上融入了我对文学写作的深切体悟。同时,作为一名在三尺讲台上站了多年的教书匠,我也深知"实用"是教材最基本的要求,我高度警惕时下某些同类教材的"求新求突破"(其实很不切实际,很多内容并非讲文学写作本身,而是兜文学创作理念的圈子),还是老老实实地尊重文学写作内在的普遍规律,援引大量的文学实例来讲文学写作技巧,尽可能通俗明晰地告诉大家如何写出(思想)情感性和艺术性都像样的作品,竭力使本书既通俗易懂,又不失专业水准,还能有效地帮助学习者提升文学写作水平。

本书自出版以来,得到了广大读者的厚爱,这使我很受鼓舞!也有读者在肯定本书通俗易懂、实用有效的同时,对内容编排提出一点异议,认为诗歌、小说、文学剧本和散文四个单元在篇幅上不均衡:全书一共十五章,小说单元就占据了七章,几近占了全书的一半篇幅,诗歌和文学剧本各为三章,散文是最少的,只有两章。针对这种异议,我想有必要在此做点解释,也算是对厚爱本书的读者一个小小的交代。

我从中学开始涉足文学写作,最初写诗歌,写自由诗,后来也仿古典诗词,兴趣盎然地"为赋新词强说愁",写所谓的旧体诗词(也发表过一些,但终究不堪自己矫揉造作——有虚情假意之嫌,也就断然不再去"高仿"了);也写散文,还尝试着写过剧本,但觉得最有意思,也最让我上瘾的还是写小说。

就个人的写作体验而言,在我所写过的文体当中,小说给我的感受最为深切,觉得小说这种玩意儿"水"最深。它大概算得上是常见文学体裁中最具包容性、最具艺术张力的文字语言艺术。但凡客观世界各种纷繁多样的人事景物,主观世界的各种复杂多变的思想情感——只要是作者想要表达的,都可以毫无障碍地囊括到"小说"这个巨型大箩筐里。至于小说的写作笔法,同样是"自由开放"的,不独是传统古典小说的那些笔法,写作者可以根据自己表达的需要,将散文的笔法、诗歌的笔法甚至戏剧的笔法借来用一用,写成所谓的"散文化小说""诗化小说"或"戏剧化小说",甚至在一篇之中

(特别是大部头的长篇小说),直接楔入某篇散文、某首诗或某一部剧,都是无可厚非的。

简单说来,小说在内容上可以包罗万象,叙述技巧花样翻新,表现手法灵活多变,这些都使小说比其他文学样式更富有魅力。有鉴于此,我在本书内容的编排上,自然而然地偏重于小说,意在让读者对小说这种文体写作有更深入一点的了解。当然,这其间也不排除我对小说偏爱的私心。敬希读者能对本书编排格局的不均衡予以理解与体谅!

本次再版做了些校改工作,如订正个别字词的讹误,校改少数用得欠妥的标点,更换个别实例。尽管本人竭力想使本书得到进一步完善,但终因水平有限,不尽如人意之处恐在所难免,恳请广大读者再次不吝批评指正。

本书除了适合高等院校文科专业(尤其是文学专业的学生)作为教材使用,也可作为中学生文学社团课外阅读书籍使用,此外,还可供社会上的文学爱好者自学之用。

感谢北京大学出版社给予本书再版的机会。在本书的编辑、审订、付梓过程中,责编唐知涵老师尽心尽责,费心很多,在此衷心致谢!

作者

2018 年 8 月 3 日于北京

前　言

很多同学都喜欢文学,不但爱读,而且希望自己也能写。为了帮助同学们提高文学写作水平,我写了这本《文学写作教程》。

本书在风格上不标新立异,内容上不贪多求全,在众多文学样式(体裁)中选取常见的四种作为四个单元,即"诗歌篇""小说篇""文学剧本篇"和"散文篇"。每一单元包括知识概述和写作实践两方面内容,前者简概,后者详述(小说写作讲得尤为详尽)。每章后附录相关的推荐阅读书目(供大家选用)以及写作练习。

下面,我想就写作方面的一些问题跟各位同学谈一谈,也许对大家(尤其是有志于文学写作的同学)有所裨益。

首先,我想跟大家简要谈谈写作与天赋的问题。

虽然每个人天生并不是就会写作的,但写作的潜质每个人应该都有,只不过有的人多一些,有的人少一些而已。而这种潜质并不能自动迸发,往往需要通过后天的不断开发培养,才能发挥出来。有人以为写作需要技巧,这不假,但不能单凭技巧,写作的功夫其实更多的是在写作之外。宋代文学家苏辙在《上枢密韩太尉书》一文中说过:"辙生好为文,思之至深,以为文者气之所形;然文不可以学而能,气可以养而致。"苏辙认为,文章是作者品格、气质等精神状态的表现,虽然文章不是学一下就能学得好,但作者的品格、气质却是可以培养的,它来源于作家的生活阅历和身心修养。苏辙的看法很有道理。作家的品格、气质的确对其创作有很大影响。一个人要想成为有成就的作家,必须加强自身的修养。

接下来,我想谈的是写作者应该具备的素质(条件)问题。

在今天的网络时代,借助于网络平台,写作变得大众化了,人人可以成为"写手"。如此说来,对写作者的要求是不是就可以降低呢？回答是否定的。不论是纯文学写作,还是网络写作,要想写出精品佳作,都应该具备一些基本的素质(条件),比如以下几点。

其一,要热爱文学,培养对文学浓厚的兴趣。这是个前提。因为兴趣是最好的老师,有了浓厚的兴趣,就会自觉地到文学世界去追求,去寻找自己的精神依托。倘若没有兴趣,勉强为之,感到枯燥不说,也不会有什么所得。

其二,要热爱生活,热爱人生。文学的源泉是现实生活,是复杂人生。如果一个人对生活不热爱,对人生抱消极态度,想指望他写出像样的作品,那是不大可能的。一个想搞写作的人,应该积极投身生活,广泛接触社会,了解社会上各种各样的人事,增加自己的生活阅历,要做生活的有心人,细致入微地体察社会,尤其要学会体察带有普遍意义的世情物理。

其三,要广泛阅读。可以说,写作是从阅读开始的。所有的作者都是从读者中来的。倘若一个人不阅读,就能自觉成为写作好手,那是断然不可想象的。写作其实是一项并不简单的差事,它需要灵感,需要才情,需要博识。而这些主要来自于读书。关于读书的益处,英国学者培根(Bacon)在《谈读书》中说得很清楚:"读书之用有三:一为怡神旷心,二为增趣添雅,三为长才益智。"(曹明伦译)这里所说的读书,并不仅限于读那种文学名著,书不妨读杂一点,大凡古今中外各种文史哲之类的经典佳作、自然科学与社会科学方面的经典著作,都可以拿来读一读,从中汲取有益的养料。

其四,要有良知,有社会责任感。我们都知道,文学的本质是人学。写作者必须有悲天悯人的情怀,关心社会的进步和民众的生活。如果一个写作者缺乏社会良知和责任感,仅仅受利益的驱动而写作,他不可能写出有价值的作品,充其量制造一些文字垃圾,这些垃圾迟早被扫进文化的垃圾箱里。

其五,要勤于练笔。如果将文学比作一片园子,这片园子是需要耕耘的,而且要勤耕不已才行。即便写作方面有一定天分,也要不断努力。如果放弃努力,文学这片园子会逐渐荒芜的。大家都知道"江郎才尽"这个成语故事。南朝的江淹年少时以文才著称,晚年诗文写得不佳,人们都说他才尽了。江郎为什么才尽呢?真正追究起来,江郎写不出佳作,其实并不是他的才思枯竭,而是他没有努力的结果。他早年仕途不顺,潜心写作,写出不少传世作品;而中年之后他官运亨通,整日混迹于官场,忙于政务,无心再眷顾诗文,更谈不上在诗文上下苦功了,当然也就写不出好作品。我们现在有不少作家,成名之后反倒少有佳作问世,也是因为他们不再像成名前那样努力。一个作家是要靠作品说话,靠作品立足的。如果一个作家不努力创作出好作品,迟早会被读者遗忘。

其六,要有平常心。为什么要提这个呢?文学的道路充满艰辛。选择文学写作,就等于选择了艰辛。在这条路上,可能会遇到意想不到的挫折和不顺,比如辛辛苦苦写出来的作品却得不到别人的认可。这个时候,保持一颗平常心显得尤其重要,不要因为一时的不顺而气馁。很多知名作家都有作品得不到别人认可(多次被退稿)的经历。他们的成功就在于坚持,坚持,再坚持。作为一个有过写作体验的人,我觉得在这里有必要提醒大家,搞文学写作,不要急功近利,不要一味地想成名成家。名或家不是你想成就能成得了的,而是功到自然成的事。有一句老话,"有耕耘就有收获",我们应该注重耕耘,辛苦耕耘了,又耕耘得恰当,收获是自然而然的。

另外,还要耐得住孤独、寂寞。有人说,写作是孤独人干的事。这话也不无道理。

这世间有两种孤独:一种是外在寂寥环境带给人的孤独;另一种是内在的孤独,来自心灵、精神方面的孤独。前一种孤独比较容易消除,到热闹的地方去散散心,或找朋友聊聊天,也就不会感到孤独了。后一种孤独并不是轻易就能打发得掉的。就算在都市的闹区,身处摩肩接踵的人流中,甚至手还被同伴牵着,但难以名状的失落感、孤独感依然存在。这就是典型的精神孤独。精神孤独不是坏事,它可以驱使你去思考更多的人生问题和社会问题。孤独的精神世界其实是很丰富的。著名诗人艾青在《诗论》一书中谈到自己为什么写诗时说:"我很孤独。而我的心却被更丰富的世界惊醒了。我对生活,对人世都很倔强地思考着,紧随着我的思考,我在我的画本和速记簿上记下我的生活的警句——这些警句,产生于一个纯真的灵魂之对于世界提出责难的时候,应该是最纯真的诗的语言。"很多作家都有这种孤独情结。对他们来说,写作并不只为获取稿费,更主要的是满足他们的精神需要,慰藉他们孤独的魂灵,他们将写作当作毕生的事业来对待。法国著名女作家杜拉斯(Duras)说她常常感到孤独,她驱逐孤独的方式就是写作。她的人生因写作而生动。在她的随笔集子《写作》中,她就不止一次谈到这方面的问题:"写作,那是我生命中唯一存在的事,它让我的生命充满乐趣。我这样做了,始终没有停止过写作。"(曹德明译)

简而言之,如果立志写作,就应该做一个真正的写作者。真正的写作,能使人充实,能使人苦中寻乐,能出精品。

目　录

诗　歌　篇

第一章　诗歌概述 ……………………………………………………… 3
　第一节　诗歌的要义及其特性 ……………………………………… 4
　　一、诗歌的要义 …………………………………………………… 4
　　二、诗歌的基本特性 ……………………………………………… 5
　第二节　诗歌的意象与意境 ………………………………………… 11
　　一、意象 …………………………………………………………… 11
　　二、意境 …………………………………………………………… 15
　第三节　诗歌的主要种类 …………………………………………… 16
　　一、按诗歌表达方式分类 ………………………………………… 16
　　二、按诗歌语言的音韵格律和结构形式分类 …………………… 19

第二章　诗歌的构句谋篇 …………………………………………… 23
　第一节　诗歌的感觉与诗歌的立意 ………………………………… 24
　　一、关于诗歌的感觉 ……………………………………………… 24
　　二、诗歌的立意 …………………………………………………… 25
　第二节　诗歌的选材 ………………………………………………… 29
　　一、关于题材与素材 ……………………………………………… 29
　　二、对选材的要求 ………………………………………………… 29
　第三节　诗歌的布局与标题 ………………………………………… 31
　　一、诗歌的布局 …………………………………………………… 31
　　二、诗歌的标题 …………………………………………………… 37

第三章　诗歌的技艺磨砺 …………………………………………… 42
　第一节　发挥想象 …………………………………………………… 43
　　一、诗歌写作需要想象 …………………………………………… 43
　　二、如何在诗歌写作中充分发挥想象 …………………………… 45
　第二节　以情动人 …………………………………………………… 47
　　一、感情要真 ……………………………………………………… 48
　　二、抒发感情要注意"度" ………………………………………… 49

第三节　巧用修辞 ·· 50
　　一、比喻 ·· 50
　　二、比拟 ·· 53
　　三、对偶 ·· 54
　　四、排比 ·· 55
　　五、夸张 ·· 57
　　六、借代 ·· 57
　　七、象征 ·· 58
　　八、移情 ·· 60
第四节　练字练句 ·· 62
　　一、重视字句锤炼 ··· 62
　　二、重视诗歌修改 ··· 62

小　说　篇

第四章　小说概述 ·· 67
第一节　"小说"的观念及小说的要义 ·················· 68
　　一、关于"小说"的观念 ···································· 68
　　二、小说的要义 ·· 69
第二节　小说的主要特征 ·· 70
　　一、形象性 ··· 70
　　二、叙事性 ··· 71
　　三、细节性 ··· 72
　　四、背景性 ··· 73
　　五、包容性 ··· 73
第三节　小说的主要种类 ·· 74
　　一、按篇幅长短分类 ·· 74
　　二、按表现内容分类 ·· 75
　　三、按体制分类 ·· 77
　　四、按创作理念分类 ·· 77
　　五、按传播媒介分类 ·· 78
　　六、按艺术形态分类 ·· 78
第五章　小说的人物塑造 ·· 80
第一节　写好人物的必要准备 ································· 81

一、要做到心中有"人物" …………………………………… 81
　　二、要有真切的生活感受 …………………………………… 83
  第二节　写好人物的基本原则 ……………………………………… 85
　　一、遵循生活逻辑 …………………………………………… 85
　　二、合乎人性 ………………………………………………… 86
  第三节　掌握基本的写人技巧 ……………………………………… 88
　　一、运用"凸现法"写人 ……………………………………… 89
　　二、运用"微雕法"写人 ……………………………………… 89

第六章　小说的情节设置 ……………………………………………… 92
  第一节　小说情节及其基本要求 …………………………………… 93
　　一、关于小说情节 …………………………………………… 93
　　二、小说情节真实性 ………………………………………… 94
　　三、小说情节生动性 ………………………………………… 96
　　四、小说情节典型性 ………………………………………… 98
　　五、细节描写：使情节生动传神的有力手段 ……………… 99
  第二节　小说情节的艺术设置 ……………………………………… 101
　　一、选材 ……………………………………………………… 102
　　二、布局 ……………………………………………………… 103

第七章　小说的环境营造 ……………………………………………… 107
  第一节　环境描写在小说中的作用 ………………………………… 108
　　一、有助于塑造人物性格（暗示人物的命运） …………… 108
　　二、渲染气氛 ………………………………………………… 109
　　三、能有力地推动情节发展 ………………………………… 111
　　四、表现个人的情绪（心态） ……………………………… 112
　　五、能展示独特的地域风情 ………………………………… 113
　　六、暗示作品主题 …………………………………………… 114
　　七、能避实就虚（产生"距离"美） ……………………… 115
  第二节　营造小说环境应注意的几个问题 ………………………… 116
　　一、环境描写必须为表现人物服务 ………………………… 116
　　二、要写出环境本身所具有的特征 ………………………… 117
　　三、环境描写要精细 ………………………………………… 118
　　四、环境描写要配合好小说的叙述力度 …………………… 119

第八章　小说的叙述艺术 ……………………………………………… 121
  第一节　小说的叙述类型 …………………………………………… 122

一、顺叙 …………………………………………………………… 122
　　　二、倒叙 …………………………………………………………… 123
　　　三、插叙 …………………………………………………………… 124
　　　四、补叙 …………………………………………………………… 124
　　　五、平叙 …………………………………………………………… 125
　第二节　小说的叙述角度 ……………………………………………… 125
　　　一、第一人称叙述角度 …………………………………………… 126
　　　二、第三人称叙述视角 …………………………………………… 129
　　　三、视角的转换与多视角 ………………………………………… 132
　第三节　小说的叙述技巧 ……………………………………………… 133
　　　一、"叙述圈套" …………………………………………………… 133
　　　二、省略（或称"隐藏"） ………………………………………… 135

第九章　小说的语言构建 ………………………………………………… 138
　第一节　小说语言的基本要求 ………………………………………… 139
　　　一、准确 …………………………………………………………… 139
　　　二、简洁 …………………………………………………………… 139
　　　三、形象 …………………………………………………………… 140
　第二节　小说的叙述人语言 …………………………………………… 142
　　　一、小说的叙述人语言的大致要求 ……………………………… 142
　　　二、如何提高叙述人语言的艺术感染力 ………………………… 143
　第三节　小说的人物语言 ……………………………………………… 150
　　　一、人物语言的重要作用 ………………………………………… 150
　　　二、人物语言的基本要求 ………………………………………… 151

第十章　微型小说的写作艺术 …………………………………………… 156
　第一节　微型小说及其选材 …………………………………………… 157
　　　一、关于微型小说 ………………………………………………… 157
　　　二、微型小说的题材掘取 ………………………………………… 158
　第二节　微型小说的结构经营 ………………………………………… 161
　　　一、切片式结构 …………………………………………………… 161
　　　二、串珠式结构 …………………………………………………… 162
　第三节　微型小说的叙述视角与"取巧"艺术 ……………………… 164
　　　一、微型小说的视角选择 ………………………………………… 164
　　　二、微型小说的"凤头豹尾" …………………………………… 166
　第四节　微型小说的人物刻画与环境描写 …………………………… 167

  一、刻画出人物的精魂 …………………………………………………… 167
  二、"淡抹"与"浓染" ……………………………………………………… 169

文学剧本篇

第十一章　文学剧本概述 ………………………………………………… 175
第一节　文学剧本的要义 …………………………………………… 176
  一、台词 …………………………………………………………… 176
  二、动作与场景 …………………………………………………… 178
第二节　文学剧本的基本特征 ……………………………………… 180
  一、具有"可视性"和画面感 ……………………………………… 180
  二、塑造人物和推动情节发展主要靠台词和动作 ……………… 181
  三、重视表现矛盾冲突 …………………………………………… 183
  四、艺术追求上要实现严肃性与通俗性的统一 ………………… 184
第三节　文学剧本的主要种类 ……………………………………… 185
  一、按表现内容分类 ……………………………………………… 185
  二、按表现形式分类 ……………………………………………… 186

第十二章　文学剧本的人物塑造与结构安排 …………………………… 193
第一节　文学剧本的人物塑造 ……………………………………… 194
  一、要最大限度地利用对白来塑造人物 ………………………… 194
  二、要善于通过矛盾冲突来表现人物 …………………………… 197
第二节　文学剧本的结构安排 ……………………………………… 199
  一、剧本结构必须完整、统一 …………………………………… 199
  二、安排剧本结构必须遵从的原则 ……………………………… 201

第十三章　影视文学剧本的改编
  ——如何将小说改编为影视剧本 ………………………………… 208
第一节　影视剧本的改编及其前提条件 …………………………… 209
  一、关于影视剧本的改编 ………………………………………… 209
  二、影视改编的前提条件 ………………………………………… 210
第二节　改编影视剧本的基本原则 ………………………………… 211
  一、改编务必围绕主题进行 ……………………………………… 211
  二、重视搭建矛盾、对立的人物关系网 ………………………… 212
第三节　改编影视剧本应注意的问题 ……………………………… 213
  一、剧中人物要到位 ……………………………………………… 214

二、剧情要合乎情理 …………………………………………………… 214
　　三、要充分体现影视的可视性（荧屏化）特点 ……………………… 215

散 文 篇

第十四章　散文概述 ………………………………………………………… 221
　第一节　散文的要义及其特征 …………………………………………… 222
　　一、"广" ……………………………………………………………… 222
　　二、"散" ……………………………………………………………… 222
　　三、"真" ……………………………………………………………… 223
　　四、"美" ……………………………………………………………… 224
　第二节　散文的主要种类 ………………………………………………… 228
　　一、叙事散文 ………………………………………………………… 228
　　二、写景散文 ………………………………………………………… 229
　　三、抒情散文 ………………………………………………………… 229
　　四、议论（哲理）散文 ………………………………………………… 230

第十五章　散文写作 ………………………………………………………… 231
　第一节　善于捕捉"闪光点" ……………………………………………… 232
　第二节　选材务真实 ……………………………………………………… 236
　第三节　如何"串珠" ……………………………………………………… 237
　　一、线索 ……………………………………………………………… 237
　　二、开头与结尾 ……………………………………………………… 238
　　三、留白 ……………………………………………………………… 240

主要参考书目 ………………………………………………………………… 242

诗 歌 篇

第一章

诗歌概述

>>>

> 诗歌的要义及其特性
> 诗歌的意象与意境
> 诗歌的主要种类

第一节　诗歌的要义及其特性

一、诗歌的要义

诗歌,简称诗,是一种独立的文学样式,较之于散文、小说、戏剧等其他文学样式,诗歌是最早出现的。

有关诗歌的定义,历来有各种不同的看法。

南朝文论家刘勰曾经对诗歌有这样一段界说:"大舜云:'诗言志,歌永言。'圣谟所析,义已明矣。是以在心为志,发言为诗,舒文载实,其在兹乎?诗者,持也,持人情性;三百之蔽,义归无邪,持之为训,有符焉尔。"①刘勰引大舜和孔子等人的话来阐述他的看法:诗是用来言志抒情的。

刘勰着重于诗歌的内涵来给诗歌下定义,古代也有诗人从内涵与形式两方面来定义诗,譬如唐代诗人白居易,他曾在《与元九书》中以果木生长为喻来定义诗:"根情、苗言、华声、实义。"②在他看来,所谓诗,感情是它的根,语言是它的苗,声律是它的花,内涵是它的果实。白居易注意到诗歌各要素之间密不可分。与刘勰一样,他也很重视诗歌内涵,认为内涵是最主要的。如果一首诗,其内涵空泛,它的语言和声律再华美,也不过如无实之花,徒有外表而起不到感人的实际效果。

现代人对诗歌的定义比古人更为具体。如我国现代诗人何其芳认为:"诗是一种最集中地反映社会生活的文学样式,它饱和着丰富的想象和感情,常常以直接抒情的方式来表现,而且在精炼与和谐的程度上,特别是在节奏的鲜明上,它的语言有别于散文的语言。"③

大凡称得上诗歌的文学作品,在内涵和形式两方面都要符合一定的要求。诗歌的内涵必须很丰富,能高度集中地反映生活,真切生动地抒发情感。诗歌的形式应做到以下几点:其一,语言凝练隽永,不可拖沓;其二,结构富有跳跃性,而且采用分行形式;其三,声律讲究一定节奏(至少读起来能朗朗上口)。

综合以上所说,我们可以给诗歌下这样的定义:所谓诗歌,是一种通过跳跃性的结构以及凝练、富有韵律的语言,高度浓缩地反映社会生活,抒发情感的文

---

① 周振甫.文心雕龙注释[M].北京:人民文学出版社,1981:48.
② 赵则诚,张连弟,毕万忱.中国古代文学理论辞典[M].长春:吉林文史出版社,1985:490.
③ 何其芳.关于写诗和读诗[M]//蓝棣之,龚远会.何其芳作品新编.北京:人民文学出版社,2010:308.

字语言艺术。需要指出的是,我国传统诗词曲都属于诗歌范畴。

二、诗歌的基本特性

大致说来,诗歌必须具备以下几个基本特性:形象性、凝练性、跳跃性和音乐性。

1. 形象性

所谓诗歌的形象性,是指诗歌在表达方面具体、生动,形象可感。诗人写诗的主要目的在于抒情言志,诗歌抒发的思想情感往往比较抽象,一般不易把握和理解。诗歌创作的一个基本要求,就是要想方设法地让这种抽象的思想情感为读者所理解和接受,这就需要变抽象为具象。所谓具象,就是指能为人所感知的具体、生动的形象。在诗歌创作中,用来表达抽象情感的具象(或称意象),除了要求具体、生动外,还要求自然、恰切。

以写愁为例。愁是一种很抽象的情感。怎样将抽象的愁写得具体、生动呢?这就需要寻找一些具体、生动而又恰切的形象来表现。古典诗词在这方面给我们提供了很好的借鉴。下面这些皆是写愁的名句:

> 例1 问君能有几多愁?恰似一江春水向东流。
> ——(南唐)李煜《虞美人》(春花秋月何时了)
> 例2 试问闲愁都几许?一川烟草,满城风絮,梅子黄时雨。
> ——(北宋)贺铸《青玉案》(凌波不过横塘路)
> 例3 闻说双溪春尚好,也拟泛轻舟。只恐双溪舴艋舟,载不动,许多愁。
> ——(南宋)李清照《武陵春》(风住尘香花已尽)

先看例1。

李煜以问答的方式,巧妙地写出愁情:问君到底有多少愁?这愁啊,就像那满江春水滔滔向东流。这其间包含着李煜深沉的身世之感。李煜是南唐后主,他即位时(公元961年),南唐已处于风雨飘摇的危势,被迫对北宋朝贡,暂且偏安一隅。公元975年,南唐被北宋所灭,李煜被俘到北宋都城汴京,北宋皇帝给他戴了一顶令他备感耻辱的"违命侯"的帽子,他曾经所拥有的一切都失去了,过着没有自由、没有尊严、望不见天日的囚徒生活。他对故国充满无限眷恋,对亡国感到无比悔恨。国破家亡带给他的那种复杂感受最后都归为一个"愁"字,愁何其多,何其深,没完没了。李煜以水来比喻他没完没了的深愁。我们都知道,水是具体可感的,江水东流,绵延不断,——这是一幅大家都熟悉的自然图景,而李煜借大家所熟悉的绵延不断的江水,来表达他没有穷尽的愁苦,贴切、形象、生动。

李煜以水喻愁的表现手法对后世影响比较大。北宋秦观的《江城子》一词中就有"便作春江都是泪,流不尽,许多愁"之句。较之李后主采用明喻,以水之多来比愁之多,秦观则采用暗喻,谓"春江都是泪",这样,愁就被高度形象化了,满江的水流不尽,愁便也流不尽。

再看例2和例3。

贺铸写愁的手法跟李煜差不多,也采用问答的方式。不过,与李煜写深切的悲愁有点不同,贺铸写的是淡淡的闲愁,他还有意省略比喻词,一连串用了三个喻体:"一川烟草""满城风絮""梅子黄时雨"。这几句大意是:试问闲愁都有多少呢?像那满地如烟般迷蒙的芳草,还像那满城随风曼舞的柳絮,又像那黄梅时节的连绵雨。在贺铸的笔下,原本抽象的闲愁,通过博喻,就变得具体形象,充满韵味。"一川烟草",从平面来写愁之多;"满城风絮",从空间来喻写愁之广;"梅子黄时雨",则以连绵不断的雨来喻写愁之不绝。展现在读者面前的,是一幅充满诗情画意的烟雨迷蒙的江南暮春图。读者通过感受这幅春景图,能体味词人那种迷茫、忧伤的情感状态,也是饶有滋味的。贺铸也因为这几句而名动文坛,人们赠其"贺梅子"的雅称。

李清照笔下的愁别具一格,所谓"只恐双溪舴艋舟,载不动,许多愁"。同李煜相似,李清照前半生过着比较安逸比较诗意的生活,后半生遭遇惨痛的人生经历。公元1127年,北宋都城汴京被金攻破,徽宗、钦宗父子成了金的俘虏,北宋灭亡。赵构(南宋高宗)南逃。李清照跟丈夫赵明诚也颠沛流离,流落江南,饱尝乱世的酸楚。后赵明诚又不幸病逝。李清照经历了国破、家亡、丧夫之痛,孤苦无依,悲愁无度。她即便想去泛舟一游散散心,却又怕小舟太轻,不能承载她太多太深的愁。"愁"这种原本没有形体、没有重量的抽象感情,就被拟比成了一种很重的东西。这种写法较之李煜和贺铸的设喻,其造语更新奇,感情也更见深切沉重。

2.凝练性

所谓诗歌的凝练性,就是用尽可能少的语言表现丰富的生活内容和情感内容。

举凡文学都是语言的艺术,而诗歌对于语言的要求尤其严格。诗歌的语言必须精练,含蓄,生动。这就要求诗人要善于驾驭语言,锤炼字句,力求言简意丰。

我国古典诗歌很注重含蓄凝练。作为我国古代文学的光辉起点的《诗经》就堪称这方面的典范,它开创了我国以抒情言志为主的现实主义传统,它的篇章都是以有限的诗行来高度浓缩地反映社会生活,表达思想感情。下面以《魏风·硕鼠》为例,略作简析。

> 硕鼠硕鼠,无食我黍。三岁贯女,莫我肯顾。
> 逝将去女,适彼乐土。乐土乐土,爰得我所!
>
> 硕鼠硕鼠,无食我麦。三岁贯女,莫我肯德。
> 逝将去女,适彼乐国。乐国乐国,爰得我直!
>
> 硕鼠硕鼠,无食我苗。三岁贯女,莫我肯劳。
> 逝将去女,适彼乐郊。乐郊乐郊,谁之永号![1]

《硕鼠》一诗用语凝练,反映的内容却很丰富,它反映了奴隶们在残酷的奴隶制度下的苦难生活以及他们痛苦、愤慨而又无奈的情感。诗歌以奴隶的口吻,将奴隶主比喻为贪得无厌的大老鼠,控诉奴隶主阶级无休止的盘剥。该诗也反映当时的社会状况:奴隶们成天劳作,备极辛苦,却得不到奴隶主丝毫体恤;而奴隶主却只顾一味索取、享乐,全然不顾奴隶们的死活,势必引起奴隶们的强烈不满。但身处下贱的奴隶们无力改变自己的苦况,只能寄希望于那种虚幻的"乐土","逝将去女,适彼乐土"——他们发自内心的呼喊痛苦而又无奈。

古典诗歌务凝练为要,现代诗歌也大体要求如此。比如戴望舒的《萧红墓畔口占》:

> 走六小时寂寞的长途,
> 到你头边放一束红山茶,
> 我等待着,长夜漫漫,
> 你却卧听着海涛闲话。[2]

这是戴望舒悼念文友萧红的短诗。萧红原名张乃莹,是我国现代文学史上一位富有才情的女作家,曾被誉为"20世纪30年代文学洛神"。她于1911年生于黑龙江呼兰河县,幼年丧母,19岁因抗婚逃离家庭,后来走上文学创作道路。萧红命运悲苦,饱受情感与疾病的折磨。1942年在香港凄然病逝,年仅31岁。

戴望舒的这首怀念萧红的悼亡诗写于日寇侵占香港时期。全诗只有四句,却蕴含丰富的情感内涵。一开篇,诗人就写"走六小时寂寞的长途",写出险恶时局下诗人自己行程的艰辛与内心的寂寞。接下来诗人献花祭奠,"到你头边放一束红山茶"。诗人不说"到你墓边",而是说"到你头边",显见他对文友萧红真挚的怀念。在他的眼里,萧红并没有死,不过是静静地躺在那里安歇。他献的红山茶热情似火,是萧红生前喜欢的花,也隐含一种理想和希望。"我等待着,长夜漫

---

[1] 诗经(上)[M].//刘毓庆,李蹊,译注.北京:中华书局,2011:276-277.
[2] 戴望舒.萧红墓畔口占[M]//陈洪.大学语文(第二版).北京:高等教育出版社,2009:255.

漫"是隐语,隐指被日寇侵占的香港暗无天日,诗人在漫漫"长夜"饱受磨难,内心的抑郁和痛苦难以抑制,他感觉活着实在太沉重了。而历经坎坷的好友萧红可以一了百了,与尘事无涉,静静地安眠在海边"卧听着海涛闲话"。诗人的感情很复杂,字里行间透露着自己的孤寂和无助,也透露着对人生终极问题的理性思考:逝去的终究是逝去了,活着的终究还要活着。

3. 跳跃性

诗歌在结构上最突出的特征就是跳跃性,这也是诗歌有别于散文、小说等其他体裁的特征之一。诗歌结构上的跳跃性,主要表现在句与句之间不是一以贯之,而是有一定跨度。这种跳跃多半在形象、动作、图景等之间进行,跳跃的各句间又有一定的内在联系。这种内在联系一般是通过遵循某些线索(如想象、情感、理性逻辑等线索)来实现的。

比如陆游著名的怀旧词《钗头凤》,在结构上就采用非常典型的跳跃式。我们来看它的上阕:

> 红酥手,黄縢酒,满城春色宫墙柳。东风恶,欢情薄,一怀愁绪,几年离索。错,错,错!①

这首哀怨缠绵的词是陆游在游沈园时邂逅前妻唐琬后所作(陆游跟唐琬原本感情笃深,却不幸被陆母强行拆散)。这首词各句之间的跳跃是遵循情感线索进行的。上阕开头三句写眼前所见:由"红酥手(代指唐琬)"跳到酒桌上的"黄縢酒",这是两个形象。然后又跳到"满城春色宫墙柳",这是图景。后五句写痛惜与怨恨:由"东风恶(一般认为'东风'隐指陆母)"跳到"欢情薄",即由母恶之因导致情薄之果。再接下来由"一怀愁绪"跳到"几年离索"再跳到"错,错,错",这是感觉之间的跳跃。上阕各句间的跳跃简单图示如下:

眼前所见:红酥手(形象)——→ 黄縢酒(形象)——→ 满城春色宫墙柳(图景)
痛惜与怨恨:东风恶(因)——→ (两人)欢情薄(果)——→ (个人)一怀愁绪(果)
  (遵循情感线索)

再看卞之琳的名作《断章》:

> 你站在桥上看风景,
> 看风景的人在楼上看你。
>
> 明月装饰了你的窗子,
> 你装饰了别人的梦。②

---

① 陆游.钗头凤[M]//黄岳洲,茅宗祥.宋金元文学卷.上海:汉语大词典出版社,2002:98.
② 卞之琳.断章[M]//姜诗元.三秋草.北京:华夏出版社,2008:70.

这首诗的跳跃性比较明显。每句诗都是一幅清朗的画面(图景),有点类似电影蒙太奇手法,一个镜头接着一个镜头出现。这种图景之间的跳跃,又有一个内在的理性逻辑线索,那就是社会中人和人之间相互平衡、相互关联而又相互制约的辩证关系。

4. 音乐性

在所有文学体裁中,诗歌是最讲究音乐性的。闻一多就曾经旗帜鲜明地倡导诗歌"三美",其中重要的一项就是"音乐美"。可以说,诗歌是一种音乐的艺术。诗歌的音乐性主要通过节奏、韵律等方面来体现。

(1)诗歌的节奏

诗句中长音与短音、强音与弱音有规则地变化,就能形成一定的节奏。要想诗歌具有节奏感,需要在诗句中适当安排停顿和调配声调。

怎样在诗句中安排停顿呢?首先需要了解诗句中的"意群"。所谓意群,主要是指一个稍长的句子分成的具有一定意义的若干个短语。诗歌的停顿是在意群之间进行的。一般来说,一首诗的各句停顿的次数大体差不多,就会形成节奏。

我国古代诗歌对于停顿的要求很严格,一般要求四言二顿、五言三顿、七言五顿。如唐代王维的五言绝句《相思》需要停顿三次:

红豆——生——南国,春来——发——几枝?
愿君——多——采撷,此物——最——相思。[1]

诗歌的声调又如何调配呢?我们都知道,语音变化较多,比如有高音有低音、有长音有短音等,语音有这些不同的变化,就能形成不同的音调。古汉语有平声与仄声之分,平声包括阴平、阳平,仄声包括上声、去声、入声。现代汉语将古汉语的入声归入去声,分为阴平、阳平、上声、去声四种音调。在诗中,如果有规则地安排平声与仄声,就能形成鲜明的节奏。比如唐代诗人卢纶的《塞下曲》[2]:

月黑雁飞高,单于夜遁逃。
(仄仄仄平平,平平仄仄平。)
欲将轻骑逐,大雪满弓刀。
(仄平平仄仄,仄仄平平平。)

(注:"黑""逐"等在古时为入声字,所以此处归于仄声。骑,读 jì,为去声字。)

(2)诗歌的韵律

汉语的每一个字音,包括两部分:声母和韵母。诗歌的韵,同汉字的韵母音

---

[1] 王维.相思[M]//唐诗一百首.上海:上海古籍出版社,1986:11.
[2] 卢纶.塞下曲[M]//唐诗一百首.上海:上海古籍出版社,1986:73.

有关。一个字的韵母,可以是单元音韵母,也可以是由两个或三个元音组成的复元音韵母。复元音韵母可分为韵头、韵腹和韵尾。其中"韵腹"是复元音韵母中发音最响亮、最清晰的元音,又称主元音。韵腹前的元音叫"韵头",韵腹后的元音称"韵尾"。韵头和韵尾的发音比较轻,也比较含混。

不同的字,如果它们的主元音和韵尾相同或相近,那么这些字就是同韵字。比如"高"(gāo)、"好"(hǎo)、"老"(lǎo)三个字,它们的韵母相同,是同韵字。又如"烟"(yān)、"船"(chuán)、"边"(biān)三个字,它们的韵母虽不完全一样,但由于它们的主元音和韵尾相同,所以也属于同韵字。

诗歌比较讲究韵律(又称押韵)。在一首诗中,某些句子(如上下句或隔句)的末一个字使用同韵字,诗歌的节奏感会增强,从而能达到和谐优美的声韵效果,这就做到了押韵。押韵的字多半放在句末,又叫韵脚。比如宋代诗人范仲淹的《江上渔者》:"江上往来人,但爱鲈鱼美。君看一叶舟,出没风波里。"这首诗的韵脚是"美"(měi)和"里"(lǐ),由于它押了韵,我们诵读起来,就感觉它很有节奏,音乐感比较强。

我国古典诗歌的押韵非常严格,必须依照《诗韵集成》《诗韵合璧》等韵书来押韵;并且押韵还有一些相应规定,比如律诗一般用平声韵,五律首句多数不要求押韵,七律首句多数又要求押韵。

现代自由诗押韵要求虽然不太严格,但也应该做到诵读谐和,能朗朗上口。我们来看袁可嘉的现代自由诗《沉钟》:

    让我沉默于时空,
    如古寺锈绿的洪钟;
    负驮三千载沉重,
    听窗外风雨匆匆;

    把波澜掷给高松,
    把无垠还诸苍穹;
    我是沉寂的洪钟,
    沉寂如蓝色凝冻;

    生命脱蒂于苦痛,
    苦痛任死寂煎烘;
    我是站定的旌旗,
    收容八方的野风![1]

---

[1] 袁可嘉.沉钟[M]//朱栋霖.中国现代文学作品选(第二卷).北京:高等教育出版社,2002:96.

《沉钟》每句的最后一个字（除了"旗"字外）都是同韵字，所以韵律和谐、优美，读来有一种强烈的音乐美感。

诗歌除了具备上述四个基本特征之外，还有一点不容忽视，那就是必须写得情真意切，以情动人（将在后面相关章节作必要分析）。

第二节　诗歌的意象与意境

意象与意境是诗歌两个非常重要的核心要素。一首诗歌的优劣，往往就体现在意象的选择和意境的营造上是否巧妙。要想写好诗，首先必须正确理解意象和意境。

一、意象

1. 何谓意象

一般认为，"意"即作者的思想感情，"象"即具体的物象。"意象"就是寄托作者主观情思的客观物象。

以月亮为例。月亮挂在夜空，本来就是一种客观的自然存在，它本身没有任何情感可言。可是，当月亮一旦被诗人写进诗里，也就是说，诗人借写月来抒发自己的情感，那么诗人笔下的这个月亮跟单纯挂在天上的月亮就有点不同，它不是一种简单的客观存在，而是寄托诗人个人情感的月亮。这种诗中之月就成了一个意象。

李白的《静夜思》大家都耳熟能详："床前明月光，疑是地上霜。举头望明月，低头思故乡。"同样写月的诗还有很多，如杜甫《月夜忆舍弟》："露从今夜白，月是故乡明。"这两首诗中的最重要意象就是月。李白和杜甫都借月意象来寄托他们的思乡之情。

2. 对意象的要求

一首诗要想写好，必须重视意象的贴切、新鲜。如徐志摩的《沙扬娜拉》：

> 最是那一低头的温柔，
> 　象一朵水莲花不胜凉风的娇羞，
> 道一声珍重，道一声珍重，
> 　那一声珍重里有蜜甜的忧愁——
> 　沙扬娜拉！[①]

[①] 徐志摩.沙扬娜拉[M]//顾永棣.徐志摩诗全编.杭州:浙江文艺出版社,1987:73

这首短诗《沙扬娜拉》仅四句,写日本女郎温柔多情的神态,既纯洁无瑕,又楚楚动人。中心意象是一朵不胜娇羞的水莲,新鲜而又贴切、传神。

再比如舒婷的《祖国呵,我亲爱的祖国》:

我是你河边上破旧的老水车,
数百年来纺着疲惫的歌;
我是你额上熏黑的矿灯,
照你在历史的隧洞里蜗行摸索;
我是干瘪的稻穗;是失修的路基;
是淤滩上的驳船
把纤绳深深
　　勒进你的肩膊;
——祖国呵!

我是贫穷,
我是悲哀。
我是你祖祖辈辈
　　痛苦的希望呵,
是"飞天"袖间
千百年未落到地面的花朵;
——祖国呵!

我是你簇新的理想,
刚从神话的蛛网里挣脱;
我是你雪被下古莲的胚芽;
我是你挂着眼泪的笑涡;
我是新刷出的雪白的起跑线;
是绯红的黎明
　　正在喷薄;
——祖国呵!

我是你的十亿分之一,
是你九百六十万平方的总和;
你以伤痕累累的乳房
喂养了
迷惘的我、深思的我、沸腾的我;
那就从我的血肉之躯上

去取得

你的富饶、你的荣光、你的自由;

——祖国呵,

我亲爱的祖国!①

这首诗通过一系列意象来表达对祖国的真挚深情,比如通过"破旧的老水车""熏黑的矿灯""干瘪的稻穗""失修的路基"和"淤滩上的驳船"等意象,来喻写非人性、非理性历史时期祖国的贫穷落后、人民的困苦悲哀;通过"'飞天'袖间千百年未落到地面的花朵"这个意象,来喻写人民多年来有希望但苦于无法实现;通过"从神话的蛛网里挣脱(的簇新的理想)""雪被下古莲的胚芽""挂着眼泪的笑涡""新刷出的雪白的起跑线"以及"绯红的黎明"等意象,来喻写人性和理性回归时期祖国的新生以及人民对生活和未来充满乐观、希望。诗中的这些意象自然、贴切且不失新颖,极大地丰富了诗的艺术感染力。

3.意象分类

意象一般可分为两大种:一是自然意象(物象),二是社会意象(事象)。

自然意象,主要指能寄托作者情思的大自然物象。我国传统诗歌重视"借景抒情"或"托物言志",其中所借的"景"或所托的"物"就属于自然意象。如北宋苏轼的《惠崇春江晚景》一诗就用了不少自然意象。

竹外桃花三两枝,春江水暖鸭先知。

蒌蒿满地芦芽短,正是河豚欲上时。②

《惠崇春江晚景》是苏轼根据北宋著名画僧惠崇所画的《春江晚景》写的题画诗,苏轼按照惠崇画意,以一种清新明快的笔法,勾勒出一幅生机盎然的早春二月景象。诗中的竹、桃花、春江、鸭、蒌蒿、芦芽、河豚等,基本上都属于自然意象。

社会意象,主要指诗中用来寄托情思的人物形象、生活场景或者社会事件。这种意象相对于自然物象来说,属于事象。一般来说,社会意象常见于叙事诗中。如杜甫的《石壕吏》:

暮投石壕村,有吏夜捉人。

老翁逾墙走,老妇出门看。

吏呼一何怒,妇啼一何苦!

听妇前致词:"三男邺城戍。

---

① 舒婷.祖国呵,我亲爱的祖国[M]//朱栋霖.中国现代文学作品选:第四卷.北京:高等教育出版社,2002:86-87.

② 苏轼.惠崇春江晚景[M]//朱梓,冷昌言.宋元明诗三百首.北京:华夏出版社,2006:196.

一男附书至，二男新战死。
存者且偷生，死者长已矣！
室中更无人，惟有乳下孙。
有孙母未去，出入无完裙。
老妪力虽衰，请从吏夜归。
急应河阳役，犹得备晨炊。"
夜久语声绝，如闻泣幽咽。
天明登前途，独与老翁别。①

  这首诗写于安史之乱时期。唐肃宗乾元二年（759年）春，郭子仪等九节度使带领六十万大军在邺城包围安庆绪，由于各节度使心力不齐，结果被打败，伤亡惨重。朝廷为增补兵力，便在洛阳以西至潼关一带，强行征兵，老百姓痛苦不堪。这时，被贬为华州司功参军的杜甫正由洛阳经过潼关，赶赴华州任所。途中他见到强征给老百姓带来深重灾难，深感痛心，写成了"三吏""三别"。《石壕吏》是"三吏"中的一篇。全诗写了一个典型事件："有吏夜捉人。"诗人通过这个典型事件的形象描绘，揭露官吏的横暴，反映人民的苦难。这个典型事件就是社会意象。

  有关诗歌意象的形成，还有一种比较特殊的情况，那就是诗歌有一个中心意象，根据表达的需要，这个中心意象又派生出多个其他意象。我们姑且将中心意象称为"本意象"，将派生出的意象称为"增生意象"。比如英国17世纪诗人弥尔顿（Milton）的《失乐园》（朱维之译）中就有这种意象，诗中描写天使跟随撒旦同上帝派来的天兵天将苦战遇挫之后的情景。我们就以此段为例，来了解一下诗歌的本意象和增生意象。

他们虽然具有天使的容貌，
却昏沉地躺着，稠密得象秋天的繁叶
纷纷落满了华笼柏络纱的溪流，
那溪流夹岸古木参天，枝桠交错；
又象红海面上漂浮着的海藻，
当勇猛的罡风袭击海岸时，
使红海的浪涛卷没布西利斯
和他的孟斐斯骑兵……②

---

① 杜甫.石壕吏[M]//唐诗鉴赏辞典.上海：上海辞书出版社，1983：483.
② 弥尔顿.失乐园（节选）[M]//崔宝衡.外国文学名篇选读（上）.天津：南开大学出版社，1998：131-132.

这段诗句中的本意象是昏沉躺着的天使们，诗人将他们比喻为"秋天的繁叶"，接下来，诗人顺着这个意象又派生出"溪流"意象，进而写到溪流两岸古木参天；然后，诗人又用另一个比喻派生了另一个意象："红海面上漂浮着的海藻"，由这个意象写到红海的罡风狂浪。这样写不只显出诗人想象的丰富，用笔的灵活，而且能借助自然意象形象化地表现天使们遇挫后极度疲乏与极度沮丧的情状。

二、意境

1. 何谓意境

意境是通过意象来营造的一种境界，即诗人的主观情感与客观景物相交融而创造出来的浑然一体的艺术境界。如初唐陈子昂的《登幽州台歌》：

> 前不见古人，
> 后不见来者；
> 念天地之悠悠，
> 独怆然而涕下。[①]

这首诗的主要意象是一个站在幽州台上登楼眺望，俯仰古今，怀才不遇的孤独者形象。诗歌通过孤独者面对悠悠天地，无限感伤，怆然泪下，营造一种苍凉悲壮的意境。该诗因为境界的阔大而被誉为"千古绝唱"。

2. 意境的形成

意境可以通过一个或多个具体的、能为读者直接感知的意象，来表达一种境界和情调，它是虚的、抽象的，需要读者体悟。我们来看《忆江南·腊梅》这首词：

> 小金盏，独饮雪和霜，绿竹黄花皆病瘦，不能与我竞新妆，点点惜芬芳。[②]

词中只有一个意象"腊梅"，但这腊梅已非自然界的腊梅，而是作者心中的腊梅，是不畏严寒、有个性的腊梅。仔细品味该词，能让读者感受到一种自信高雅、卓然不群的艺术境界。这种境界就是本词的独特意境，是通过腊梅这个意象形成的。

我们再来看元代马致远的《天净沙·秋思》：

[①] 陈子昂.登幽州台歌[M]//唐诗一百首.上海:上海古籍出版社,1986:4.
[②] 琚静斋.忆江南·腊梅[J].湖南诗词,1994(2).

枯藤老树昏鸦。小桥流水人家。古道西风瘦马。夕阳西下,断肠人在天涯。①

这首元代散曲有多个意象:枯藤、老树、昏鸦、古道、西风、瘦马、夕阳、断肠人、天涯等,作者通过这些意象组合营造了一个游子思归而不得(触景生情)的凄凉悲清的意境。这种悲凉气氛就是这首散曲的意境。

通过以上两例,我们可以看出,虚的意境是通过实的意象来形成的,而实的意象又是在虚的意境中才具有其独特的蕴涵。如词中的"腊梅"离开词中意境,大概就与所谓的自信高雅沾不上边。而散曲中的枯藤、老树、昏鸦等一系列的意象脱离曲中意境,也与游子羁留他乡的凄清处境无涉。

第三节　诗歌的主要种类

诗歌的分类有多种,依据不同的原则和标准可以划分为不同的种类。下面简要谈谈比较常见的分类。

一、按诗歌表达方式分类

按照表达方式的不同,诗歌一般可分为抒情诗与叙事诗。此外,还可包括一种比较特殊的种类:戏剧诗。

1. 抒情诗与叙事诗

抒情诗重在抒情,偏重于表现作者自己内心的主观情感。如情歌、颂歌、挽歌、哀歌等都属于典型的抒情诗。

叙事诗重在叙事,偏重于再现外在的客观世界(社会现实)。如史诗、故事诗等都属于典型的叙事诗。史诗比较经典的莫过于古希腊的《荷马史诗》(代表作《伊利亚特》和《奥德赛》)以及我国藏族诗歌《格萨尔王》。故事诗典型的莫过于我国两汉乐府诗中的《陌上桑》与《孔雀东南飞》,这两首诗堪称我国古代叙事诗的双璧。

值得注意的是,叙事诗和抒情诗的区分是相对而言的,二者并没有绝对的区分。叙事诗也往往带有一定的抒情成分。如《孔雀东南飞》写刘兰芝为兄长所逼改嫁,婚前的头一天,与赶来相见的焦仲卿"生人作死别"。诗中描写当时黄昏凄清的图景:"晻晻黄昏后,寂寂人定初",通过此哀景烘托男女主人公内心的悲伤。

---

① 马致远.天净沙·秋思[M]//黄岳洲,茅宗祥.宋金元文学卷.上海:汉语大词典出版社,2002:566.

同样,抒情诗有时也包含某些叙事因素。如屈原长篇抒情诗《离骚》就夹带叙事性与故事性,如开篇自叙家世与生平就属于典型的叙事,该诗后一部分中女嬃劝告、陈辞重华、灵氛占卜、巫咸降神和神游天上等一系列幻境,就具有较强的故事性。

2.戏剧诗(西方简称剧诗)

戏剧诗,顾名思义,是具有戏剧因素的诗。该名称最初见于陈舰平的《论戏剧诗》一文。戏剧诗一般是独立成篇的,在一首诗中以戏剧性手法进行抒情或者叙事的特殊抒情诗或特殊叙事诗。戏剧诗不同于一般的叙事诗和抒情诗,主要在于其具有戏剧性。所谓戏剧性,就是要求诗歌像戏剧情节那样曲折,令人意想不到。

下面我们来看美国诗人威廉·卡洛斯·威廉斯(William Carlos Williams)的现代诗《流浪汉》:

> 他们最可贵的财富——
> 他们的自由——
> 　　　　手背在
> 磨亮的绿大衣后。太高,两眼
> 垂下——
> 　　　阳光滤过
> 一团湿云,茂密的草丛——
> 　　　　　黄莺!
> 饿得象黄莺。①

这首诗开始似乎以一种欣赏的口吻写流浪汉生活自由、闲适,但诗的结尾"饿得象黄莺"一句是富有戏剧性的,它道出了流浪汉"自由"生活的实质:缺乏最起码的物质保障,成天挨饿,这对流浪汉来说,无疑是生活的悲剧。

我们再来看另一个美国诗人阿奇波德·麦克利许(Archibald Macleish)的现代诗《当代重大发现》:

> 作家:我们会死。
> 读者:　　　不错!
> 作家:　　　　　　我们
> 　　从床上,从卧室,从椅子上消失:
> 　　没有东西记得我们。
> 读者:　　　　　　可能,很久后
> 　　人们在柜子里找到一面镜子——
> 　　谁的?她的?回忆一声叮铛……

---

① 赵毅衡.美国现代诗选[M].北京:外国文学出版社,1985:114.

作家：我们留不下任何回忆。
读者：　　　　　儿子？女儿？
作家：他们也会死，一先一后。房子
　　　卖了，家具拉走，院里也种上
　　　不同的花。
读者：　　　　那么上帝，上帝记得我们。
作家：他如何记得？你想想这大地
　　　是一片白骨场。一颗人牙旁边
　　　是颗狼牙。无法分辨白骨的沉积着。
读者：可是我们曾活过。我们留下生命。
作家：什么叫人的一生？荒谬的笑话——
　　　一声没法听懂的窒息的叫喊。
读者：荒谬？我们的一生？
作家：　　　　　因为我们会死。
读者：可是先生，先生，正因如此我们爱生活。
作家：为什么？
读者：　　因为我们会死！
作家：　　　　　这倒也是。①

同上面的《流浪汉》一诗相比，《当代重大发现》的戏剧性更突出。它不只采用的是传统戏剧常用的对白方式——即作家和读者围绕着"因为我们会死"展开对话；更重要的，是作家和读者对话的具体内容富有戏剧性。在作家看来，"因为我们会死"，所以"我们留不下任何回忆"，作家对人生持一种悲观态度，觉得人生是"荒谬的笑话——一声没法听懂的窒息的叫喊"。读者与作家相反，对人生持一种乐观的态度，"我们曾活过。我们留下生命"，当作家又抛出"我们会死"的论调，读者打断他，"正因如此我们爱生活。"作家以不解的口吻问"为什么"，读者的回答是有些出人意料的："因为我们会死"——这恰恰是作家挂在口头的论调。而作家怎样应对呢？照他原有的思路，他大概要坚持他自己的观点，反驳对方，可是他的回答却是"这倒也是"——这同样是出人意料的。

阿奇波德·麦克利许写《当代重要发现》，是为了表达对生死的看法，探究人生的意义。这本是一个很严肃的人生命题，如果写得不好，很容易流于枯燥无味。诗人有意在诗中采用戏剧化的处理，将诗写得生动有趣，很耐读。最值得一提的是诗的结尾，借读者和作家的对话，深入浅出地道出这样的人生哲理：因为

---

① 赵毅衡.美国现代诗选[M].北京：外国文学出版社，1985：338-339.

每个人都免不了一死,所以才显示人活着的意义和价值。

我国古典诗歌也有类似戏剧诗的例子。如唐代宋之问的《渡汉江》:

  岭外音书断,经冬复历春。
  近乡情更怯,不敢问来人。①

该诗主要写思乡之情,可是人离家乡越近,心理越矛盾,所谓"近乡情更怯,不敢问来人"。这种心理其实是思乡过切引起的。诗人通过矛盾心理来表现浓烈的思乡之情,这是一种戏剧化的表现方式。

二、按诗歌语言的音韵格律和结构形式分类

按照诗歌语言的音韵格律和结构形式的不同,诗歌可分为格律诗、自由诗和散文诗。

1. 格律诗

格律诗是在字数、句数、韵脚、声调、对偶等方面都诸多讲究的诗。格律诗是我国(唐代之后)古典诗歌的主要形式。

格律诗分为绝句和律诗两大类。

绝句,是指每首四句的格律诗。绝句一般有两种,一种是每句五个字(即"五言"),称"五言绝句(五绝)";另一种是每句七个字,称"七言绝句(七绝)"。如孟浩然的《春晓》、王维的《鹿柴》等都是五绝;杜甫的《江南逢李龟年》、贺知章的《回乡偶书》等属于七绝。

律诗,是指每首八句的格律诗。律诗主要有两种,一种是每句五个字,称"五言律诗(五律)";另一种是每句七个字,称"七言律诗(七律)"。如王勃的《送杜少府之任蜀川》、白居易的《赋得古原草送别》等属于五律;崔颢的《黄鹤楼》、李商隐的《锦瑟》等是七律。

需要指出的是,律诗中还有一种比较特殊的样式,叫排律。"排律"一词最初出自元代杨士弘撰著的《唐音》。所谓排律,是指长篇的律诗,又称长律。它是按照一般律诗的格式加以铺排加长而成。每首至少十句,多的可达百句。除了开头和结尾的两联外,中间各联都必须用对仗。也有隔句用对仗的,称为扇对。排律一般是五言。由于它局限多,比较难写,历来少名篇。清代徐日琏、沈士骏将唐代排律辑录成《唐人五言长律清丽集》(六卷),可供我们参考。

2. 自由诗

自由诗是相对于格律诗而言的,在字数、句数、韵脚、声调、对偶等方面不受

---

① 萧涤非,程千帆,等.唐诗鉴赏辞典[M].上海:上海辞书出版社,1983:34.

限制的白话诗。自由诗是现代诗歌的主要形式。

西方有很多诗人善写自由诗,比如美国诗人惠特曼(Whitman),他最著名的,也是他唯一的自由诗集是《草叶集》。惠特曼的诗一般用通俗的大白话,自由畅快地表达他的思想。如下面的两段节选:

> 我赞美我自己,歌唱我自己,
> 我所讲的一切,将对你们也一样适合。
> 因为属于我的每一个原子,也同样属于你。
> ——《自己之歌》(节选)①

> 我轻松愉快地走上大路,
> 我健康,我自由,整个世界展开在我面前,
> 漫长的黄土道路可引我到我想去的地方。
> ——《大路之歌》(节选)②

《自己之歌》《大路之歌》等诗作写得浅显朴素,活泼生动。

中国的自由诗开始于"五四"时期,它是在白话文运动中催生的。胡适率先用白话文写诗,他的《尝试集》成为我国现代文学史上第一部白话诗集。不过,胡适的白话新诗并没有完全摆脱旧体诗的影响。真正实现新诗自由化写作的是郭沫若,他的诗集《女神》在内容上讴歌具有狂飙突进的自由、创造精神,在形式上也彻底打破了传统诗歌的束缚,影响很大,使自由诗逐渐流行开来。

在中国现代诗歌的发展过程中,也出现过一种"新格律诗",即讲究韵律的自由诗。它最初是由闻一多倡导的。闻一多要求诗歌既要相对自由,又要像古典诗歌那样重视格律,他提出著名的"三美"主张:音乐美、建筑美和绘画美。音乐美要求诗歌音韵和谐,建筑美要求诗歌结构上匀整,绘画美则要求诗歌在辞藻上讲究华美,富有较强的色彩感。这种新格律诗对写作者来说,要求比较多,无疑是"戴着脚镣跳舞",想要写出佳作,并非易事。闻一多的《死水》可谓"新格律诗"的典范之作。

> 这是一沟绝望的死水,
> 清风吹不起半点漪沦。
> 不如多扔些破铜烂铁,
> 爽性泼你的剩菜残羹。

---

① 惠特曼.草叶集选[M].楚图南,译.北京:人民文学出版社,1955:31.
② 惠特曼.草叶集选[M].楚图南,译.北京:人民文学出版社,1955:141.

也许铜的要绿成翡翠，
铁罐上绣出几瓣桃花。
再让油腻织一层罗绮，
霉菌给他蒸出些云霞。

让死水酵成一沟绿酒，
飘满了珍珠似的白沫；
小珠笑一声变成大珠，
又被偷酒的花蚊咬破。

那么一沟绝望的死水，
也就夸得上几分鲜明。
如果青蛙耐不住寂寞，
又算死水叫出了歌声。

这是一沟绝望的死水，
这里断不是美的所在，
不如让给丑恶来开垦，
看他造出个什么世界！①

3.散文诗

散文诗是融合散文与诗的特点的一种文学体裁，多半侧重于抒情。散文诗披着散文的外衣，采用诗歌笔法。跟其他诗歌种类一样，它语言凝练，结构富有跳跃性，注重意象和意境。它在形式上像散文，可以不分行，不讲究句式的整齐，不重韵律。

中国散文诗创作影响比较大的当属鲁迅，他的《野草》是我国现代文学史上第一部散文诗集。这部诗集最显著的特点就是：外在是自由灵活的散体形式，内囊完全是诗质的，即大量运用象征、隐喻、暗示等手法，含蓄隽永地表达作者的思想和情绪。譬如其中的《秋夜》就富有浓郁的诗情。我们来看下面几段文字：

哇的一声，夜游的恶鸟飞过了。

我忽而听到夜半的笑声，吃吃地，似乎不愿意惊动睡着的人，然而四围的空气都应和着笑。夜半，没有别的人，我即刻听出这声音就在我嘴里，我也即刻被这笑声所驱逐，回进自己的房。灯火的带子也即刻被我旋高了。

后窗的玻璃上丁丁地响，还有许多小飞虫乱撞。不多久，几个进来了，许是从窗纸的破孔进来的。他们一进来，又在玻璃的灯罩上撞得丁丁地响。

---

① 闻一多.死水[M]//闻一多全集 4.上海：上海三联书店，1982：647.

一个从上面撞进去了。他于是遇到火,而且我以为这火是真的。两三个却休息在灯的纸罩上喘气。那罩是昨晚新换的罩,雪白的纸,折出波浪纹的叠痕,一角还画出一枝猩红色的栀子。

猩红的栀子开花时,枣树又要做小粉红花的梦,青葱地弯成弧形了……我又听到夜半的笑声;我赶紧砍断我的心绪,看那老在白纸罩上的小青虫,头大尾小,向日葵子似的,只有半粒小麦那么大,遍身的颜色苍翠得可爱,可怜。①

作者通过一系列饱含感情的意象,如"做小粉红花的梦"的枣树、猩红的栀子花、夜游的恶鸟、"头大尾小,向日葵子似的"小青虫等,来营造一个清幽沉郁、富有意境的秋夜,从而折射出一种令人心动的凄美,这种凄美中又包藏着一种孤独的意绪。

推荐阅读书目:

唐诗鉴赏辞典[M].上海:上海辞书出版社,1983.
上海古籍出版社.唐诗一百首[M].上海:上海古籍出版社,1986.
诗经[M].刘毓庆,李蹊,译注.北京:中华书局,2011.
卞之琳.三秋草[M].北京:华夏出版社,2008.
赵毅衡.美国现代诗选[M].北京:外国文学出版社,1985.
[美]惠特曼.草叶集选[M].楚图南,译.北京:人民文学出版社,1955.

诗歌写作练习:

请根据诗歌的基本特征,尝试写一首小诗。

---

① 鲁迅.秋夜[M]//鲁迅小说杂文散文全集(上).南宁:广西民族出版社,1995:420-421.

第二章

诗歌的构句谋篇

>>

> 诗歌的感觉与诗歌的立意
> 诗歌的选材
> 诗歌的布局与标题

第一节 诗歌的感觉与诗歌的立意

一、关于诗歌的感觉

诗歌写作是一项比较复杂的工程,并不是想写诗就能写出诗来,需要生活积累,也需要敏锐的感觉。当一个人遭遇某情、面对某景(或某事),能产生不同寻常的感受,这种多感的人如果写诗,多半能写出像样的诗。中国诗人冯至就属于这一类。他有一首十四行诗题为"我们天天走着一条熟路"(写于1941年)。当别人天天习以为常地走着同一条熟路,而冯至却对这条熟路产生强烈的感受,他为此写成一首颇具哲思的诗:

> 我们天天走着一条熟路
> 回到我们居住的地方;
> 但是在这林里面还隐藏
> 许多小路,又深邃,又生疏。
>
> 走一条生的,便有些心慌,
> 怕越走越远,走入迷途,
> 但不知不觉从树疏处
> 忽然望见我们住的地方,
>
> 像座新的岛屿呈在天边。
> 我们的身边有多少事物
> 向我们要求新的发现;
>
> 不要觉得一切都已熟悉,
> 到死时抚摩自己的发肤
> 生了疑问:这是谁的身体?①

写诗需要感觉,没有感觉就写不出诗。但是有感觉,并不就等于一定能写好诗。有感觉,只是写诗的第一步,要想将这种感觉化为文字,写成诗,那还需要精密的构思。

构思是比较复杂的过程,比如涉及如何立意,如何选择素材,怎样提炼诗意,

---

① 冯至.十四行二十七首(二六)[M]//解志熙.冯至作品新编.北京:人民文学出版社,2009:132.

考虑采取怎样的布局法、修辞法以及句式选择等。其中最关键的就是立意、选材和布局。下面就这三个方面重点谈一谈。

二、诗歌的立意

所谓诗歌立意，就是指确定主题，确定诗所要表达的中心思想(情感)。

写诗，要先立意，所谓"意在笔先"。诗写得好坏，立意是关键。唐代诗人杜牧在《答庄充书》一文中说："文以意为主，气为辅，以辞彩章句为兵卫。"[①]一首诗的"主帅"是"意"(思想)，没有"意"的诗只能是蹩足的诗。

诗歌的立意应该做到以下几点。

1. 立意要简明突出

写诗，若主题庞杂、不突出，写起来势必给人杂乱之感，应该确定一个明确的主题，围绕这个主题来写。比如谭旭东的诗集《生命的歌哭》就是较好的范例。这部诗集是为纪念2008年5月12日发生的汶川大地震而作，它的立意简明突出，基本围绕两大主题：一是悲悯灾区人民所遭受的深重苦难，二是歌颂灾区人民在苦难面前展示的顽强。比如《塔楼上的钟》就围绕悲悯的主题来写。

> 5月12日14时28分
> 塔楼上的钟
> 指针不再摆动
> 是谁的手
> 按住了这时钟的手
>
> 山河在这一刻
> 经受撕裂的疼痛
> 生命在这一刻
> 遭遇夭折的血腥
> 是谁的手
> 把苦难的重负
> 强压在汶川的脊梁上
>
> 5月12日14时28分
> 塔楼上的钟

---

① 赵则诚,张连弟,毕万忱.中国古代文学理论辞典[M].长春:吉林文史出版社,1985:59.

指针不再摆动
是谁的手
按住了塔楼跳动的心

川蜀人民这一刻
陷入灾难的深渊
大半个中国这一刻
经受恐惧的折磨
是谁的手
给中国人民的心
打下一个血红的烙印①

2. 立意要求新颖

诗歌立意要求新颖,要力避陈词滥调。这样写出来的诗才会有比较强的感染力。如唐代诗人王勃脍炙人口的《送杜少府之任蜀川》:

> 城阙辅三秦,风烟望五津。
> 与君离别意,同是宦游人。
> 海内存知己,天涯若比邻。
> 无为在歧路,儿女共沾巾。②

一般离别诗往往写得低沉忧伤。此诗立意比较新,一扫悲酸之气,显得洒脱豪放。另一位唐代诗人刘禹锡的《秋词(其一)》与《送杜少府之任蜀川》的格调相似。

> 自古逢秋悲寂寥,我言秋日胜春朝。
> 晴空一鹤排云上,便引诗情到碧霄。③

历来文人写秋,多以悲为主调,而刘禹锡的《秋词》可谓别具一格,一反悲秋的老调,热情赞美秋日风光的美好,格调昂扬奋发。

3. 立意要饱含感情

一首诗真正能打动人心的,并不在于其题材有多新奇,不在于它追求的境界有多阔大,也不在于它要表达的思想有多高深,而主要在于它能不能做到情真情深。一首诗的立意务必要饱含感情。比如英国诗人济慈的《"每当我害怕"》:

---

① 谭旭东.生命的歌哭[M].兰州:敦煌文艺出版社,2008:88-89.
② 王勃.送杜少府之任蜀川[M]//唐诗鉴赏辞典.上海:上海辞书出版社,1983:22.
③ 刘禹锡.秋词[M]//唐诗鉴赏辞典.上海:上海辞书出版社,1983:836.

每当我害怕,生命也许等不及
　我的笔搜集完我蓬勃的思潮,
等不及高高一堆书,在文字里,
　像丰富的谷仓,把熟谷子收好;
每当我在繁星的夜幕上看见
　传奇故事的巨大的云雾征象,
而且想,我或许活不到那一天,
　以偶然底神笔描出它的幻相;
每当我感觉,呵,瞬息的美人!
　我也许永远都不会再看到你,
不会再陶醉于无忧的爱情
　和它的魅力!——于是,在这广大的
世界的岸沿,我独自站定、沉思,
直到爱情、声名,都没入虚无里。①

济慈(Keats,1795—1821)是英国19世纪浪漫主义诗人,与拜伦、雪莱齐名。这位才华出众的年轻诗人因肺病早逝。雪莱深为之痛惜,称其是"一颗露珠培养出来的鲜花"。这位命运多舛的诗人出身寒微,少年时痛失双亲,饱尝生活的艰辛。他自幼酷爱文学,靠诗歌来抒发他细腻而又丰富的感情,慰藉他孤独忧伤的灵魂。《"每当我害怕"》是济慈1818年1月所作,他在诗中表达了对生命短暂的忧郁,这忧郁源于他对美好生活的强烈愿望。该诗因感情真挚而打动人心,成为后世传诵的名作。

接下来,我们再来看北岛的诗《宣告——献给遇罗克》:

也许最后的时刻到了
我没有留下遗嘱
只留下笔,给我的母亲
我并不是英雄
在没有英雄的年代里
我只想做一个人

宁静的地平线
分开了生者和死者的行列
我只能选择天空

---

① 济慈."每当我害怕"[M]//穆旦,译.拜伦雪莱济慈诗精选.武汉:长江文艺出版社,2011:175.

>决不跪在地上
>以显出刽子手们的高大
>好阻挡那自由的风
>
>从星星的弹孔里
>将流出血红的黎明①

北岛的诗深邃沉思,饱含深情。他的这首献给遇罗克的诗更是感情沉痛、激愤而又富有哲思。遇罗克堪称中国"文化大革命"中为坚持真理而献身的英雄。1966年7月他写作《出身论》,严词驳斥了当时荒谬的"老子英雄儿好汉,老子反动儿混蛋"的"血统论",在社会上引起巨大反响,引起当权者的敌视。1968年1月1日,遇罗克被收监,1970年3月5日,惨遭杀害。北岛在这首诗中,以遇罗克从容的口吻,表达宁死也要追求自由,追求人性的决心。他的理想是"只想做一个人",在荒谬、狂乱、非人的"文化大革命"年代,这种理想是何等的"卑微",却又是何等的可贵!遇罗克为此付出了生命的代价,他不啻为那个黑暗年代里一盏理性的明灯!

4.立意要自然,要得体

上面说过,诗的立意要饱含感情,不一定求高深。在有感情的基础上,诗的立意要自然、得体,也就是说,情深还是情浅,意强还是意弱,皆根据表达的需要来写,不可造作、牵强。比如写情趣,就不必求立意有多高,只要写得有美感即可。下面这首名为《拟唱》的诗便是如此。

>撑伞彳亍于烟雨的桃园
>花自飘零
>心意漫流为溪
>回望昨夜的潇潇雨
>滴滴答答到天明
>忆起曾经弄雨的女词人
>古今一般愁绪
>却又说不清②

《拟唱》一词没有高深的情感,不过是袭用了宋词的意境,写抒情主人公在烟雨的桃园徘徊时的所见所感,表达一种淡淡的闲愁。

---

① 北岛.宣告——献给遇罗克[M]//唐晓渡.北岛作品精选.武汉:长江文艺出版社,2011:10.
② 琚静斋.拟唱[M]//阿丁,周所同.华人诗坛新人诗选.布达佩斯:匈牙利东方文化出版社,1991:121.

第二节　诗歌的选材

一首诗确定了主题,接下来应该围绕主题选用合适的材料,这就是所谓的"选材"。

一、关于题材与素材

很多人常将题材和素材混为一谈,其实它们还是有些不同。题材一般比较具象(实在的情景),如比较具体的生活事件或生活现象。而素材比题材的范围广,既包括实在的人、事、景,也包括比较抽象的感情(甚至发议论)。比较典型的如俄国诗人普希金(Pushkin)的《假如生活欺骗了你……》(谷羽译):

> 假如生活欺骗了你,
> 不要悲伤,不要烦闷,
> 沮丧的日子暂且克制,
> 要相信快乐的时刻会来临。
>
> 我们的心灵憧憬未来,
> 眼前的时光却令人伤感。
> 万物短暂,转瞬即逝,
> 而逝去的岁月又叫你留恋。[①]

前面说过,诗是形象的艺术,诗歌一般通过艺术形象来反映生活,抒发情感。而这首诗从头到尾没有具体可感的形象,只是比较抽象的感慨,不过,这些感慨发自诗人的肺腑,包含着诗人对生活的深切体悟,其人生态度积极乐观,读来令人感觉亲切。相信在生活中遭受挫折的人读了这首诗,一定能从中获得一些安慰。

二、对选材的要求

1. 选材要精练

诗的素材很多。不论是自然界的景物、社会上的人事,还是人们的生活感

[①] 普希金.假如生活欺骗了你……[M]//李笑玉.中外名家经典诗歌(普希金卷).武汉:长江文艺出版社,2008:101.

悟,只要能引起人的美感,都能入诗。素材本身没有大小轻重之分。选取什么样的材料写诗,主要根据诗人本人的感受程度以及情感表达的需要而定。诗歌讲究凝练,故而在选材方面要精到,不可枝蔓繁杂,要围绕诗歌主题选取最合适的素材。如唐代诗人孟郊的《游子吟》选材就比较精到。

慈母手中线,游子身上衣。
临行密密缝,意恐迟迟归。
谁言寸草心,报得三春晖!①

孟郊这首脍炙人口的《游子吟》主题是写无私的母爱,他选取的是日常题材:慈母为游子精心缝补衣裳。这种选材朴质精练,真切感人。

宋代词人蒋捷的《虞美人·听雨》选材也非常精练。

少年听雨歌楼上,红烛昏罗帐。壮年听雨客舟中,江阔云低,断雁叫西风。
而今听雨僧庐下,鬓已星星也!悲欢离合总无情,一任阶前,点滴到天明。②

蒋捷的《听雨》表达的是对人生的无限感慨。他没有选那些琐屑的事例,而是精选三幅富有意韵的听雨画面,来描写人在少年、壮年和老年各个阶段的不同生活:少年不谙世事,混迹歌楼,放浪形骸;中年解得人生味,为前程四处奔波;晚年看透红尘,孤独失落。

2. 选材要新颖

一般来说,最常见的题材最不好写,因为大家最了解,写得走样就会闹出笑话。俗话说:"画鬼容易画犬难。"鬼究竟长得什么样?大家都不知道,反正怎么画都没顾忌。画犬就不一样了,犬的模样大家都熟悉,要是胡乱画,难免招致别人的嘲笑。诗歌创作同画画相似,在选材时,尽量避免选那些被很多人写过的老题材。如果一定要写别人写过的题材,尽可能不落俗套,写出跟别人不一样的地方,写出新意。当然,要做到这一点,需要才情,更需要平素的积累。

以写爱情诗为例。爱情可谓一个永恒的主题,也是一个写"烂"了的主题。古往今来,不同的诗人以不同的方式抒写爱情。要想爱情诗写得别具一格,选材上是需要下功夫的。汪静之的《伊底眼》在选材上就比较新颖。

伊底眼是温暖的太阳;
不然,何以伊一望着我,
我受了冻的心就热了呢?

---

① 孟郊.游子吟[M]//唐诗一百首.上海:上海古籍出版社,1986:77.
② 蒋捷.虞美人·听雨[M]//唐宋词选.北京:人民文学出版社,1981:521.

伊底眼是解结的剪刀；
不然，何以伊一瞧着我，
我被镣铐的灵魂就自由了呢？

伊底眼是快乐的钥匙；
不然，何以伊一瞅着我，
我就住在乐园里了呢？

伊底眼变成忧愁的引火线了；
不然，何以伊一盯着我，
我就沉溺在愁海里了呢？①

《伊底眼》是一首爱情诗。一般人表达情爱，很容易选取那种花前月下、月上柳梢之类的良辰美景，而诗人偏偏不写这些，而是择取"伊底眼"带给"我"的各种复杂感受。"眼睛是心灵的窗户"，意中人的目光脉脉含情，如同温暖的太阳，令人心热；如同解结的剪刀，让人放松；如同快乐的钥匙，开启快乐之门；如同忧愁的引火线，引人忧愁。汪静之别出心裁地选取"伊底眼"来作特写，他将男女之间那种细腻复杂的情感表现得质朴而又真切。

第三节 诗歌的布局与标题

一、诗歌的布局

诗歌很讲究整体结构布局，如开头如何写，中间如何展开，结尾如何收束。诗歌布局应注意做到以下几点。

1. 结构要完整

一首诗围绕立意组织材料，来龙去脉要交代清楚，不能混乱，不能缺胳膊少腿，给人残缺不全的感觉，应注意头尾兼顾，结构完整。

让诗歌结构完整的方式很多，比较常见的有两种。

第一种是前后承接式。这种结构方式多半按时间的顺序或情感发展的自然过程来布局。比如唐代诗人贾岛的《访隐者不遇》：

---

① 汪静之.伊底眼[M]//朱栋霖.中国现代文学作品选(第二卷).北京:高等教育出版社,2002:17.

松下问童子,言师采药去。
只在此山中,云深不知处。①

此诗紧扣诗题,一气呵成。前两句通过访者和童子的一问一答,写"访隐者";后两句写"不遇":隐士在这座云雾缭绕的深山中采药,但是要寻他,却难寻到。

第二种是平行列举式。采用这种结构方式的诗歌,各段句式相同或相似。这种结构比较简单易学。如汪国真的《热爱生命》:

> 我不去想是否能够成功
> 既然选择了远方
> 便只顾风雨兼程
>
> 我不去想能否赢得爱情
> 既然钟情于玫瑰
> 就勇敢地吐露真诚
>
> 我不去想身后会不会袭来寒风冷雨
> 既然目标是地平线
> 留给世界的只能是背影
>
> 我不去想未来是平坦还是泥泞
> 只要热爱生命
> 一切,都在意料中②

汪国真是中国内地20世纪80年代走红的抒情诗人,他的诗清新自然,积极向上,蕴含一定的人生哲理。这首《热爱生命》是他的代表作。该诗四节,采用平行列举式结构,分别表达"我"对"成功""爱情""奋斗"和"未来"这四个(为大家所普遍关注的)话题的积极乐观的看法,从而凸现为何要"热爱生命"。

2. 层次要清晰

诗歌不只在结构上要完整,而且层次要清晰,比如分哪些层次,先写什么,后写什么,都要了然于心。

在具体写作时,要注意词和词的搭配,句与句之间的承接,要遵从一定的语言逻辑关系,这样写下来,才能做到诗歌层次分明,有条理。如英国诗人雪莱(Shelley)的诗《世间的流浪者》就有很强的层次感。

---

① 贾岛.访隐者不遇[M]//唐诗一百首.上海:上海古籍出版社,1986:124.
② 汪国真.热爱生命[M]//汪国真经典代表作Ⅰ.北京:作家出版社,2010:149.

> 告诉我,星星,你的光明之翼
> 在你的火焰的飞行中高举,
> 要在黑夜的哪个岩洞里
> 　　你才折起翅膀?
>
> 告诉我,月亮,你苍白而疲弱,
> 在天庭的路途上流离漂泊,
> 你要在日或夜的哪个处所
> 　　才能得到安详?
>
> 疲倦的风呵,你漂流无定,
> 像是被世界驱逐的客人,
> 你可还有秘密的巢穴容身
> 　　在树或波涛上?①

《世间的流浪者》以一种追问的口吻,围绕"世界流浪者"这个主题,分别追问"在火焰的飞行中高举"的星星,"苍白而疲弱""流离漂泊"的月亮和"漂流无定"的疲倦的风,层次非常清晰。

对于初学写诗的同学,为了让诗歌写得层次分明,可以采用比较简单的结构,比如采取简单易学的平行列举式结构。我们来看诗人何其芳早年写的《青春怨》:

> 一颗颗,一颗颗,又一颗颗,
> 我的青春像泪一样流着;
> 但人家的泪为爱情流着,
> 这流着的青春是为甚么?
>
> 一朵朵,一朵朵,又一朵朵,
> 我的青春像花一样谢落;
> 但一切花都有开才有落,
> 这谢落的青春却未开过。②

何其芳写这首诗时不过十九岁,正当青春年少,他采用平行列举式结构,将青春时期因茫然无绪而产生的幽怨很真实形象地写了出来,给人留下比较深刻的印象。

---

① 雪莱.世间的流浪者[M]//穆旦,译.拜伦雪莱济慈诗精选.武汉:长江文艺出版社,2011:127.
② 何其芳.青春怨[M]//牟决鸣.何其芳诗文掇英.北京:东方出版社,2004:7.

3. 开头要强势

诗歌重精练,开头非常重要。好的开头不仅能突出立意,而且还能吸引读者的眼球。这就要求开头要强势。

(1)尽可能直奔主题

诗歌开头要干爽,开门见山地表明主题,切忌拖泥带水。

有的诗人写诗,采用首句做诗题,一下笔就直奔主题,比较典型的如普希金的《假如生活欺骗了你……》、何其芳的《生活是多么广阔》等。这样写,能让读者从一开始就明白诗写的是什么主题。

(2)要善于"造势"(或制造悬念)

所谓"造势",就是制造气势。诗歌开头如果能制造一种气势,会给读者产生很强烈的感觉冲击力。比如,李白的《将进酒》一上来就以排山倒海之势征服读者:"君不见黄河之水天上来,奔流到海不复回。君不见高堂明镜悲白发,朝如青丝暮成雪。"苏轼的《念奴娇·赤壁怀古》开篇同样气势磅礴:"大江东去,浪淘尽、千古风流人物。"

诗歌开头也可以通过制造悬念——比如以问句开篇,来吸引读者注意。李煜的那首著名的《虞美人》,开头很吸引人:"春花秋月何时了?往事知多少?"为什么词人要发出这样的疑问?读者不免有兴趣去寻究其答案,这样就被引着往下读:"小楼昨夜又东风,故国不堪回首月明中。"读者这才明白:词人因思念故国,感怀个人的不幸遭际,才引发这样的感慨。

(3)要善于"造境"

所谓"造境",就是营造意境。诗歌很讲究意境,可以在诗歌开头就着意营造一种气氛,以增强整首诗的艺术效果。

诗歌开头"造境"的方式很多。比较常见的有以下两种。

第一种,从写景入手,借景抒情,在不经意中营造意境。如高适《别董大》:

> 千里黄云白日曛,北风吹雁雪纷纷。
> 莫愁前路无知己,天下谁人不识君!①

诗的开头就给读者描绘了这样一幅北方冬景图:千里旷野,黄云落日,北风呼啸,大雪飘飞,长空断雁,艰难出没于寒云间。此景为友人间的离别营造一种悲壮而又豪健的意境。

第二种,开头采用比兴手法,营造意境。

比兴手法是我国古典诗歌常用的手法。比,就是比喻,以具体事物来比喻抽象的事物;兴,即物起兴,也就是从其他事物写起,来引出所要写的对象。《诗经》

---

① 高适.别董大[M]//唐诗一百首.上海:上海古籍出版社,1986:13-14.

中的诗就大量采用比兴。典型的例子如《秦风·蒹葭》,其开头"蒹葭苍苍,白露为霜。所谓伊人,在水一方",借蒹葭长势茂盛和露水凝结为霜,暗示这是一个深秋的早晨。又如《周南·桃夭》的开头是"桃之夭夭,灼灼其华。之子于归,宜其室家",以艳丽的桃花开头,来比拟出嫁姑娘的貌美。

4.结尾要圆满

诗歌的结尾同诗歌的开头一样,也很重要。我国古典诗歌在章法上有一种说法,称起承转合,其中的"合",就是指诗歌结尾要写得圆满,要合得拢。

(1)注重收束全诗

一般而言,诗歌开头和中间多半放开,到了尾部,就该收束,好比是打鱼撒网,网撒出去了,最后还得要收拢,这样能对全诗起到一种总结作用,从而能突出主题。如闻一多的《一句话》:

> 有一句话说出就是祸,
> 有一句话能点得着火。
> 别看五千年没有说破,
> 你猜得透火山的缄默?
> 说不定是突然着了魔,
> 突然青天里一个霹雳
> 　　爆一声:
> "咱们的中国!"
>
> 这话教我今天怎么说?
> 你不信铁树开花也可,
> 那么有一句话你听着:
> 等火山忍不住了缄默,
> 不要发抖,伸舌头,顿脚,
> 等到青天里一个霹雳:
> 　　爆一声:
> "咱们的中国!"①

闻一多曾被朱自清称为"五四时期唯一的爱国诗人"。《一句话》这首诗就表达了闻一多深挚的爱国情感。诗的结尾所表达的爱国情更是炽烈,似晴天霹雳,令人震撼。

---

① 闻一多.一句话[M]//朱栋霖.中国现代文学作品选(第二卷).北京:高等教育出版社,2002:28-29.

(2)尽可能首尾呼应

前面提过,诗歌注重结构的完整性,开头与结尾尽可能呼应。比如,将诗的开头(或中间)的诗行在诗的结尾予以适当反复,这种回旋反复也能在节奏上形成一种美感。如《暖春》一诗:

> 南山的鸟入院叫嚷春天
> 满目的芳菲相斗
> 来,喝一杯
> 窖封多年的醴酒
> 会香透今后的岁月
>
> 曾把热情的太阳挤到天边
> 关起门来臆造神龙飞车
> 不知道外面莺歌燕舞
> 不知道夕阳下叶落雁去
> 荆棘丛里孤独追寻
> 宛如冰河上的一叶浮萍
>
> 轻叩,窗棂一阵颤动
> 你不多的言语已如火
> 好暖
> 笨拙的舌倾诉不出欢喜
> 不能表达对你的感激
> 来,再喝一杯①

这首诗的开头一段有"来,喝一杯"这样的诗句,结尾"来,再喝一杯"是对它的变相反复,这样反复,不只首尾能呼应,而且在节奏上也产生一种回旋反复的美感效果。

(3)结尾要耐人寻味

诗歌强调含蓄隽永,让人读后能饶有余味。要想做到这点,可以在诗歌的结尾采用开放式,或者说采用没有结尾的结尾。如《石窟》一诗:

> 石窟是一种古老的象征
> 远古的人们在走完他们的路之前
> 把悠悠岁月镌刻于悬崖峭壁

---

① 琚静斋.石窟[M]//阿丁,周所同.华人诗坛新人诗选.布达佩斯:匈牙利东方文化出版社,1991:121-122.

把理想中的仙客与信仰
也抬上崖壁

时空在沉默中不断推演
石窟凝结出
诸多神秘
又令今人仰望多少年①

这首诗采用开放的形式,开篇说石窟是一种古老的象征,远古时期人们理想中的仙客与信仰都曾经在上面留下痕迹,结尾说随着时间的推移,古老的石窟凝聚着很多神秘,需要人们去寻解。试想,我们今人在未来的某一天也会作古,对于我们的后世而言,我们是不是也给他们留下很多他们所不解的神秘?这首诗的开放式结尾能给读者留下想象的空间。

二、诗歌的标题

诗歌的标题如同一首诗的招牌,不可小视。好的标题能使诗增光添色,甚至可以引发读者读诗的兴趣。一般标题有以下几种情况。

1. 直接表明诗歌立意

标题能将诗的主题标示出来。读者一看标题,就知道这首诗大致写什么主题。如杜甫的《悲陈陶》:

> 孟冬十郡良家子,血作陈陶泽中水。
> 野旷天清无战声,四万义军同日死。
> 群胡归来血洗箭,仍唱胡歌饮都市。
> 都人回面向北啼,日夜更望官军至。②

杜甫以《悲陈陶》为题,点明这首诗的主题是写陈陶之战的悲壮。

2. 点明作诗的缘由

诗歌标题将写诗的缘由点出来。如王维的《九月九日忆山东兄弟》:

> 独在异乡为异客,每逢佳节倍思亲。
> 遥知兄弟登高处,遍插茱萸少一人。③

---

① 琚静斋.石窟[M]//阿丁,周所同.华人诗坛新人诗选.布达佩斯:匈牙利东方文化出版社,1991:122.

② 杜甫.悲陈陶[M]//唐诗鉴赏辞典.上海:上海辞书出版社,1983:451.

③ 王维.九月九日忆山东兄弟[M]//唐诗一百首.上海:上海古籍出版社,1986:10.

王维因为九九重阳节思念自己在山东的兄弟,写下这首著名的思亲诗。

3. 点明诗歌抒写的对象

诗歌以抒写的对象为标题。这种标题多半出现于叙事诗中,如杜荀鹤的《山中寡妇》:

> 夫因兵死守蓬茅,麻苎衣衫鬓发焦。
> 桑柘废来犹纳税,田园荒后尚征苗。
> 时挑野菜和根煮,旋斫生柴带叶烧。
> 任是深山更深处,也应无计避征徭。①

这首诗的标题点明诗歌的抒写对象是山中寡妇。山中寡妇几乎一无所有,即便这样,也没有办法逃避繁重的租税和劳役,其生活悲苦难以言状。

4. 标题作为整首诗的有机组成部分,起到补充内容的作用

标题成为诗的不可缺少的部分。对于这类诗,如果我们不看诗歌标题,往往不太容易理解诗到底写什么。如前面提过的戴望舒《萧红墓畔口占》,其标题跟诗行是一个整体。我们可以根据标题,了解这首诗是悼念不幸早逝的女作家萧红的,这样有助于理解这首诗的内涵。

下面我们再来看顾城的短诗《感觉》:

> 天是灰色的
> 路是灰色的
> 楼是灰色的
> 雨是灰色的
>
> 在一片死灰之中
> 走过两个孩子
> 一个鲜红
> 一个淡绿②

这首诗的标题和诗行是连为一体的。若撇开标题,这首诗不太好理解。作者到底要表达什么?是写他亲眼所见到的情景吗?似乎并不尽然。如果你再将诗题跟诗的内容连起来看,就能豁然明白:哦,原来他是写感觉的。"感觉",一般带有很大的主观随意性。顾城写的正是一种带有主观性、随意性的悲观感觉,所以才会写出一连串的"……是灰色"这样色调黯淡的句子。

---

① 杜荀鹤.山中寡妇[M]//唐诗鉴赏辞典.上海:上海辞书出版社,1983:1356.
② 顾城.感觉[M]//朱栋霖.中国现代文学作品选(第四卷).北京:高等教育出版社,2002:100.

5. 直接用诗行作标题

标题采用的是诗歌的行数,比如著名的"十四行诗"。

十四行诗,又译"商籁体",是一种讲究格律的抒情诗体,每首诗基本上都是十四句,为了便于识记,一般可将第一句作为诗歌的标题。这种诗的体式最初流行于文艺复兴时期的意大利,16世纪初传到英国,逐渐在英国社会流行开来,出现了不少善写十四行诗的诗人。莎士比亚(Shakespeare)就是其中之一。我们来看他的一首十四行诗:

> 当我计算着壁上时钟诉说的光阴,
> 美好的白昼就沉入恐怖的黑夜;
> 当我凝望着紫罗兰走过青春,
> 墨黑的卷发染上了白雪的颜色;
> 当我看见脱尽枝叶的参天大树,
> 它曾经让怕热的牛群遮荫纳凉,
> 夏天的盎然葱翠,而今已被一一捆束,
> 带着那坚硬的白须被抬去埋葬;
> 我不禁开始焦虑,为你的美丽,
> 终有一日你会走进时光的废墟,
> 因为甜蜜和娇美将把你舍弃,
> 看着他人风华正茂自己却老去;
> 没有谁能够抗拒时间的毒手,
> 除非生儿育女,在它把你捉走之前。[①]

我国现代诗人冯至也写过一些"十四行诗",比如我们前面提过的一首诗(第一句是"我们天天走着一条熟路")就是典型的"十四行诗"。

6. 以"无题"作标题

无题诗大概出于两种情况:一种是诗句较朦胧,有意用"无题",让读者自己体味。一种是的确找不出合适的诗题,索性用"无题"。很多诗人都写过无题诗。

我国唐代诗人李商隐就曾写过大量诗意朦胧的无题诗(也许是当时有所顾虑,不便说出之缘故)。比如下面这首脍炙人口的《无题》诗:

---

① 莎士比亚.莎士比亚十四行诗[M].王勇,译.哈尔滨:哈尔滨出版社,2003:15.

相见时难别亦难,东风无力百花残。
春蚕到死丝方尽,蜡炬成灰泪始干。
晓镜但愁云鬓改,夜吟应觉月光寒。
蓬山此去无多路,青鸟殷勤为探看。①

这首无题诗很含蓄地表达恋爱不自由的苦衷与伤感。

我们再来看英国诗人雪莱写的一首《无题》:

一

那时光已永远死亡,孩子!
淹没,冻僵,永远死亡!
　我们回顾以往,不禁吃惊,
　见到的是一群希望的亡灵,
我和你在阴暗的生命之河上
消磨到死的那些希望的亡灵:
　苍白,凄惨,哭得哀伤。

二

我们曾注目凝视过的河川
已滚滚流去,再不回还;
　而我们仍站在
　荒凉的土地上,
象树立起两块墓碑,以纪念
在暗淡的生命的晨光里不断
　消逝着的恐怖和希望。②

雪莱的这首诗主要表达对逝去永不回还的时光以及阴暗生命的哀叹,一种欲言还休的怅惘,标为"无题",倒也与其诗境相吻合。

写诗尽可能写标题,这样有助于读者对诗歌的理解。

有的诗歌为了表明写作的背景,除了有标题,还有诗前小序或"题记"。比如艾青的《北方》就有诗前小序。

推荐阅读书目:

冯至.冯至作品新编·二十七首十四行诗[M].北京:人民文学出版社,2009.

---

① 李商隐.无题[M]//唐诗鉴赏辞典.上海:上海辞书出版社,1983:1172.
② 雪莱.雪莱诗选[M].江枫,译.长沙:湖南人民出版社,1980:53.

中国社会科学院文学研究所.唐宋词选[M].北京:人民文学出版社,1981.

[英]拜伦,雪莱,济慈.拜伦雪莱济慈诗精选[M].穆旦,译.武汉:长江文艺出版社,2011.

李笑玉.中外名家经典诗歌(普希金卷)[M].武汉:长江文艺出版社,2008.

[英]莎士比亚.莎士比亚十四行诗[M].王勇,译.哈尔滨:哈尔滨出版社,2003.

唐晓渡.北岛作品精选[M].武汉:长江文艺出版社,2011.

诗歌写作练习:

请尝试写一首诗(要求:注意选材与布局)。

第三章

诗歌的技艺磨砺

>>

发挥想象
以情动人
巧用修辞
练字练句

诗歌写作需要很多技巧。这里重点谈谈以下几个方面：发挥想象，以情动人，巧用修辞，练字练句。

第一节 发挥想象

一、诗歌写作需要想象

想象是一种能将抽象变具象的形象思维活动。人们可以通过这种思维活动，运用记忆中储存的材料，在脑海中再现和创造出新的具体形象。

诗歌作为一种形象艺术，其创作需要发挥想象。刘勰在《文心雕龙》中提到想象在文学创作中的奇妙作用："文之思也，其神远矣。故寂然凝虑，思接千载，悄焉动容，视通万里。"[①]文学的构思，在于想象。诗可以写实，也可以写虚，实与虚又是可以相连的，将它们连接起来的桥梁是想象。诗人默默地凝神思考，在想象的世界里，他的思绪可以超越时空，能自由地飞到远古，也能洒脱地飞到未来，他能想象千年之前的生活，也可以想象千年之后的生活。古往今来乃至未来的情景，在想象的作用下，会纷至沓来，出现在诗人的脑海中，涌到诗人的笔下。这样，诗人就可以创作出形象可感的作品。

想象是基于现实的，却又可以超越现实（甚至是虚幻的）。比如唐代诗人李贺的《梦天》：

> 老兔寒蟾泣天色，云楼半开壁斜白。
> 玉轮轧露湿团光，鸾珮相逢桂香陌。
> 黄尘清水三山下，更变千年如走马。
> 遥望齐州九点烟，一泓海水杯中泻。[②]

在这首诗里，诗人凭着自己丰富奇特的想象，写出超现实的月宫之游：诗人开始上天时天色幽冷，云雾弥漫，空中细雨飘飞，好像月宫里的玉兔和寒蟾在哭泣。忽然云层变幻，月宫的楼宇呈现，月光斜穿过云隙，月宫楼宇一片清白色。玉轮般的月亮带着光晕，似乎被露水打湿，诗人飘飘然进入月宫，在桂花飘香的途中遇到了戴着玉佩的仙女。一瞬间，人间沧海桑田，变化迅急。在月宫俯视九州，只如九点模糊的烟尘，而汪洋大海则小得如同一杯水了。这首诗因为想象非凡，读来让人感觉似有一种"飘飘欲仙"之气。

---

① 刘勰.文心雕龙[M].周振甫,注.北京：人民文学出版社，1981：295.
② 李贺.梦天[M]//唐诗鉴赏辞典.上海：上海辞书出版社，1983：999-1000.

诗人通过想象,可以发挥他的奇思妙想,或表达他的现实愿望。屈原光耀千古的浪漫主义杰作《离骚》就是由想象之花结出的亮丽硕果。诗人被"群小"嫉妒,被楚王疏远,在污浊的现实中找不到理想的归宿,在诗中借四处"神游"痛快淋漓地宣泄他的强烈苦闷。如诗人"神游"天上:

> 饮余马于咸池兮,总余辔乎扶桑。
> 折若木以拂日兮,聊逍遥以相羊。
> 前望舒使先驱兮,后飞廉使奔属。
> 鸾皇为余先戒兮,雷师告余以未具。
> 吾令凤鸟飞腾兮,继之以日夜。
> 飘风屯其相离兮,帅云霓而来御。
> 纷总总其离合兮,斑陆离其上下。①

在这一节诗里,诗人发挥自己超常的想象,描述自己上天的情景:早上我让我的龙马在咸池边痛饮啊,把马缰拴在扶桑树上。到黄昏折一枝若木阻拦太阳西落啊,我暂且在这里逍遥徜徉。让月神在前面为我充当向导啊,让风神在后面紧紧跟上。鸾鸟与凤凰为我警戒开路啊,雷公却说还没有安排妥当。我命令凤鸟展翅高飞啊,日以继夜地朝九天翱翔。旋风积聚向我靠拢啊,率领着云霓来迎接护航。缤纷的云霓忽离忽合啊,五光十色上下飞扬。

屈原凭借想象在天上"神游",而中世纪意大利诗人但丁则是凭借想象,到地狱游历,写成巨著《神曲》;18世纪德国诗人歌德凭借想象,以诗剧的形式讲述浮士德借助魔鬼靡非斯特的魔力实现人生理想的故事,写成举世闻名的《浮士德》。毋庸讳言,离开丰富奇特的想象,这些经典名作很难产生。

不过,有一点也是不容置疑的:想象再丰富再离奇,也往往是在现实的基础上发挥的。如果说现实是根,那么想象则是依附于现实之根的绚丽多姿的奇葩。我们来看郑小琼的《早晨》:

> 阳光如一株植物在窗台上生长
> 它蔓延着的触须,穿过家门
> 它从大海那边来,气息清新
> 它坐在纸上,纸上坐着诗歌与爱情
> 它们睁大着眼睛,目睹阳光拆着
> 黑夜的栅栏,囚禁的栅栏,而此刻
> 诗歌与爱情中的光明已高过桉树的肩膀②

---

① 屈原.离骚[M]//林家骊,译注.楚辞.北京:中华书局,2010:19.
② 郑小琼.早晨[J].绿风,2006(4).

《早晨》是一首富有意韵的短诗。作者的想象丰富而又独特。作为中心意象的阳光不再只是一个自然存在物,而是有了动感和质感,有了勃勃生长的力量,"如一株植物在窗台上生长",它的光束被想象成"蔓延着的触须,穿过家门",充满清新气息。在清晨灿烂阳光的沐浴下,诗人歌颂诗歌和爱情。"诗歌与爱情"被赋予生命,更被赋予思想:"它们睁大眼睛,目睹阳光拆着/黑夜的栅栏,囚禁的栅栏,而此刻/诗歌与爱情中的光明已高过桉树的肩膀。"诗人的想象又是源于现实的,那就是对生活的热爱。

二、如何在诗歌写作中充分发挥想象

如何在诗歌写作中充分发挥想象?这不是一个一蹴而就的问题,需要在平素下功夫,需要长期的积累。古人说,功夫在诗外,讲的就是这个道理。

1. 尽可能多观察,多积累,多思考

想象力是人类最基本的一种思维能力,这种思维能力往往跟人是否乐于观察与勤于思考有密切关系。如果一个人平素重视观察周围的人和事,对所观察的自然现象与社会现象又勤于思考,那么这个人的想象力一定很丰富。相反,一个人对周围的一切都漠然待之,视而不见,见而不思,那他的想象力必定贫乏。

大凡有成就的诗人平素都很关注现实,体察人生,提笔写起诗来,总是能充分发挥他们的想象力的。

秋天"知了"在树上嘶鸣,一般人可能不关心,善感的诗人就会上心,秋天蝉鸣会引起他的深沉感思。"初唐四杰"之一的骆宾王即是如此。他在高宗仪凤三年(678年)因上疏论时政触怒武则天,他本对朝廷一片忠心,却被诬以贪赃罪名下狱,自然心怀郁愤;念及自己的大好年华耗费于种种政治磨难中,自然很伤感。于是,他对秋蝉寂寞的鸣唱感心动意,便以秋蝉自比,在狱中写下这首文思飞扬的《在狱咏蝉》:

> 西陆蝉声唱,南冠客思深。
> 不堪玄鬓影,来对《白头吟》。
> 霜重飞难进,风多响易沉。
> 无人信高洁,谁为表予心?[①]

一棵树长在临近深谷的悬崖上,被风吹得弯曲变形。对于这样的树,一般人可能不会太在意,但诗人曾卓却非常在意。他曾经历过非理性、动乱的政治风暴("文化大革命"),饱受折磨,对险恶时世和复杂人生有很深的体察与感受,悬岩

---

① 骆宾王.在狱咏蝉[M]//唐诗一百首.上海:上海古籍出版社,1986:2.

边的这棵被风吹弯了的、孤独但又显得倔强的树,自然会引发他无限感慨,这棵树俨如他的人生写照,为此他写下了名作《悬岩边的树》:

不知道是什么奇异的风
将一棵树吹到了那边——
平原的尽头
临近深谷的悬岩上

它倾听远处森林的喧哗
和深谷中小溪的歌唱
它孤独地站在那里
显得寂寞而又倔强

它的弯曲的身体
留下了风的形状
它似乎即将倾跌进深谷里
却又像是要展翅飞翔……①

2. 要善于联想

一般来说,客观事物(现象)之间、人与事物之间或人与人之间往往存在着这样或那样的联系,这些联系一经反映到人脑中,会在人脑中留下很深的印象,以后当其中某一事物(或某人)出现,与此事物(或此人)相关的另一事物(或某人)自然也随之出现。这就是我们通常所说的联想。

联想是想象的一种重要形式。比较常见的是睹物(景)思人式联想。比如看到某人用过的物件,虽然某人不在眼前,由物件而想起某人;或者处于不同时期但遭遇同样的情境,也会联想起当时的人或事。宋代欧阳修的《生查子》(也有人认为是女词人朱淑真所作)就是这种联想的产物。

去年元夜时,花市灯如昼。月上柳梢头,人约黄昏后。
今年元夜时,月与灯依旧。不见去年人,泪满春衫袖!②

"今年"的元夜与"去年"的元夜情境相同,一样温情的月,一样如昼的灯市,面对此情此景,词人不由自主地想起了去年相约的人,由这种联想生发一种幽婉的感伤情调。

与欧阳修的《生查子》相似,唐代诗人崔护的《题都城南庄》也是基于睹景思人的联想而成就的佳作:

---

① 曾卓.悬岩边的树[M]//朱栋霖.中国现代文学作品选(第四卷).北京:高等教育出版社,2002:72.
② 欧阳修.生查子[M]//唐宋词选.北京:人民文学出版社,1981:103.("泪满",也有版本作"泪湿"。)

> 去年今日此门中,人面桃花相映红。
> 人面不知何处去,桃花依旧笑东风!①

"去年今日",美丽的桃花下伫立一位美丽的少女,而此时桃花艳丽如昨,可是美丽的少女却不知去向。诗人由今日的胜景联想到去年此时的佳境,但如今桃是人非,让诗人产生一种莫名的怅惘之情。

产生联想的条件是两者之间存在相同或相似之处,通常表现在两个方面。

一是两者在外部特征方面相同或相似。比如上面提过的"人面"与"桃花",两者的相同之处是光艳照人,诗人从而能够由鲜艳美丽的桃花联想到容貌美丽的少女。

二是两者在内在性质上相同或相似。比较典型的是人的悲欢离合与月的阴晴圆缺,这二者由于性质上相似而能让人产生联想。比如苏轼的《水调歌头》下阕就采用了这种联想。

> 转朱阁,低绮户,照无眠。不应有恨,何事偏向别时圆?人有悲欢离合,月有阴晴圆缺,此事古难全。但愿人长久,千里共婵娟。②

"人有悲欢离合,月有阴晴圆缺",苏轼由月的圆缺联想到人的聚离,发出"此事古难全"的感慨。联想之妙,感情之真,使得苏轼这首词千古传唱。

第二节 以情动人

在第一章,我们就说过,诗人写诗的目的在于抒情言志。感情真挚是诗歌创作的核心要求,也是其他文学体裁必须遵循的基本要求。大凡优秀的诗作之所以能打动读者,主要靠的就是情真。比如海子的抒情名作《面朝大海,春暖花开》就是如此。

> 从明天起,做一个幸福的人
> 喂马,劈柴,周游世界
> 从明天起,关心粮食和蔬菜
> 我有一所房子,面朝大海,春暖花开
>
> 从明天起,和每一个亲人通信
> 告诉他们我的幸福

---

① 崔护.题都城南庄[M]//唐诗一百首.上海:上海古籍出版社,1986:125.
② 苏轼.水调歌头[M]//唐宋词选.北京:人民文学出版社,1981:131.

那幸福的闪电告诉我的
我将告诉每一个人

给每一条河每一座山取一个温暖的名字
陌生人,我也为你祝福
愿你有一个灿烂的前程
愿你有情人终成眷属
愿你在尘世获得幸福
我只愿面朝大海,春暖花开①

这首诗没有华美的辞藻,也没有新奇的意象,但它写得情真意切,可谓以情动人的典范之作。诗一开篇,以一种不容迟疑的口吻表达"从明天起,做一个幸福的人"的意愿。在诗人的眼里,做一个幸福的人,就是要过着一种简单、纯朴而又自由的生活,譬如喂马,劈柴,周游世界。毕竟一切的幸福需要最起码的物质保障,即有粮食和蔬菜可食,有房子可住,故而诗人特意强调"从明天起,关心粮食和蔬菜",强调要"有一所房子",而且这所房子是有点超尘脱俗的,"面朝大海,春暖花开"。诗人不只希望自己做一个幸福的人,也希望亲人和自己一起分享幸福;诗人还动情地为陌生人祝福,祝福其前程灿烂,爱情美满,在尘世间获得幸福。诗人诚挚地祝愿他人生活美好,但他依然强调"我只愿面朝大海,春暖花开",他注重的是一种充满诗意和浪漫的幸福感受。

诗人以如话家常娓娓道来的方式,真挚地表达了对未来美好生活的憧憬,对尘世人真诚善良的祝福。诗人无伪无饰的话语令人感动,他俨然是要将善良的赤子魂灵捧给我们读者看。

下面我们来简要探讨一下:怎样才能做到以情动人?大体说来,要注意以下两点。

一、感情要真

要想自己的诗写出来能打动读者,一定要写出自己的真实情感,不能矫揉造作。

古今中外的名作无不是诗人真实情感的流露。比如李白的《南陵别儿童入京》:

> 白酒新熟山中归,黄鸡啄黍秋正肥。
> 呼童烹鸡酌白酒,儿女嬉笑牵人衣。
> 高歌取醉欲自慰,起舞落日争光辉。

---

① 海子.面朝大海,春暖花开[M]//海子、骆一禾作品集.南京:南京出版社,1991:49.

游说万乘苦不早,著鞭跨马涉远道。
会稽愚妇轻买臣,余亦辞家西入秦。
仰天大笑出门去,我辈岂是蓬蒿人。①

唐天宝元年,年已不惑的李白接到唐玄宗传他进京的诏书,以为自己从此可以一展才华,实现自己的政治理想。李白在这首诗中真实地记录了奉诏入京带给他的狂喜之情,他的这种狂喜也感染亲人,"儿女嬉笑牵人衣"。他纵酒高歌,万千豪情尽在酒歌之中,自信和狂放最终不自禁地喷薄而发:"仰天大笑出门去,我辈岂是蓬蒿人。"李白在诗中抒发的情感很真切动人。

二、抒发感情要注意"度"

写诗可能会出现这样一种情况,就是自己的感情也是真实的,但是写出来总让人感觉失真,这是因为在具体表达时没有把握好分寸。打一个不太恰当的比方,写诗好比是台上演戏,不入戏,不行;表演过火了,也不行,应该恰到好处,这就是所谓的"度"。写诗抒发感情要注意两点:一是不要虚夸,二是不要"萎缩",要恰切地将自己的真实感情表达出来。我们来看《出航》一诗:

> 天边那片五彩云
> 还没有飘过来
> 我的星空也不太斑斓
> 那只独桅船
> 却一直在风浪中
> 默航
>
> 于默航中心意恬畅
> 我知道
> 美丽的港湾就在前面
> 日出的地方
> 那里有许多素不相识的朋友
> 在翘望着为我鼓掌②

这首诗写"我"在人生的汪洋里自驾"独桅船"默默航行的真实感受。尽管天

---

① 李白.南陵别儿童入京[M]//唐诗鉴赏辞典.上海:上海辞书出版社,1983:303.
② 琚静斋.出航[M]//阿丁,周所同.华人诗坛新人诗选.布达佩斯:匈牙利东方文化出版社,1991:119-120.

边的五彩云没有飘过来,尽管自己的星空不太斑斓,尽管汪洋中有风有浪;但是"我"的心意还是很恬畅,因为"我"对未来充满了希望,坚信美丽的港湾就在前面日出的地方,那里会有许多不相识的朋友在为"我"成功的航程欢呼鼓掌。作者在诗中表达了一种平和、乐观的人生态度,抒发感情时也比较注意不虚夸、不"萎缩",感情拿捏得比较到位。

第三节　巧用修辞

所谓修辞,就是对文字词句起修饰作用的各种表现手段,如比喻、拟人、夸张、排比、对偶、对比、象征等。诗歌中的修辞作用不可小视,它能使语言妙趣横生,能将抽象的变具体,平淡的变生动,形象、鲜明、生动地表情达意。

一、比喻

比喻是最常见的一种修辞,俗称打比方,利用某事物(B)跟另一事物(A)有相似点的地方来说明 A 事物。

比喻一般有本体、喻体和比喻词(似、如、像……一样,等等)。

比喻有多种,比较常见的有以下几种。

1. 明喻

明喻是指本体、喻体和比喻词都具备的比喻,而且比喻词多为"似""如""好像"等。如"他的眼睛像霜夜的大星一样明亮"。此句中的"他的眼睛"是本体,"霜夜的大星"是喻体,"像……一样"是比喻词。不少诗歌用明喻,以增强其艺术感染力。比如英国诗人拜伦(Byron)的诗《她走在美的光彩中》。我们来看它的第一节:

　　她走在美的光彩中,像夜晚
　　　　皎洁无云而且繁星满天;
　　明与暗的最美妙的色泽
　　　　在她的仪容和秋波里呈现:
　　耀目的白天只嫌光太强,
　　　　它比那光亮柔和而幽暗。[①]

诗的第一句用的是明喻,"她走在美的光彩中"是本体,"夜晚皎洁无云而且繁星满天"是喻体。这里用皎月繁星的诗意夜晚来比喻"她"走在美丽光彩中的

---

① 拜伦.她走在美的光彩中[M]//穆旦,译.拜伦雪莱济慈诗精选.武汉:长江文艺出版社,2011:14.

优美姿态,生动而又传神。

2. 暗喻

暗喻也叫隐喻,有本体和喻体,一般不用"似""如""好像"等比喻词,而是用带有判断性质的词如"是""成(为)""变成"等。如"她的眼是温暖的太阳"。此句中的"她的眼"是本体,"温暖的太阳"是喻体,"是"为判断词。我们来看《独语》这首诗:

> 小径叶落正秋
> 半里的路却是整日行程
> 慷慨人的花苞
> 在枝头挂了整整四季
> 顽童用弹弓打落
> 衔花苞的鸟
> 花苞终空艳了一场
>
> 凋零了 所有的承诺
> 夜幕最亮的星
> 原是一豆残灯[①]

诗的最后一句"夜幕最亮的星/原是一豆残灯",用的就是暗喻,这里用"一豆残灯"来比喻"夜幕最亮的星",这个暗喻形象地写出了诗中的抒情主人公因"慷慨人"失信而心情黯然,以致感觉夜幕最亮的星也成了光线黯淡的残灯。

3. 借喻

借喻一般不出现本体和比喻词,直接以喻体代本体。我们来看食指《相信未来》的第二节:

> 当我的葡萄化为深秋的露水,
> 当我的鲜花依偎在别人的情怀,
> 我依然固执地用凝露的枯藤
> 在凄凉的大地上写下:相信未来。[②]

诗中的"我的鲜花"用了借喻修辞,喻指"我的心上人"。

4. 博喻

博喻又称混合比喻,也称复喻,指用多个喻体分别说明同一本体的不同方面的特征。比如我们前面提过汪静之的《伊底眼》,这首诗就用了博喻:"伊底眼是

---

① 琚静斋.独语[M]//孙必泰.青春风采.合肥:安徽文艺出版社,1993:75.
② 食指.相信未来[M]//朱栋霖.中国现代文学作品选:第四卷.北京:高等教育出版社,2002:71.

温暖的太阳""伊底眼是解结的剪刀""伊底眼是快乐的钥匙""伊底眼变成忧愁的引火线了"。这里"温暖的太阳""快乐的钥匙""解结的剪刀"和"忧愁的引火线"都是喻体,都用来比喻"伊底眼"给"我"所传递的奇妙的爱情感受。

5. 排喻

排喻又称类喻,指两个或两个以上的比喻排列在一起,本体虽不同,但存在密切关系。我们来看元代周德清散曲《塞鸿秋·浔阳即景》:

> 长江万里白如练,淮山数点青如淀;
> 江帆几片疾如箭,山泉千尺飞如电。
> 晚云都变露,新月初学扇,塞鸿一字来如线。①

周德清写的这首散曲历来为人们所传诵,不只在于其意象清新,境界开阔,还在于其修辞用得工巧。其中最重要的修辞手段就是排喻,诗开篇接连用了四个比喻:万里长江像一条银光闪闪的白练,远望成点的淮山青翠像蓝靛,几艘帆船在宽阔浩瀚的江面上像飞箭一样地轻疾,千尺山泉(瀑布)飞流快得像闪电。排喻形象生动地写出了令人陶醉的浔阳美景。

6. 扩展比喻

有的诗歌通篇都用比喻,称之为扩展比喻,蕴藉中见妙趣。比如唐代诗人朱庆馀的《近试上张水部》:

> 洞房昨夜停红烛,待晓堂前拜舅姑。
> 妆罢低声问夫婿,画眉深浅入时无?②

诗人以"新妇"自比,以"舅姑"比主考官,以"画眉"比自己的诗文。以"夫婿"喻指当时在诗文上颇有名气,而且又乐于提拔后进的水部郎中张籍。这首诗通过比喻,巧妙地表达了一名应试举子在考试前那种不安和期待心情。

后来张籍作了一首和诗,酬答朱庆馀:

> 越女新妆出镜心,自知明艳更沉吟。
> 齐纨未足时人贵,一曲菱歌敌万金。③

张籍的这首和诗同样采用扩展比喻,诗中以"越女"比朱庆馀,以"菱歌"比朱庆馀的诗文。张籍通过"越女新妆出镜心"等比喻,巧妙地表达对朱庆馀诗文的肯定,言下之意要朱庆馀放宽心,他这种"敌万金"的菱歌会有人赏识的。

以上我们简要介绍了六种常见的比喻方式。在具体的诗歌创作中,究竟运

---

① 周德清.塞鸿秋·浔阳即景[M]//元曲鉴赏辞典.上海:上海辞书出版社,1990:1007.
② 金性尧.唐诗三百首新注[M].上海:上海古籍出版社,1980:346.
③ 金性尧.唐诗三百首新注[M].上海:上海古籍出版社,1980:347.

用哪种比喻,一般没有定规,多半根据诗人自己的喜好与表达的需要而定。

不过,运用比喻要注意灵活,不必拘泥于形式。有的用比喻词来点明,如前面提过的李煜《虞美人》(春花秋月何时了):"问君能有几多愁?恰似一江春水向东流。"而有的则通过意思来贯穿,如宋代词人贺铸的《青玉案》中有几句:"试问闲愁都几许?一川烟草,满城风絮,梅子黄时雨。"答语中就省略了"闲愁就像"。

二、比拟

比拟跟比喻有相似之处,都是甲乙两者相比;但比喻的两者之间必须有相似点,而比拟的两者不一定有相似点。比拟重点强调"拟",即将甲当成乙来写。

比拟一般有两种:拟人和拟物。

1. 拟人

拟人,是将事物(包括有生命的动植物和无生命的自然物)人格化,使事物具有人的言行和感情。

拟人能增强诗的形象生动性。比如印度诗人泰戈尔诗集《飞鸟集》中有这样一首小诗:

> 小花问道:"我要怎样地对你唱,怎样地崇拜你呢,太阳呀?"
> 太阳答道:"只要用你的纯洁的素朴的沉默。"[1]

小诗采用拟人手法,赋予小花这种有生命的小植物和太阳这种无生命但普照万物的重要自然物以人的情感和言语。诗人通过小花和太阳之间的对话,来表达对纯洁的素朴的品质的赞颂。

2. 拟物

拟物,是将人拟作物,将人当作物来写(赋予人以物的动作或情状)。

诗歌采用拟物手法,除了加强诗歌的形象生动性和艺术感染力,还能恰切地表达作者的某种感情。比较常见的有以下两种。

一种拟人为物,以表达蔑视和愤恨之情。典型的如将贪婪者拟为大老鼠。《诗经》中的《魏风·硕鼠》就是如此,开篇"硕鼠硕鼠",即带控诉的声腔,将贪婪无度的奴隶主拟作贪得无厌的大老鼠。无独有偶,晚唐诗人曹邺也写过类似的诗《官仓鼠》:

> 官仓老鼠大如斗,见人开仓亦不走。
> 健儿无粮百姓饥,谁遣朝朝入君口?[2]

---

[1] 泰戈尔.泰戈尔诗选·飞鸟集[M].郑振铎,译.北京:人民文学出版社,2015:295.
[2] 曹邺.官仓鼠[M]//唐诗一百首.上海:上海古籍出版社,1986:140.

《官仓鼠》一诗也将贪官拟为大如斗的老鼠,言辞间充满怨愤,强烈地谴责了那种不顾民众死活,一味吸取民脂民膏的贪官污吏。

另一种拟人为物,以表达那种难以言明的复杂情感(如恋爱感受),含蓄蕴藉。如何其芳20岁时写的《罗衫》:

我是曾装饰过你一夏季的罗衫,
如今柔柔地折叠着,和着幽怨。
襟上留着你嬉游时双桨打起的荷香,
袖间是你欢乐时的眼泪,慵困时的口脂,
还有一支月下锦葵花的影子
是你在合眼时偷偷映到胸前的。
眉眉,当秋天暖暖的阳光照进你房里,
你不打开衣箱,检点你昔日的衣裳吗?
我想再听你的声音。再向我说:
"日子又要渐渐暖和。"
我将忘记快来的是冰与雪的冬天,
永远不信你甜蜜的声音是欺骗。①

这首诗主要写抒情主人公"我"恋爱中的幽怨,是一首写得很妙的情诗。其妙,就妙在诗人没有直露地写出"我"的感受,而是将"我"比拟成一件夏季的罗衫,抒写对恋人的嗔怪,含蓄而又不失分寸。

三、对偶

对偶的主要特点就是字句成双成对,不仅有助于诗人感情的抒发,也能使诗歌形成一种韵律美。古典诗歌一般很讲究对偶(古时多称对仗),而且要求比较严格,讲究声律、平仄,上下句字数要相同,甚至同一位置不能用相同的字词(不过,现在对偶一般都比较宽松,只要词性、结构相同就可以了)。比如前面提过的周德清散曲《塞鸿秋·浔阳即景》不只用了排喻,也用了对偶。开头两句写远景,用的是非常工整的对仗手法:"长江"对"淮山","万里"对"数点","白如练"对"青如淀";接下来两句写近景,依然用的是工整的对仗:"江帆"对"山泉","几片"对"千尺","疾如箭"对"飞如电"。随后的句子也基本成对:"晚云"对"新月","都"对"初","变露"对"学扇"。

---

① 何其芳.罗衫[M]//牟决鸣.何其芳诗文掇英.北京:东方出版社,2004:14.

我们再来看唐代诗人王勃写的七言律诗《滕王阁诗》[①]：

滕王高阁临江渚，佩玉鸣鸾罢歌舞。（首联）
画栋朝飞南浦云，珠帘暮卷西山雨。（颔联）
闲云潭影日悠悠，物换星移几度秋。（颈联）
阁中帝子今何在？槛外长江空自流。（尾联）

这首诗对仗也很工整，其首联、颔联和尾联用的都是对偶，读来音韵和谐优美。

现代人写诗虽然难以达到像古典诗歌那样对仗工整，但也可以做到使用相对宽松的对偶。如卞之琳写于1937年的短诗《无题四》就用了宽松的对偶，现摘录如下：

隔江泥衔到你梁上，
隔院泉挑到你杯里，
海外的奢侈品舶来你胸前：
我想要研究交通史。

昨夜付一片轻喟，
今朝收两朵微笑，
付一枝镜花，收一轮水月……
我为你记下流水账。[②]

这首诗主要婉讽当时一些人崇洋媚外。其中好几处使用了对偶修辞，如开篇的头两句"隔江泥衔到你梁上，隔院泉挑到你杯里"属宽对，第二节的头两句"昨夜付一片轻喟，今朝收两朵微笑"也用了较工整的对偶，此外，"付一枝镜花，收一轮水月"也属对偶句。对偶修辞的运用使这首诗音韵流畅。

四、排比

排比是将三个或三个以上内容相同、结构相似的句子成分或句子排列在一起。排比能起到强调和推进感情的作用，形成一种气势，而且还使诗歌具有一种音韵美。

排比一般有以下几种。

---

① 王勃.滕王阁诗[M]//唐诗鉴赏辞典.上海：上海辞书出版社,1983:19.
② 卞之琳.无题四[M]//三秋草.北京：华夏出版社,2008:86.

1. 词组排比

词组排比,也就是句子中的结构大致相同的一些词组排列在一起,组成排比。前面一再提到周德清的《塞鸿秋·浔阳即景》,这首散曲既用了对偶,又用了排喻。而排喻修辞中包含了排比手法,其中的"白如练""青如淀""疾如箭""飞如电"和"来如线"等属于词组排比。

2. 句子排比

所谓句子排比,是指复句、单句或构成复句的各分句结构相同,排列在一起,构成排比。譬如艾青的《窗外的争吵》中有些段落用的就是单句排比,现节录如下:

    用不到公民投票
    用不到民意测验
    用不到开会表决
    用不到通过举手

    去问开化的大地
    去问解冻的河流
    去问南来的燕子
    去问轻柔的杨柳①

3. 段排比

所谓段排比,是指诗歌各段的句式大致相似,连缀起来,构成排比。如余光中的《乡愁》:

    小时候
    乡愁是一枚小小的邮票
    我在这头
    母亲在那头

    长大后
    乡愁是一张窄窄的船票
    我在这头
    新娘在那头

    后来啊
    乡愁是一方矮矮的坟墓

---

① 艾青.和诗歌爱好者谈诗[M]//诗论.上海:复旦大学出版社,2005:156.

> 我在外头
> 母亲在里头
>
> 而现在
> 乡愁是一湾浅浅的海峡
> 我在这头
> 大陆在那头[①]

五、夸张

夸张又称夸饰,是一种以夸大的词句来形容描写的对象,以增强表现力的一种修辞手段。

夸张比较常见的有两种:扩大夸张和缩小夸张。

扩大夸张是指为了表达的需要,有意将客观事物的范围、规模、距离、长度等方面扩大的一种夸张形式。诗仙李白就喜欢用扩大夸张,他写了很多不寻常的夸张之语,如:

> 蜀道之难,难于上青天。(《蜀道难》)
> 白发三千丈,缘愁似个长。(《秋浦歌》)
> 飞流直下三千尺,疑是银河落九天。(《望庐山瀑布》)

缩小夸张是指为了表达的需要,有意将客观事物的范围、规模、距离、长度等方面缩小的一种夸张形式。如李贺的《梦天》中的"遥望齐州九点烟,一泓海水杯中泻"句,就采用了缩小夸张。

扩大夸张和缩小夸张不只可以突出事物的本质,还可以加强诗人的思想感情,能给读者强烈的艺术感受。

六、借代

借代是不直接说出某事物或某人,而是以此事物或此人的某一部分或者跟其有关的另一事物代替。如陆游《钗头凤》中的"红酥手"就是代指唐琬。又如唐代诗人李康成写的《采莲曲》:

[①] 余光中.乡愁[M]//朱栋霖.中国现代文学作品选(第四卷).北京:高等教育出版社,2002:118-119.

采莲去,月没春江曙。
翠钿红袖水中央,
青荷莲子杂衣香。
云起风生归路长。
归路长,那得久?
各回船,两摇手。①

诗中的"翠钿红袖"用了借代修辞,"翠钿"本指采莲少女所戴的镶着翡翠的首饰,"红袖"本指少女的红衣袖,而诗人借"翠钿红袖"代指采莲少女。

我们再来看唐代诗人张志和写的《渔父》一词:

西塞山前白鹭飞,桃花流水鳜鱼肥。青箬笠,绿蓑衣,斜风细雨不须归。②

词中的"青箬笠,绿蓑衣"用的也是借代修辞。青箬笠,指渔父头上戴的斗笠(用青色竹篾和箬叶编制而成);绿蓑衣,指渔父身上穿的雨衣(用绿草编织而成)。此处以斗笠和雨衣来代指渔父。

七、象征

象征作为诗歌创作中的一种修辞方式,是用具体事物表现某种难以言传的抽象情感。换言之,象征也就是通过人的内在(主观)情感世界与外在(客观)物质世界之间的某种关联,用客观事物来作为抽象情感的一种外在表征,使人们难以言说的主观情感得到具体、直观的表现。

在诗歌创作中,用作象征的意象有多种,最常见的是用自然物象作象征。还有一种比较常见的是用社会意象来作象征。有"诗怪"之称的李金发的象征诗《弃妇》,诗中就用(清白却遭遗弃而产生哀戚和烦闷的)"弃妇"形象来象征诗人在生活中所受的种种重压和愤懑、孤独、厌世的心态。戴望舒发表于1928年的《雨巷》也属用社会意象来作象征的诗。诗中的"丁香姑娘",作为一个梦中情人的形象,实际象征着1927年大革命失败之后青年知识分子的一种迷惘、彷徨、孤寂的情绪。

象征还有固定象征和临时造设象征之分。

所谓固定象征,就是用作象征的自然物象或社会意象具有约定俗成的象征意义,也就是说,它的象征意义为大众所熟知。比如橄榄枝、鸽子、太阳、玫瑰等

---

① 李康成.采莲曲[M]//唐诗一百首.上海:上海古籍出版社,1986:58.
② 张志和.渔父[M]//唐宋词选.北京:人民文学出版社,1981:11.

等自然物象用作象征,大家一般都知道,橄榄枝和鸽子象征和平,太阳象征光明、理想或希望,玫瑰象征爱情。

所谓临时造设象征,是指用作象征的自然物象或社会意象的象征意义不是大众所熟悉的,而是诗人出于创作需要临时造设了一种象征意义。比如卞之琳的《鱼化石(一条鱼或一个女子说)》:

> 我要有你怀抱的形状,
> 我往往溶化于水的线条。
> 你真的像镜子一样爱我呢。
> 你我都远了乃有了鱼化石。①

诗中的自然物象"鱼化石"的象征意义并不是约定俗成的,而是诗人临时造设。诗人要通过"鱼化石"来象征什么呢?诗中的最后两句可谓点睛之笔:"你我都远了乃有了鱼化石",你我彼此远离,爱情没有希望了,满怀柔情的"鱼"并没有得到对方水一般的温柔"怀抱",而是遭遇对方冷冰冰的回应,被困于冷冰冰的"石"中。通读全诗,"鱼化石"在这里象征着一种渴望追求爱情而又不得的复杂感受。

与固定象征比起来,由诗人临时造设的象征更显出其新颖性和独特的美感价值。由于它往往带有不确定性和多重寓意,所以不同的读者对同一首诗往往有不同的解读(甚至可能完全背离作者创作该诗的本意)。比如《诗经·秦风·蒹葭》:

> 蒹葭苍苍,白露为霜。所谓伊人,在水一方。
> 溯洄从之,道阻且长。溯游从之,宛在水中央。
>
> 蒹葭萋萋,白露未晞。所谓伊人,在水之湄。
> 溯洄从之,道阻且跻。溯游从之,宛在水中坻。
>
> 蒹葭采采,白露未已。所谓伊人,在水之涘。
> 溯洄从之,道阻且右。溯游从之,宛在水中沚。②

这首诗朦胧含蓄,主要缘于诗的中心意象"伊人"没有具体所指,读者可以有多种理解:第一种,也是最容易理解的一种,"伊人"被视为意中人,这首诗就是典型的怀想恋人的情歌,表达的是一种情人难求的幽怨情绪;第二种,"伊人"可视为"隐居的贤人",这首诗便是招贤诗,表达的是一种贤才难得的惆怅情绪;第三种,"伊人"可视为人生理想,这首诗即为追寻理想的抒怀诗,表达的是一种前途

---

① 卞之琳.鱼化石(一条鱼或一个女子说)[M]//姜诗元.三秋草.北京:华夏出版社,2008:74.
② 诗经(上)[M].刘毓庆,李蹊,译注.北京:中华书局,2011:314-315.

渺茫,理想难以实现的迷惘。

临时造设象征必须注意恰切,即运用的象征物(意象)与要表达的思想情感之间存在某种实在的关联,即便意象朦胧含蓄,多少也能给读者一定的暗示,这样读者就可以通过形象生动的意象来体味诗歌的含义。临时造设象征若不恰切,如运用的象征物与要表达的思想情感之间毫无关涉,不能给读者丝毫暗示,诗读起来晦涩,读者无法解读,阅读的兴趣自然也就消失殆尽。临时造设象征一定要谨防这点。

八、移情

移情,顾名思义,就是转移情感。它本是一种心理反应,人往往会在不自觉中将自己的情绪投射到周围的外物上,譬如高兴时,感觉天上的太阳是那么明艳温暖,而在忧伤时,会感觉天上的太阳黯然无光。在诗歌创作中,也可以有意识地运用移情手法,即将主观情感转移、投射于客观外物上,以增加诗歌的形象生动性。比如英国作家哈代(Hardy)的《伤痕》(徐志摩译)就采用了移情手法。

> 我爬上了山顶,
> 　回望西天的光景,
> 太阳在云彩里
> 　宛似一个血殷的伤痕;
>
> 宛似我自身的伤痕,
> 　知道的没有一个人,
> 因为我不曾袒露隐秘,
> 　谁知这伤痕透过我的心!①

诗人心中有伤痕,他将这种感伤情绪转移到西天本无感情的太阳上,使得太阳也仿佛像他一样有了"一个血殷的伤痕"。

除了以上比较常见的修辞,还有其他的修辞如反复、顶针(顶真)、反问、双关、互文、通感等,此处就不一一列举。不论采用什么样的修辞,都是为了使诗歌生动形象,增强诗歌的艺术魅力。

同一首诗中,可以采用多种修辞。如《空谷吉他手》:

---

① 哈代.伤痕[M]//顾永棣.徐志摩诗全编:集外译诗.杭州:浙江文艺出版社,1987:436.

清脆的猿啼

回荡于幽山空谷

两个古亭高高对坐于空中

一把吉他寻到这里

——带着城市的喧声

往日行走于人流里的孤寂

已成忘情的弹唱

山路蜿蜒

似抚垂肩头的白绸

下山的阿妹

是跃动于白绸上的一个音符

绿意饱满的远村

如一个侧卧的美人

娴静端庄　令城市里

浓抹红颜自叹弗如

收弦　倾听

鸟影纷纷

来吧　同旷廓一起共度

骑着长留谷间的音乐

可望见天之涯①

诗中用了多种修辞手法,如拟人、借代、比喻等。"两个古亭高高对坐于空中"用的是拟人,拟"古亭"为人,两个古亭跟人一样在空中对坐;"一把吉他寻到这里"用的是借代,"吉他"代指弹吉他的人;"令城市里/浓抹红颜自叹弗如"用的也是借代,"浓抹红颜"借指艳丽的女人;"山路蜿蜒/似抚垂肩头的白绸"和"绿意饱满的远村/如一个侧卧的美人"用的都是明喻,分别以"白绸"比喻山路,以"美人"比喻"远村";"下山的阿妹/是跃动于白绸上的一个音符"用的是暗喻,以"音符"比喻"阿妹"。这些修辞的运用大大增强诗歌的生动形象性和艺术美感。

---

① 琚静斋.空谷吉他手[M]//诗坛新秀千人选拔赛获奖作品集.香港:南洋出版社,1991:244-245.

第四节 练字练句

一、重视字句锤炼

诗歌是语言的艺术。语言的基本要素之一是词汇。词汇之于诗句,如同砖瓦之于房屋。没有好的砖瓦,就盖不起像样的房屋。一首好的诗歌,用词必须准确、精练,富有感情色彩和表现力。比如我们前面第一章提过戴望舒的《萧红墓畔口占》,这首诗可谓现代诗歌练字练句的典范之作,短短四句诗,却意味深长。以其中第二句为例,"到你头边放一束红山茶",这一句很精准地表达了诗人的祭奠之意:诗人为祭奠逝者,在其墓前奉上一束红山茶;"到你头边"语尤妙,显见了诗人深厚的情意。

写诗要重视练字练句。很多好的诗句往往都是不断推敲出来的。古人在这一方面值得我们学习。唐代诗人卢延让作诗,有时为了一个字,不停地拈着胡须反复吟咏推敲,正如他在《苦吟》一诗中所言:

吟安一个字,撚断数根须。①

杜甫为了求得惊人之句,也是重视练字练句,在遣词造句方面苦下功夫,正如他在《江上值水如海势聊短述》一诗中所说的:"为人性僻耽佳句,语不惊人死不休"。

贾岛也是苦吟诗人,他曾经因很长时间觅得佳句,吟成"独行潭底影,数息树边身"而激动不已,有感作了《题诗后》一绝句:

二句三年得,一吟双泪流。
知音如不赏,归卧故山秋。②

二、重视诗歌修改

除了在诗歌创作过程中重视字(词)句锤炼外,在一首诗基本成稿之后,也还要继续进行词句琢磨,这就是我们通常说的修改。修改很重要,修改得当,可以

---

① 卢延让.苦吟[M]//彭定求,等.传世藏书·集库·总集·全唐诗(三).海口:海南国际新闻出版社中心,1995:2645."撚断数根须",有版本作"捻断数茎须"。

② 贾岛.题诗后[M]//彭定求,等.传世藏书·集库·总集·全唐诗(三).海口:海南国际新闻出版社中心,1995:2195.

让诗歌更加精致。好诗多半是修改出来的。北宋文学家王安石修改其诗《泊船瓜洲》就是一个著名的例子。

　　　　京口瓜洲一水间,钟山只隔数重山。
　　　　春风又绿江南岸,明月何时照我还?①

这首诗意象鲜明生动,意境清新。尤其是第三句"春风又绿江南岸",描绘春到江南,充满勃勃生气的景象。该句中的"绿"字尤为传神,不经意间写出了江南春意盎然。而这个"绿"字并非王安石最初就能写出了的,而是煞费苦心地改来改去,竟改了十多次,最后才定下来的。关于王安石改字经过,宋人洪迈的《容斋续笔》有相关记载:"吴中士人家藏其草。初云'又到江南岸'。圈去'到'字,注曰'不好',改为'过'。复圈去,而改为'入'字,旋改为'满'字。凡如是十许字,始得为'绿'。"②

为什么王安石对"到""过""入"等字都不满意呢?因为它们都是动词,没有视觉形象,只表明春天到了,并没有写出春天的风情,因而显得有些板滞。而"绿"是春天最突出的特征,蕴含着春天的无限生机。况且"绿"字形象生动,有很强的视觉形象,能给读者以鲜明的印象。

我们写诗,怎样将诗歌修改得令人满意呢?王安石改诗的例子给了我们很好的借鉴:不管是改字还是改句,都要尽可能让诗更有韵味,能更好地表情达意。

推荐阅读书目:

牟决鸣.何其芳诗文掇英[M].北京:东方出版社,2004.
顾永棣.徐志摩诗全编[M].杭州:浙江文艺出版社,1987.
泰戈尔.泰戈尔诗选[M].郑振铎,石真,冰心,译.北京:人民文学出版社,2015.

诗歌写作练习:

请尝试写一首诗(要求:注意诗歌写作技巧)。

---

① 王安石.泊船瓜洲[M]//黄岳洲,茅宗祥.宋金元文学卷.上海:汉语大词典出版社,2002:199.
② 洪迈.容斋随笔:容斋续笔[M].夏祖尧,周洪武,校点.长沙:岳麓书社,1994:210.

小说篇

第四章

小说概述

"小说"的观念及小说的要义
小说的主要特征
小说的主要种类

第一节 "小说"的观念及小说的要义

一、关于"小说"的观念

"小说"这个词最初出现于《庄子》一书中:"饰小说以干县令,其于大达亦远矣。"①不过,此处的"小说"意为"浅薄的言辞",跟我们今天所提的作为一种文体的"小说"是两种概念。照鲁迅的说法,庄子文章里的"小说"指的是"琐屑之言,非道术所在"②,也就是浅见小道,不是道家所倡导的"大道"。东汉史学家班固的《汉书·艺文志》中有这样一段与"小说"有关的文字:"小说家者流,盖出于稗官。街谈巷语,道听涂(通'途')说者之所造也。孔子曰:'虽小道,必有可观者焉,致远恐泥,是以君子弗为也。'然亦弗灭也。闾里小知者之所及,亦使缀而不忘。如或一言可采,此亦刍荛狂夫之议也。"③班固记载的这段文字主要包含了两层意思:一是肯定小说的性质,即小说是出自"街谈巷语,道听涂说者"的"小道";二是涉谈小说源泉,即小说源自现实生活。

"小说"作为"琐屑之言",一直用于古代的文言小说。清代纪晓岚主编的《四库全书》将"纪录闻见之书"分为"杂史"和"小说"两类:"以述朝廷关军国者,入杂史"(此处所说的"杂史"是专记那些朝廷重大军政国事);以"涉里巷闲谈,词章细故者"入"小说"④。纪晓岚如此划分,就明显地将"小说"视为不涉国政,排于经史之外的"琐屑之言"。

古时的"小说"概念比较含混,它在内容和形式两方面都没有明确规定,所以其范围广博,大凡言谈、事迹、风物、典制之属都被包容在内。它的体式庞杂多样,诸如笔记、寓言、语录、传记之类都被拿来所用。但有一点毋庸置疑,我们今天所说的小说其实在先秦时期就已萌芽,比较典型的是先秦散文中羼入的不少人物性格比较鲜明的寓言故事。如《孟子》《庄子》《韩非子》《战国策》等书中就有很多寓言故事,其文笔生动,带有较强的小说意味。如果将它们中的有些故事单独拉出来,俨然就是简短的小说。还有《左传》《战国策》等先秦史书上那些写人记事的作品,人物描写鲜明丰满,事件记述完整曲折,这些作品不只为后来

---

① 庄子.庄子·外物[M].北京:中华书局,2007:240.
② 鲁迅.中国小说史略[M].北京:东方出版社,1996:1.
③ 班固.艺文志[M]//汉书:卷三十.北京:中华书局,1962:1745.
④ 永瑢.四库全书简明目录[M].上海:古典文学出版社,1957:551.

作为文体的小说提供了一些可资借用的素材,而且还为小说创作积攒了一定的经验。

"小说"真正作为一种文体,若要追溯起来,大约出现于魏晋时期。

魏晋时期出现了两类作品:一类以《搜神记》为代表的专记神仙鬼怪为内容的志怪书,另一类以《世说新语》为代表的专记人间发生的奇闻怪事的志人作品。以我们今天的眼光来看,这两类作品虽然艺术略显粗陈,但毕竟作为真正意义上小说的滥觞,是很值得肯定的。

到了唐代,小说进一步发展,出现唐传奇。唐传奇相比于六朝志人、志怪作品,篇幅上有所延长,内容也比较丰富,情节曲折动人,有较强的艺术表现力,带有文人一种自觉创作的倾向。它宣告中国小说开始进入相对定型的阶段。

小说发展到明清时期,更加成熟。除了文言短篇小说得到发展,更可喜的是,长篇章回体小说出现乃至长足的发展,出现了很多对后世影响深远的小说作品。这些作品很多都带有开创意义,历史小说如明代罗贯中的《三国演义》、施耐庵的《水浒传》,神魔小说如明代吴承恩的《西游记》,家庭小说如明代兰陵笑笑生的《金瓶梅》。而要论艺术成就最突出者,当属清代曹雪芹的《红楼梦》,其内容之丰厚,艺术之纯熟,堪称中国古典小说最成功的典范。但至此,小说作为"小道"的传统观念却没有彻底改变,它在文学领域始终处于卑下的地位。

小说观念真正发生改变的是在清末民初维新时期,梁启超等人倡导"三界革命",其中最令人瞩目的是"小说界革命"。梁启超在《论小说与群治之关系》一文中,提出小说具有"新民"的重要社会作用:"欲新一国之民,不可不先新一国之小说。"自此,小说也就堂而皇之地荣登文学的大雅之堂。

二、小说的要义

小说是一种独立的文学样式,有别于诗歌、散文等文体。

一般意义上的小说要具备人物、情节和环境三种要素。其中人物是最主要的,是小说的主导,其余部分诸如环境、情节之类,都是由人物派生的。比如环境,是人物生活的环境(包括社会环境和自然环境);小说情节,是人物的活动或行为;至于作者在小说中所生发的抒情或议论,也要依附于人物,不能和人物剥离开来。从这个意义上说,小说可谓是一种以叙述人物及人物的活动为中心的叙事艺术。

不过,小说毕竟又不同于那种记载真人真事的传记文学,小说的一大本质就是它具有虚构性。小说的价值在于有效虚构。所谓有效虚构,是指小说家在现实生活的基础上发挥丰富的想象,进行合理的虚构,使塑造的人物及其叙述的事件更集中、更典型、更具有代表性,从而能反映社会生活,彰显某种社会本质。这个创作过程其实就是一种对现实素材进行提炼、加工、改造的过程,最终成型的作品必定不同于原有的现实素材,不是对现实素材原封不动的照搬,而是融入了小说家的艺术虚构。就此而言,小说又可谓是一种虚构的艺术。

小说以文字语言为载体,与那些注重韵律的诗歌以韵文语言为载体有所不同的是,小说的载体是比较自由的散体文语言,这一点给了小说非常自由的书写空间。如果再将小说跟那些供人演拍的影视文学剧本作比较,小说在载体上的独特性就更为明显:各种剧本往往"有赖于演出、拍摄等物质手段的继续创造,最后完成具象化",而"小说所要表现的一切都凭借单一的语言文字完成形象的艺术创造,不依赖任何别的手段,因而具有充分的文字语言自足性"①。这种"文字语言自足性"使小说在所有文学体裁中最具有容量性和艺术张力。就小说载体来说,小说又可称之为一种自足的文字语言艺术。

将上述几点综合起来,我们可以给小说下这样的定义:小说是以叙述人物及人物的活动为中心的一种叙事艺术,同时它又是讲究虚构的自足的文字语言艺术。

第二节 小说的主要特征

小说的主要特征大致可以归纳为五点:形象性、叙事性、细节性、背景性和包容性。

一、形象性

这里所说的"形象性",主要就小说的人物形象来说的。

小说的核心要素是人物,人的情感、人的活动等都是小说要着力刻画的重点。诗和散文对于写人并没有强制要求,而小说必须以写人为第一要务。正如老舍在《怎样写小说》中所言:"写一篇小说,假如作者不善描写风景,就满可以不写风景,不长于写对话,就满可以少写对话;可是人物是必不可缺少的,没有人便没有事,也就没有了小说。创造人物是小说家的第一项任务。把一件复杂热闹的事写得很清楚,而没有创造出人来,那至多也不过是一篇优秀的报告,并不能成为小说。"②

---

① 马振方.小说艺术论[M].北京:北京大学出版社,1999:11.
② 老舍.怎样写小说[J].文史杂志:第一卷第八期,1941-08-15.

衡量一部小说成熟与否的标志之一是人物写得怎么样，比如人物性格是否鲜明？有没有丰满的个性？具不具有典型性？我们知道，影视文学剧本也重视塑造人物，由于它们不是供人阅读，而是供人演拍的，在塑造人物方面更多强调台词和动作，因而远远及不上小说塑造人物手段丰富多样。小说写人，不只写人物的言行，还有灵活的叙述人语言；不只可以细致描摹人物的外貌神情，还可以深入描写人物的内心世界；不只可以写人物自身，还可以通过人物周围的他者来烘托人物……总之，小说塑造人物，可以全方位地调动一切手段，既要写出人物独特的个性，又要写出人物的群体性（典型性）。小说写人的最终目的并不是为了写人而写人，而是通过描写特定背景下的人物及其活动，来透视纷繁的社会人生，从而能揭示某种社会本质或人生意义。

二、叙事性

叙事性是小说一个很重要的特征。小说所要叙述的"事"是人物在一定背景下的行为或活动。人物的活动又是有一定的来龙去脉，即有起因、发展和结尾，通常我们称之为情节。情节是跟人物连带在一起的，可视为人物性格的发展史。小说叙事，实际上带着"讲"的性质，就是将人物所做的事讲清楚、讲完整，这"讲"的过程是需要技巧的。高明的小说家为了吸引读者，会变着法子讲述事件，不只将事件的前因后果讲得一清二楚，而且还将事件讲得曲折生动。

说到叙事，这里也有必要提一提除小说之外的其他叙事性文学，比如叙事诗、叙事散文和影视、戏剧剧本等，它们都比较讲究情节，但跟小说比起来，都远远不及小说叙事完整复杂。我们不妨将小说跟它们作个比较。

叙事诗虽然讲究叙事，但受限于诗歌本身所应有的结构跳跃、语言韵律、凝练等要求，叙事诗在叙述事件时不能放开，不能畅快淋漓地将一件事的来龙去脉叙述清楚，"只选取和集中事件的诗意的片段"[①]，因而其叙事比较简单，缺乏完整性。叙事散文也是如此，其目的并不在于叙事，而是通过叙事来表达作者的思想感情。叙事散文所选取的事件多半不完整，不过是一些生活片段。

至于影视、戏剧剧本，其情节讲究完整，这一点跟小说倒比较类似。但它们受到的局限很多。戏剧剧本受舞台场地及现场观众兴趣等因素的制约，情节上无法追求复杂性和丰富性（如无法表现那种战争、大型聚会等复杂的场面），只能更多强调情节集中、紧凑。影视剧本是为荧屏演播服务的，重视声、光、色，强调直观性、画面感，人内在的各种心理活动就无法通过荧屏来展示。

---

① 别林斯基.别林斯基论文学[M].梁真,译.上海:新文艺出版社,1958:178.

相比于其他叙事文学,小说的叙事功能可以说是超强的。大凡现实生活的方方面面、人生世界的千姿百态乃至心灵深处的种种活动,都可以通过小说这种文学形式尽情展现。

三、细节性

"细节性"是小说不可忽视的一个特性,这是由小说所要表现的本质内容决定的。小说所要表现的是社会生活,而社会生活是一个巨囊,它的中心是人及人的活动——具体体现在人的一举一动,一言一行当中,是众多瞬间生活的组合。写小说必须注重捕捉日常生活的细微而具体的种种瞬间,乃至捕捉稍纵即逝的声色光影,才能真切地表现人物,表现生活。

如果写小说不重视写细节,而是一味地强调情节,严格地说,那算不得真正意义上的小说,充其量是"故事"。如果以人为喻来比较小说和故事,细节性让小说成为一个丰满的人,相比之下,"故事"不过是一副人骨架而已。我们看那些经典小说名著,记忆深刻的往往是那些血肉丰满的种种细节;而看那些所谓的惊险动人的故事,记得的不过是些情节框架,而且不会有多深的印象,因为惊险的故事往往容易陷入情节雷同的窠臼中,看过之后,图得一时的感官满足之外,实际并没有多少所得。

小说是要讲究韵味的,而这韵味往往通过细节性来体现。我们来看一个小说片段:

> 她打开手提袋,取出一瓶香水,玻璃瓶塞连着一根小玻璃棍子,蘸了香水在耳垂背后一抹。微凉有棱,一片空茫中只有这些接触。再抹那边耳朵底下,半晌才闻见短短一缕栀子花香。①

这段描写出自张爱玲的短篇小说《色·戒》,写的是女主人公王佳芝等候易先生(汪伪政权的汉奸特务)时的情景。等人是无聊的,何况这次王佳芝和易先生约会是王佳芝的同伴事先蓄意谋划的,目的是借机暗杀易先生。对于这场负有特殊使命的"约会",王佳芝自然别有一番滋味在心头。张爱玲不愧是写小说的高手,她没有粗泛地直写王佳芝此时的心境,而是很精细地描写王佳芝的一系列动作:打开手提袋,取香水,抹香水。这些看似漫不经心的小动作很生动地表现了王佳芝复杂微妙的心理:忐忑不安、空落茫然,正如小说所写的"微凉有棱,一片空茫中只有这些接触"。这种细节描写无形中增加了小说的韵味。

---

① 张爱玲.色·戒[J].名作欣赏,2008(1):65.

四、背景性

这里所说的"背景性",主要是指人物活动(生存)的背景。小说所要写的人是社会性的人,其活动不会在真空状态下进行,而是在一定的背景下展开。写人,不可不重视人所处的背景(包括大的时代背景和小的生活背景)。

跟其他的文学样式相比,小说是见长于描写的,在描写背景方面有更多的自由度。诗歌和散文虽然也可以描写背景,但受篇幅的限制,即便描写背景也很简略。戏剧、影视以台词为主,一般不作精细的背景描写。而小说没有太多的局限,可以根据表达需要来写背景。特别是那种大容量的长篇小说,可以对人物所处的时代背景作精到的介绍,也可以对人物的具体生活场景进行精细的描写,还可以根据人物活动的情况,随时更换场景描写。而对于篇幅短的小说,背景一般宥于篇幅的限制,往往用比较简洁的笔墨带过,或者巧妙嵌于人物的描写与事件的叙述中。

五、包容性

在表现形式方面,小说具有极大的包容性。

就运用文学手段来说,小说具有极大的"自由性"。关于这一点,我们不妨先来看看诗歌、散文、影视等文学体裁在表达手段上的局限性。诗歌强调诗意,重视诗情,它在表达手段上所受的局限是不言自明的。散文虽贵"散",表面看来,其形式自由,但因为它的篇幅一般比较短,能容纳的内容很有限,所能运用的手段也不外乎叙述、描写、抒情之类。影视剧本所用的表现手段主要是台词(人物对话为主),其他手段少有运用。相比之下,小说却不受什么限制,它可以自如地运用各种手段,诸如叙述、描写、对话、抒情、议论等手段能够同时用于同一篇小说。

小说还有一个独有的"本领",就是"能根据需要嵌入各种文学与非文学的文字语言制品,将它们化作小说的一个组成部分,从而使小说体式能够包孕各种诗文样式"[①]。王蒙在《倾听着生活的气息》一文中也说:"小说首先是小说,但它也可以吸收、包含诗、戏剧、散文、杂文、相声、政论的因素。"[②]小说除了包容一些文学样式,还可以收纳非文学的文字语言作品。如曹雪芹的《红楼梦》里面不只包容了其他文学样式,如很多诗词文赋:警幻仙姑的《红楼梦曲词》、黛玉的《葬花

---

① 马振方.小说艺术论[M].北京:北京大学出版社,1999:22.
② 王蒙.倾听着生活的气息[J].文艺研究,1982(1):44.

诗》、宝玉的《芙蓉诔》、大观园的灯谜、跛足道人的《好了歌》等;而且还收录了张太医给秦可卿治病的完整的中药单方、乌庄头的礼单子等非文学样式的内容。

小说在形式方面的包容性无疑使小说家拥有很大的自由创作空间,不过,小说家要想在这方面实现创作自由,必须熟练运用各种文学表达手段,能从容驾驭各种文学样式。只有这样,才能在具体创作中,根据需要,恰到好处地实现小说在形式上的包容性。

第三节 小说的主要种类

小说种类比较多。大致有以下几种分类。

一、按篇幅长短分类

按篇幅长短来分,小说可分为长篇小说、中篇小说、短篇小说、微型小说等种类。

1. 长篇小说

长篇小说俗称大部头小说。字数至少在十万字以上,上限字数不定,有小长篇、中长篇、大长篇、超长篇之分。小长篇一般字数在十万至三十万之间,中长篇一般字数在四十万至六十万之间,大长篇一般字数在六十万至一百万之间,至于字数超过百万的小说,就算超长篇了。在结构上,长篇小说一般按故事情节的发展,可分成若干章节;篇幅超长的,分为若干卷、若干部或若干集。

长篇小说一般篇幅长,容量大,人物众多,情节复杂,结构宏伟,所以最适合多方面反映某一历史时期的社会面貌,表现广阔的生活内容、纷繁的世态百象以及复杂的人际关系。优秀的长篇小说往往具有"百科全书"的价值,如曹雪芹的《红楼梦》、托尔斯泰的《战争与和平》、巴尔扎克的《人间喜剧》(有学者认为《人间喜剧》系翻译之误,应为《人间戏剧》[①])等。

2. 中篇小说

中篇小说在篇幅的长短、容量的大小、人物的多寡、情节和结构的简繁等方面,都介于长篇小说和短篇小说之间,一般字数在两万至八九万之间。

中篇小说不像长篇小说那样适合表现纷繁复杂的广阔生活,而是比较适合表现社会生活的某个方面。中篇小说通常的写法是截取主人公在某一特定时期

---

① 张放.巴尔扎克及其人间戏剧在中国[J].法国研究,2000(1).

（或某一段生活）的典型事件，来塑造典型形象，反映这个时期人的生活状态（包括物质生活和心理状态），或者透视这一时期的某种社会（人生）本质。优秀的中篇小说往往内涵丰富（有的甚至具有长篇小说的内在容量）。如美国作家海明威获得诺贝尔文学奖的中篇小说《老人与海》，虽以简洁的语言讲述老人和海的故事，但它所要表现的是极其丰富的人生内容。沈从文的《边城》也属于这一类意味深长的经典佳作。

3. 短篇小说

短篇小说篇幅比较短，一般在两千字至两万字之间。受篇幅的限制，短篇小说在人物、情节等方面都很讲究，如人物忌多，情节忌繁，结构忌散。短篇小说要求精短。胡适曾说过，短篇小说要"用最经济的文学手段，描写事实中最精彩的一段，或一方面"[1]。鲁迅也曾提及短篇小说要能让读者在顷刻间，"借一斑略知全豹，以一目尽传精神"[2]。

大致说来，短篇小说要求语言简练，人物集中，情节紧凑，结构精巧，要达到"管中窥豹"的艺术效果。它一般适合选取某一两个主要人物，截取他们富有典型意义的生活片段，来表现生活的某一侧面，或反映某个社会（人生）问题。如莫泊桑的《羊脂球》、契诃夫的《苦恼》、欧·亨利的《警察和赞美诗》等都是短篇小说的佳作。

4. 微型小说

微型小说，又名小小说，最初它属于短篇小说的范畴，后来从短篇小说中独立出来，成为一种新的小说品种。微型小说一般不超过两千字。虽然它篇幅短小，但要求情节完整，如同麻雀一样，外形虽小，但五脏俱全，小得有分量。汪曾祺的《陈小手》、王奎山的《阿姨家的苹果》、韩少功的《母亲的力量》等都是微型小说的范本。

微型小说还有一种比较特殊的类型，那就是借用网络的微博客形式发表的"微小说"。微小说有其自身的特性：凭借网络优势随时与读者互动；而且篇幅超短，一般限定在140字以内。闻华舰的《围脖时期的爱情》（开创中国内地微博小说先河）、陈鹏的《eilikochen京都生活记》等都是微型小说的代表作。

二、按表现内容分类

按表现内容分，小说可分为多种，比较重要的有社会小说、武侠小说、侦探小说、言情小说、历史小说、科幻小说等种类。

---

[1] 胡适. 论短篇小说[M]//胡适文集（第3册）. 北京：人民文学出版社，1998：46.
[2] 鲁迅.《近代世界短篇小说集》小引[M]//鲁迅小说杂文散文全集（中）. 南宁：广西民族出版社，1995：952.

1. 社会小说

社会小说以客观现实生活为深厚根基,通过深入细致地描写某一时期具有普遍意义的社会现象(社会生活内容),来揭示当时社会的某些本质。由于这类小说往往涉及人情世态或人生百象的描写,因而有时又被称为世情小说。

这类小说的写法很多。较常见的有两种:一种是以一个人的经历与遭遇为重点,来折射某时期的社会生活内容,如王安忆的《长恨歌》、雨果的《悲惨世界》等。另一种以家族的变迁来反映某时期的重大社会变迁,如福克纳的《喧哗与骚动》、陈忠实的《白鹿原》等。

2. 武侠小说

武侠小说以一定社会历史背景下的武侠人物(侠客和义士)及其活动为主要描写对象,描写侠客和义士身怀绝技、疾恶如仇、见义勇为,表达作者除暴安良的良好愿望。

中国早期的武侠小说如不肖生(原名向恺然)的《江湖奇侠传》,当代流行的武侠小说如金庸的《射雕英雄传》《鹿鼎记》以及古龙的《多情剑客无情剑》等。

3. 侦探小说

侦探小说是描写刑事案件的发生以及破案经过的小说。侦探小说在西方比较兴盛,比较著名的如英国作家柯南·道尔的《福尔摩斯探案集》。

4. 言情小说

言情小说是以男女恋情为主要描写对象的小说。中国早期言情小说如徐枕亚的《玉梨魂》。当代言情小说如琼瑶的《在水一方》《月朦胧,鸟朦胧》等。

5. 历史小说

历史小说是以历史人物及其活动为主要描写对象,艺术地再现某一历史时期的社会现实的小说。中国古典历史小说如《三国演义》《水浒传》;当代历史小说如姚雪垠的《李自成》、二月河的《雍正王朝》等。

6. 科幻小说

科幻小说是以幻想的方式来表现某些(想象的)科学或技术对人类影响的小说。西方的科幻小说比较兴盛。第一部科幻小说当属英国女作家玛丽·雪莱(Mary Shelley)的《弗兰肯斯坦》(又译为《科学怪人》)。法国作家凡尔纳(Verne)的科幻小说如《奇异的漫游》也很吸引人。美国著名科幻作家弗里蒂克·布朗(Fredric Brown)写的一篇被称为世界上最短却颇有意味的科幻小说:"地球上最后一个人独自坐在房间里,这时忽然响起了敲门声……"

上面有关小说的分类是相对而言的。有的小说内容比较复杂。如张恨水的《啼笑因缘》,既有社会内容,又融合了武侠、言情等成分,将它称之为反映世态人情的通俗小说似乎更妥帖一些。

三、按体制分类

按体制来分,小说主要可分为章回体小说、日记体小说、书信体小说和自传体小说等种类。

1. 章回体小说

章回体是中国古典长篇小说的主要形式。大家所熟悉的古典小说名著如《三国演义》《水浒传》《西游记》《红楼梦》等都采用章回体。

章回体小说分章节叙事,称为回。一回就相当于我们今天所说的"一章",每一回叙述的是一段相对独立、比较完整的故事,但又跟后一回有一定关联,能承上启下。这类小说篇幅较长,少的有十几回,多的可达一百多回。如明代施耐庵的《三国演义》就有一百二十回。

章回体小说在形式上的一大特点是每回前用对偶句做标题,称为"回目",概括本回的故事内容。如《红楼梦》第一回标题"甄士隐梦幻识通灵　贾雨村风尘怀闺秀",这个标题概括了这一回的大致内容:甄士隐在独女英莲被仆人霍启领着外出玩耍走失、家宅被烧、寄居岳丈家时遭冷遇后,渐渐悟透红尘,跟跛脚道人云游去了,这就是所谓"梦幻识通灵";而贾雨村在甄家破败后,讨了甄家丫头娇杏作妾,这就是所谓"风尘怀闺秀"。这一回还隐含整部《红楼梦》的"人生似梦如幻"的主旨以及含蓄婉转的感伤格调,主要通过人名谐音来体现:甄士隐——真事隐,贾雨村——假语存,甄英莲——真应怜,霍启——祸起,娇杏——侥幸。

2. 日记体小说

日记体小说是指以日记的方式写的小说。这类小说一般采用第一人称视角,注重主人公的心理、情感的描写,情节一般比较淡化。如鲁迅的《狂人日记》、丁玲的《莎菲女士的日记》等。

3. 书信体小说

书信体小说是指用书信的形式写成的小说。同日记体小说一样,这类小说一般也采用第一人称视角,叙述"我"的亲身经历(见闻)与感受,主观性比较强。如法国启蒙学者孟德斯鸠的《波斯人信札》、中国台湾女作家李昂的《一封未寄的情书》等。

4. 自传体小说

自传体小说是以作者或自叙主人公为原型,采用第一人称限制性视角叙述的小说。如苏联作家高尔基(Gorky)的《童年》《在人间》《我的大学》等。

四、按创作理念分类

按创作理念来分,小说可粗分为现实主义小说、浪漫主义小说、现代主义小说等种类。

现实主义小说侧重客观写实,多以一种客观、冷静的态度表现复杂的现实社会和现实人生。如俄国作家陀思妥耶夫斯基的《罪与罚》、肖洛霍夫的《静静的顿河》等。

浪漫主义小说偏重抒发主观感情,重视抒写理想,多运用想象和夸张等手法。如德国作家霍夫曼的《公猫穆尔的生活观》、法国作家雨果的《巴黎圣母院》等。

现代主义小说,多以一种叛逆的态度表达对现实社会的强烈不满以及对人生价值的怀疑,强调表现个人真实的内心世界(意识活动、心理感受),带有比较明显的"私语性质",呈现比较强的主观性和内倾性特征。这类小说普遍有追求新奇乃至怪诞的艺术风格。如美国作家爱伦·坡的《黑猫》、英国作家乔伊斯的《尤利西斯》、法国作家萨特的《禁闭》等。

五、按传播媒介分类

按传播媒介分,小说可分为纸本小说和网络小说等种类。

纸本小说,主要是指借助印刷的纸质小说,一般以书本的形式存在,是传统小说的主要形式。

网络小说,主要是指通过网络传播的小说,通常称作电子书。网络小说又包括玄幻小说(追求离奇玄虚的情节,如天下霸唱的《鬼吹灯》)、网游小说(以模拟真实的游戏为背景,如雷云风暴的《从零开始》)、穿越小说(主人公可以穿越时空,如黄易的《寻秦记》)、修真小说(以自我修炼为主要描写内容,如萧鼎的《诛仙》)等。

六、按艺术形态分类

按艺术形态来分,小说可分为拟实型小说和表意型小说等种类。[①]

所谓拟实型小说,既包括客观写实小说,如《三国演义》《水浒传》等;也包括带有浪漫主义色彩的现实主义小说,如阿城的《棋王》、西班牙作家塞万提斯的《堂·吉诃德》等。

所谓表意型小说,既包括将现实变形的带有象征性质的小说,如鲁迅的《狂人日记》《阿Q正传》等;也包括超越现实的小说,如吴承恩的《西游记》、蒲松龄的《聊斋志异》等。

---

① 马振方.小说艺术论[M].北京:北京大学出版社,1999:205.

小说除了以上几种比较常见的分类,还有其他种类的分法,比如按小说人物活动的地带(职场)分类,可分为乡村小说、都市小说、校园小说、官场小说、金融小说等;按小说创作的年代分类,可分为古典小说、现代小说、当代小说等。这里不多列举。

推荐阅读书目:

曹雪芹.红楼梦[M].北京:人民文学出版社,1964.
施耐庵.水浒传[M].北京:中华书局,2009.
吴承恩.西游记[M].北京:人民文学出版社,2004.
罗贯中.三国演义[M].北京:人民文学出版社,1953.

小说写作练习:

请根据小说的要义及其主要特征,尝试着将杜甫的叙事诗《石壕吏》改编为短篇小说。

第五章

小说的人物塑造

>>>

> 写好人物的必要准备
> 写好人物的基本原则
> 掌握基本的写人技巧

我们知道,人物形象是小说三要素中最核心的要素。一部小说写得成功与否,首先要看人物写得是否成功。

大体说起来,作者要想成功塑造小说人物,应该有丰富的生活积累和真切的生活感受。在具体写作过程中,还要遵循必要的创作原则和掌握基本的写人技巧。

第一节　写好人物的必要准备

一、要做到心中有"人物"

汪曾祺曾撰文回忆,他的老师沈从文在教写作时经常说的一句话是"要贴到人物来写"。所谓"贴到人物来写",以汪曾祺的理解,"包含这样几层意思:小说里,人物是主要的,主导的;其余部分都是派生的,次要的。环境描写、作者的主观抒情、议论,都只能附着于人物,不能和人物游离,作者要和人物同呼吸、共哀乐。作者的心要随时紧贴着人物。什么时候作者的心'贴'不住人物,笔下就会浮、泛、飘、滑,花里胡哨,故弄玄虚,失去了诚意。"[①]汪曾祺的这番话道出了写好小说人物的一个诀窍:作家要做到心中有"人物",写出来的人物要有浓厚的生活气息。

心中有"人物",是写好小说人物的一个很重要的前提。它主要是指作家在动笔前,对自己所要写的人物有个大致的预设,即这个人物长得什么样,性格如何,甚至这个人物的职业、生活乃至情感状态都要了然于心,更重要的是,这个人物的身上要富有生活气息。

要想做到心中有"人物",必须有一定的生活积累。比如在日常生活中,注意对各种人物进行观察和了解,特别要关注那些极富个性的人物。这些活生生的人一经在头脑中留下深刻的印象,就为小说创作积累了丰富的人物素材。这也是人们通常所说的"原型"(即模特儿)。

以生活中真人作原型来塑造小说人物,可以将小说人物写得逼真,写得鲜活。这也是很多作家写人物能取得成功的主要原因。鲁迅笔下的阿Q这个经典形象,并非鲁迅凭空虚构,而是有其生活原型的,据鲁迅自己披露,"实在正在给人家捣米。"[②]

---

① 汪曾祺.沈从文先生在西南联大[J].人民文学,1986(5).
② 鲁迅.《出关》的"关".[M]//鲁迅小说杂文散文全集(下).南宁:广西民族出版社,1995:1828.

我们塑造小说人物,怎样从生活中采取生活原型呢?有以下几种方式可供参考。

第一种,"直录"法。所谓直录,是指从自己所熟悉的人群中找一个给你印象最深刻的人来做小说人物的模特。这也是鲁迅所说的"专用一个人"取人为模特儿的方法,"言谈举动,不必说了,连微细的癖性,衣服的式样,也不加改变"①。这样一来,小说人物就基本上袭用了模特的生活和情感。这种以某个具体、明确的生活真人为原型,比较容易写,也容易将人物写活。这种方式最适合于初学写作的人运用。

巴金的小说名著《家》中众多人物形象之所以鲜活,是因为巴金以自己身边所熟悉的人作模特,比如小说中作为高家长房长孙的悲剧人物高觉新,据巴金在人民文学出版社1981年再版的小说《家》后附录的两篇序(《呈现给一个人——初版代序》《关于〈家〉(十版代序)——给我的一个表哥》)中所言,高觉新的主要生活原型就是巴金性情善良而又懦弱的大哥。巴金的大哥不满封建家庭的腐败,对新生活充满渴望,但他作为封建大家族的长房,受过比较正统的封建思想教育,加上其个性又懦弱,这让他只能逆来顺受,始终被束缚在腐朽的封建大家庭的牢笼里,无法按自己的意愿生活,他为此背负了太多的痛苦,无力自拔,最终选择了自杀。巴金对自己的大哥非常了解,大哥的一言一行,大哥矛盾痛苦的内心,直至大哥最终弃世,都深深刻在巴金的脑海里。巴金痛惜大哥的悲剧性格和悲剧人生,将自己的大哥作为模特写进书中,他是以一种文学的方式来痛悼他的大哥。在巴金的笔下,高觉新即是大哥,大哥即是高觉新。

第二种,"拼合"法。所谓"拼合",即拼凑、糅合,以生活中的甲、乙、丙等人做原型,将他们的某些特征拼凑、糅合在一起,譬如取甲的外貌、乙的性格、丙的生活观,最后将这些都集中到所写的小说人物身上,塑造出一个富有生活气息的新形象。这种"拼合"法比起上面提过的"直录"法,要复杂一些,也相对难写一些,它要求作者要有较高的艺术创造力。

沈从文写于20世纪30年代的名作《边城》,小说中的女主人公"翠翠"极为鲜活。作者写这个人物采用的就是"拼合"法,将现实生活中的一些真人作为原型。沈从文在散文《水云——我怎么创造故事,故事怎么创造我》中特意说到翠翠这个形象的由来:"一面从一年前在青岛崂山北九水旁所见的一个乡村女子,取得生活的必然,一面就用身边新妇作范本,取得性格上的素朴式样。"②这里所说的"乡村女子"就是沈从文曾在《边城·新题记》中提到的那个奉灵幡引路的小

---

① 鲁迅.《出关》的"关".[M]//鲁迅小说杂文散文全集(下).南宁:广西民族出版社,1995:1829.
② 沈从文.水云——我怎么创造故事,故事怎么创造我.[M]//沈从文文集(第十卷).广州:花城出版社,1984:280.

女孩:"民二十二至青岛崂山北九水路上,见村中有死者家人'报庙'行列,一小女孩奉灵幡引路。因与兆和约,将写一故事引入所见。"①而他所说的"新妇"则是当时他新婚的夫人张兆和。翠翠的原型还不止这两个,沈从文在《湘行散记·老伴》中又说翠翠的原型是"城街上绒线铺上的女子":"我写《边城》故事时,弄渡船的外孙女,明慧温柔的品性,就从那绒线铺小女孩印象而来。"深入了解沈从文,尤其是看过《从文自传》的人,大概都有一种感觉,翠翠的原型中还有沈从文自己。翠翠的心灵世界几乎跟沈从文是相通的。翠翠所受的"教育"与沈从文大体相似,幼时以草木为师,自然中长养,随着岁月的流逝,不知不觉中又受各种人事的浸染,从懵懂中走出,进入现实的人生——往往受人为因素所牵扯。沈从文将自己对人生的感受都融入翠翠的情感里,借翠翠这个形象来表达他的哀乐。从这点上说,翠翠就是沈从文。

第三种,"广采博取"法。所谓"广采博取",就是不以具体真人来作小说人物的模特,而是广泛地从现实生活中各种各样的人物那里采取创作素材。这也就是鲁迅所说的"杂取种种人,合成一个"的取人为模特的方法。这种"广采博取"法所采用的原型往往不具体,不明确,或者说不清。有的小说家称自己的小说人物"没有生活原型",其实并不是真的没有原型,而是他广采博取,其原型不明确而已。

相比于前面提过的两种采取原型的方法,"广采博取"法最难掌握,对创作者的要求很高。首先,要求创作者必须有极其丰富的生活积累。创作者必须深入生活,广泛熟悉生活中形形色色的人,了解他们的性格、生活及其情感。只有积累了丰富的人物素材,写起小说人物来,才能得心应手。其次,要求创作者还要有高超的艺术创造力,才能将丰富的人物素材进行恰到好处的运用。鲁迅在这方面堪称典范。他可谓一头扎在生活的土壤里,能用笔画出忠实于生活而又高于生活的各种艺术形象:阿Q、祥林嫂、孔乙己……他曾经在1936年2月10日给徐懋庸的信中,谈到小说创作中原型的问题:"小说也如绘画一样,有模特儿……倘无一和活人相似处,即非具象化了的作品。"②鲁迅的意思再明白不过了,小说是具象化的作品,必须有模特儿,那样写出来的人物才逼真,才有活气。

二、要有真切的生活感受

做到心中有"人物",找到生活原型,是写人物的一个非常有效的途径。但是光有原型,并不等于就能将人物写好,写活。这就需要创作者有深切的生活感

---

① 沈从文.边城·新题记[M].太原:北岳文艺出版社,2002:9.
② 鲁迅.鲁迅书信集:下卷[M].北京:人民文学出版社,1976:953.

受,有发自内心的真情实感。作者一旦将自己的真实情感倾注到小说人物身上,这个人物自然会活起来。

海明威(Hemingway)倡导作家写小说应当创造活的人物,并对"活的人物"从何而来提出精辟之见:"不是靠技巧编造出来的角色,他们必须出自作者自己经过消化了的经验,出自他的知识,出自他的头脑,出自他的内心,出自一切他身上的东西。"①

联想到海明威自己塑造的各种人物形象,我们会强烈地感到,海明威笔下的每一个人物,莫不是他自己真实的投影。

海明威,这个来自美国乡村医生家庭的子弟,从小喜欢钓鱼、打猎、音乐和绘画,喜欢猎奇,青年时期更是积极追求那种富有动感的浪漫生活。第一次世界大战期间,他冒着生命危险参加赴欧洲战场的红十字会战地救护队,以后长期担任驻欧记者,并以战地记者的身份参加第二次世界大战和西班牙内战。战争严重损伤了他的身心(据说他的身上留下200多块弹片)。他处在这样一个血与火纷飞的黑色年代,未来和希望被战争的阴霾所吞噬,生活的格调是沉重压抑的,虽然大自然的太阳每天东升西落,但心中的太阳总不能冉冉升起。当时尚为年轻的海明威难免感到孤独、迷惘,——这种情绪也是他那一代年轻人普遍的情绪。他就将这种源自生活的真实感受投射到他的小说人物身上,比较典型的是他早期创作的《太阳照样升起》中的男主人公巴恩斯。

在生活的不断磨炼下,海明威不再孤独迷惘,而是直面残酷战争,积极寻求人生的意义,以一种勇敢者的姿态介入战争,逐渐成为一个不折不扣的"硬汉子"。他自己穿越战火的不平凡经历,以强者的姿态应对现实的人生理念,均被融入到他所创作的小说人物的身上。我们看到他塑造出的是一个个临危不惧、果断顽强的海明威式的"硬汉子",如《丧钟为谁而鸣》中的乔丹、《老人与海》中的桑地亚哥等。

对于像海明威这样的作家来说,将小说人物写活,是不难做到的。他毕竟有着亲身经历(我们一般称为直接经验),他从中得到的生活感受可谓直接的,深切的。

不过,需要指出的是,作家的生活感受并非都是亲身经历所得来的。除了亲身经历获得的直接生活经验,还有从别人那里听来的或从书本(网络)获得的间接经验。作家要想利用这种间接经验来写小说人物,必须有一个前提:这种间接经验能让作家产生比较真切的生活感受,否则,很难将小说人物写活。

《托尔斯泰评传》的作者贝奇柯夫曾在评传中提到,列夫·托尔斯泰(Lev Tolstoy)想写《彼得大帝》,并为这部历史小说查阅了大量史料,但托尔斯泰最终

---

① 董衡巽.海明威谈创作[M].上海:上海三联书店,1985:3.

没有写成这部小说,原因是这些史料没有让托尔斯泰产生类似于彼得大帝时代人们的生活感受,以托尔斯泰的话说:"因为它离我们的时代太远,我觉得我很难深入体会当时人的心灵,这些人跟我们是那么不相像。"①

托尔斯泰写得很成功的小说《复活》,创作过程也并不顺畅,前后历时十年之久;主因是这部小说素材并非产生于托翁自己的直接经验,而是他从一个叫柯尼的地方法院检察官那里听来的一个真实故事:一个贵族青年诱奸了亲戚家的女仆后将其抛弃,女仆为生活所迫沦落风尘,后因偷客人的钱获罪判刑。她在法庭上受审时,陪审员偏巧就是那个诱奸她的青年。此后,这个青年良心发现,为帮助她脱离困境,坚持要同她结婚,她也同意了,不久患病死去。托翁最初对这个听来的故事并没有多少生活感受,但他经过长时间的酝酿,将自己多年来对俄国农奴专制社会的各种感受融入小说创作中,这种真情实感的投入,使得小说人物尤其是男主人公聂赫留多夫和女主人公玛丝洛娃写得很鲜活。

作家塑造小说人物,必须跟小说人物有类似的生活感受。那种取材于作者直接经验的小说,作者实际成了小说人物的原型,作者写人物,实际就是在写自己。至于那种取材于间接经验的小说,作者虽然没有亲身去经历,但为了将人物写活,作者也要投入自己的真情实感,以自己的切身感受去适当推测和合理想象。

第二节 写好人物的基本原则

一、遵循生活逻辑

小说是一门虚构的艺术,但虚构不是凭空妄造,必须建立在现实生活的基础上。作为小说主要素的人物,其言行和思想必须遵循生活逻辑。这里所谓的生活逻辑,是指人物的言行举止及其内心深处的情感都不能违背生活常理,具体说来,应该与人物的性格、身份、处境等方面相吻合。

法国作家福楼拜(Flaubert)的《包法利夫人》中包法利夫人爱玛之所以写得很成功,是因为福楼拜遵循生活逻辑来塑造爱玛。爱玛出身于寒微的乡村家庭,她结婚后追求浪漫,追求情欲的刺激,到头来先后被两个情人无情地抛弃。而她本人也因为对物欲的贪求陷入高利贷商人设下的圈套,欠下八千法郎的高额债务,最终走投无路,落得自杀身亡的悲剧下场。如果爱玛仅仅被写成一个纯

---

① 贝奇柯夫.托尔斯泰评传[M].吴钧燮,译.北京:人民文学出版社,1959:381.

朴的农家女,她的追求和最终结局似乎就有点不太合情理。福楼拜显然也注意到这一问题,他特意交代了少女时期的爱玛受过"高雅"教育,那就是她的父母异想天开,将她送到修道院跟贵族小姐一样接受熏陶。这段教育为后来爱玛不切实际的追求和悲剧命运做了比较确切的现实注解。受过修道院教育的爱玛骨子里不再是一个纯朴的农家少女,她满脑子装满了贵族式的浪漫思想,强烈渴望像贵族小姐那样享受荣华富贵,渴望浪漫典雅的爱情。无奈她的农家女身份让她无法实现她的理想,她只能不甘心地在乡村过着鄙俗的生活。她后来嫁给了查理·包法利这样老实巴交的乡村医生,丈夫没有权势,又没有魅力,让她对婚姻充满厌倦,当外界稍有诱惑,她早已出轨的灵魂会拽着她的肉体滑向欲望的深渊。

小说人物形象必须遵循生活逻辑,就是那些表面看起来超现实或很荒诞的小说,其中的人物形象也不例外。看过奥地利作家卡夫卡(Franz Kafka)的小说《变形记》的读者,恐怕对小说中的主人公格里高尔(又译格雷戈尔)都有深刻的印象。格里高尔异化成大甲虫,这确实很荒诞,但是抛开人物的大甲虫外壳,他的思想、情感全部是活生生的人的思想情感,他所生活的世界依然是活生生的人的世界。读者读完这篇小说,大概不会认为格里高尔真的就是一只大甲虫,而是能比较深刻地认识到,格里高尔这个活生生的人被残酷的机器"文明"异化为甲虫。

如果写人物不遵循生活逻辑,脱离生活实际胡编乱造,势必将小说人物写假,写僵甚至写死。如清代的俞万春着意跟《水浒传》唱反调,写了一部《荡寇志》(又称《结水浒全传》或《结水浒传》)。俞万春为了将起义造反的众梁山泊男性英雄一个个压倒,凭空虚构了两个超级女豪杰陈丽卿和刘慧娘:前者武艺超强,梁山泊"一百零八将"在她面前皆黯然失色,无一人能比;后者聪慧过人,不但善于制造和运用各种先进的军事武器,还有高超的军事指挥才能。俞万春笔下的这两位巾帼英雄可谓光焰万丈,魅力四射,可惜给人的感觉是严重脱离现实,写得太虚假了,严重地削弱了作品的艺术感染力。

二、合乎人性

小说人物形象遵循生活逻辑的同时,必须符合人性。人,是世俗的人,具有七情六欲,有物质和精神两方面的双重追求,人囿于现实条件的局限,人的欲望和道德律令之间常常存在冲突(很多时候,又表现为欲和理的冲突、人和命运的冲突)。写小说人物,必须以人的本性为基点,写出人的喜怒哀乐,爱恨情仇,写出人的本色生活,从而写出真正意义上的"人"。

综观古今中外能够流传后世的小说作品,其中的人物形象无一不是大写的"人"。沈从文曾在《从文小说习作选(集)·代序》中强调自己的创作原则:"这世界或有在沙基或水面上建造崇楼杰阁的人,那可不是我。我只想造希腊小庙……这庙供奉的是'人性'。"古希腊文学中的人是世俗的、原欲的,是典型的饮食男女。沈从文仰慕古希腊文学那种对人性的崇尚与抒写,他坚持以人性人情作为他创作的支点,创作出一批有丰富情感内涵的作品,譬如以故乡湘西为题材的《边城》《萧萧》等。20世纪30年代是他创作的辉煌时期。在那个战火纷飞的年代,许多作家手中的笔杆都在为无产阶级服务,为现实斗争摇旗呐喊,他们写出来的作品带着浓重的政治气息,其中的人物也多为政治宣传需要而塑造的,而不是从人性人情方面来描写。尽管这样的作品在当时非常吃香,但终究经不起岁月的淘洗,很快就被淹没在历史的沙砾堆里。人们更看重那些富有十足人情味的小说,沈从文的那些作品就像陈年的老酒,放的时间越久,越让人感受它的醇厚绵长,因为它们写出了人的真性情。

有必要说一说那些被冠以"神话""寓言"之类的作品,其中的形象是不是就不要合乎人性呢?答案是否定的。这些作品所表现的内容固然有超现实的一面,固然作品中的形象不是世俗的人而是神魔或是动物,但这些形象却往往被灌注以世俗的人性人情。原因很简单,作者是世俗的人,他们创作神话也好,写寓言故事也好,无非都是要表达他们作为人的一些情感。同样,读他们作品的读者也是世俗的人,读者读这种作品,也无非是要感受作品中所表现的人性。

我国家喻户晓的神魔小说《西游记》,其中的神魔形象写得活灵活现,成为经典形象,其中最重要的原因不在于神魔的神通广大,而是作者吴承恩赋予这些神魔形象以真实复杂的人性。孙悟空,这个浑身洋溢着泼皮士精神的桀骜不驯的猴头,上天大闹天仙宫,入地横扫阎王殿,容不得邪恶,伴随唐僧西天取经,一路降妖除怪。孙悟空实际上是作者将人、猴、神三者合为一体的角色:其外表是长着"红屁股"的毛猴,举止动作完全是一副猴样,他也具有凡人所不能拥有的七十二般变化,但他的言语和他的思想却又无处不显示他是一个"人"。在孙大圣的身上,虽有猴的敏捷、急躁、多动,但更主要的是他大胆乐观、疾恶如仇之类的人性。猪八戒这个形象同样如此,他生着一副猪头,挺着女人怀胎般的大肚子,拥有凡人所没有的神性(能三十六般变化),但他归根结底也还是个活生生的人,他周身散溢着浓重的世俗男人味,比如好吃懒做、好色、耍小心眼。

《西游记》中神魔形象因为富有人性而给读者留下深刻的印象。而同属于中国古典四大小说名著之列的《三国演义》在写人方面就不太尽人意,它存在背离人性的问题,刘备和诸葛亮这两个形象的问题尤其严重。刘备被塑造成一个全德全仁的道德典范,无比仁厚、和善;而诸葛亮被虚构为一个神通广大的智慧化身,他具有非凡的才能,任何困难一到他那里,都被他神奇般地化解掉。我们知道,金无足赤,人无完人。大凡人都不是完美的,有优点也有缺点,有善也有恶,正如西方哲学家所言,人的一半是天使,一半是魔鬼。刘备和诸葛亮作为真实的历史人物,自然也不例外,也都有缺点。就拿刘备来说,实际生活中的刘备并非像小说中描写的那样包容大度。陈寿的《三国志·先主传》中曾有这样一段关于刘备怒鞭督邮的记载:"灵帝末,黄巾起,州郡各举义兵,先主率其属从校尉邹靖讨黄巾贼有功,除安喜尉。督邮以公事到县,先主求谒,不通,直入缚督邮,杖二百,解绶系其颈着马柳,弃官亡命。"可是在小说中,作者为了拔高刘备,突出他的仁厚品德,硬是将刘备怒鞭督邮这件事给安到张飞头上去了。作者这样写固然能突出人物的典型性格,但却违反基本人性,其实是败笔。鲁迅批评《三国演义》写人"亦颇有失"时,就对刘备和诸葛亮这两个小说形象下了这样的断语:"欲显刘备之长厚而多伪,状诸葛之多智而近妖。"①

写小说人物,表现其人性,一般要注重表现人物的个性和典型性。

每个人物都是有个性的个体,都有与众不同的一面,这就要求写人物要写出人物鲜活的个性特征。同时,每个人物又是生活于一定的社会群体中,人物的身上不可避免地具有这个群体的某种社会性特征(某种普遍人性),带有普遍意义,这也是我们通常所说的小说人物要带有共性(典型性)。

上面提到的《包法利夫人》的女主人公爱玛,就是个性和共性相结合的典范。她温柔可人,纯洁善良,爱慕虚荣,这些都是她作为女人的个性特点。而她对平淡生活的厌倦,对新鲜和刺激的渴望——这种不安于现状的心理不是她所独有的,而是现实生活中的每个人都具有的共性。任何男人和女人,内心深处都有可能涌动着不安分的因子,都有追求新鲜和刺激的潜在欲望,都向往那种朦胧的所谓浪漫。游荡于尘世中的每一个灵魂都有可能是爱玛。福楼拜本人也曾说:"爱玛,就是我!"②为了写出爱玛这个人物的典型性,福楼拜没有将爱玛简单写成一个沉溺在物欲和情欲中的堕落女人,而是极其真实细腻地深入人物的精神世界,写出爱玛在鄙俗现实和浪漫理想之间挣扎时的痛苦。而这种痛苦我们每个人都可能有,特别是当我们的理想在现实中被击碎时,我们就成了痛苦的"爱玛"。正因为爱玛具有很强的典型性,爱玛的悲剧才对我们具有巨大的警醒力量,我们能从爱玛身上找到自己的影子。

第三节　掌握基本的写人技巧

写小说人物,最需要强调的是要写出人物鲜明的个性(心理)和典型性,我们

---

① 鲁迅.中国小说史略[M].北京:东方出版社,1996:89.
② 福楼拜.包法利夫人:译本前言[M].李健吾,译.北京:人民文学出版社,2003:9.

姑且称之为"独具性"。怎样写出人物的"独具性"？这里提供两种写作经验，供大家写作时参考。

一、运用"凸现法"写人

人的本性是相当复杂的，善良、奸诈、宽容、大度、自私、狭隘等，对于每一个人来说，总有某一点是突出的。写人物，就要抓住人物性格最突出的方面写，这是我们所说的"凸现法"。

巴尔扎克(Balzac)的《人间喜剧》大体采用"凸现法"写人。譬如《欧也妮·葛朗台》中的老葛朗台形象，巴尔扎克抓住他复杂性格中最突出的一点：将钱看得比亲情甚至比命都还重要，凸现老葛朗台自私吝啬的特性。巴尔扎克通过描写老葛朗台的言行，将他塑造成一个不折不扣的吝啬鬼，以至于今天我们一提到老葛朗台，脑子里马上就会跳出"吝啬鬼"这样的字样来。

英国现实主义作家笛福(Defoe)创作于18世纪启蒙时期的名作《鲁滨孙漂流记》，也是采用"凸现法"写人的典范。小说主人公鲁滨孙是一个青年商人，他有着资本主义上升时期人们的普遍发财致富的心理。尽管他出身富裕家庭，但他丝毫没有沾染一些富家子弟的那种骄奢淫逸的恶习，而是勤劳、追求上进。鲁滨孙最显著的性格特点就是不安现状，敢于冒险进取。笛福在小说中凸现鲁滨孙的这种冒险进取精神，大写特写鲁滨孙海上遇险滞留荒岛，克服种种困难自救，并且开发小岛的非凡经历。作者笔下的鲁滨孙也因此成为激励读者积极向上的一个很阳光的形象。

二、运用"微雕法"写人

当你写一个人物之前，心中已对自己要写什么样的人物有了大致的预设，接下来要做的，就是如何凸现这个人物的主要性格（精神面貌）。我们都知道，人物的个性往往隐藏在其言语、动作、表情以及其心理活动等一系列的细节中。我们完全可以通过人物的语言、动作（行为）和心理活动来凸现人物的主要性格，在具体写作时，往往表现出一种"精雕细刻"的艺术，这种写作手法，我们姑且称之为"微雕法"。

张天翼的小说《华威先生》的主人公华威先生塑造得很成功，主要归功于大量精微的细节描写。比如作者写华威先生让别人叫他"威弟""阿威"，出门挟公文包、拿文明杖、戴结婚戒指、拿雪茄时翘兰花指，诸如此类的细节勾画出华威先生貌似一个文明、庄重、谦和的国民党要员形象。同时，作者又通过其他细节刻画华威先生的另一面:虚伪造作、庸俗无聊。如他参加难民救济会,在门口停车的时候,故作姿态地将脚铃踏得脆响,显示他作为一个党国要员君临会场的心理,这个细节就写出华威先生的虚伪造作;他嘴上说自己忙得"恨不得取消晚上睡觉的制度",但晚上经常喝得酩酊大醉,这个细节勾画出华威先生的庸俗无聊。

美国作家霍桑(Hawthorne)的《红字》中的女主人公海丝特·白兰是一个立体感很强的人物形象,她美丽迷人,正直大度,勤劳善良,而给读者留下深刻印象的,恐怕还是她挑战愚昧传统的那份难得的坚强和勇敢。她和年轻牧师丁梅斯代尔私下相爱,并有了一个私生女珠儿,她的私情败露之后,被处以"通奸罪"而被迫胸前佩戴血红的 A 字(Adultery,通奸),走上高高的示众刑台。虽然受尽屈辱,但她表现得坦然大度。为了情人的名誉和地位,她宁可独自承受"罪责"和耻辱,也拒绝当众说出他的名字。与海丝特·白兰相比,身为牧师的丁梅斯代尔就显得比较懦弱,由于深受宗教的精神束缚,他内心也备受煎熬和痛苦,但他终究没有勇气承认自己有爱的正当权利,而是将情爱视为邪魔,不敢公开承认自己的"罪孽"。海丝特·白兰和丁梅斯代尔各自的性格就是通过他们的语言、行为以及心理活动来表现的。比如下面这两段写人物言行的文字,我们可以从中感受到人物的性格和精神面貌。

"我永远不会说的!"海丝特·白兰回答说,她的眼睛没有去看威尔逊先生,而是凝视着那年轻牧师的深沉而忧郁的眼睛。"这红字烙得太深了。你是取不下来的。但愿我能在忍受我的痛苦的同时,也忍受住他的痛苦!"

……

"她不肯说!"丁梅斯代尔先生嗫嚅着。他一直俯身探出阳台,一只手捂住心口,等候着听他呼吁的结果,这时他长长吐了一口气,缩回了身体。"一个女人的心胸是多么坚强和宽阔啊! 她不肯说!"①

当德高望重的威尔逊牧师竭力劝说示众台上受辱的海丝特·白兰说出孩子父亲的姓名,而丁梅斯代尔作为牧师,被迫当众劝诫海丝特·白兰招认"罪责"。海丝特·白兰以一种决绝的态度应对威尔逊牧师,但她说话时眼睛却是凝视着她的情人丁梅斯代尔的,她其实是在坦然地告诉她所爱的人,她义无反顾地追求爱,她愿意为这份不为世所容的爱忍受全部痛苦。她的话里话外都能见于她的坚强和勇敢的个性。

牧师丁梅斯代尔作为海丝特·白兰的隐秘情人,他的处境是尴尬而又危险的,一旦海丝特·白兰被逼当众说出他的姓名,他的一切就都完了。小说通过他的肢体语言,来表现他内心的懦弱和惶恐不安:"他一直俯身探出阳台,一只手捂

---

① 霍桑.红字[M].胡允桓,译.北京:人民文学出版社,1991:49.

住心口,等候着听他呼呼的结果。"当海丝特·白兰坚决不透露情人的姓名,他紧绷的神经才稍微放松了一点,"长长吐了一口气,缩回了身体"。他又不由得对海丝特·白兰由衷地产生敬意,忍不住发出这样的慨叹:"一个女人的心胸是多么坚强和宽阔啊! 她不肯说!"

推荐阅读书目:

沈从文.边城[M].太原:北岳文艺出版社,2002.

[美]海明威.老人与海[M].吴劳,译.上海:上海译文出版社,2004.

[法]福楼拜.包法利夫人[M].李健吾,译.北京:人民文学出版社,2003.

[美]霍桑.红字[M].胡允桓,译.北京:人民文学出版社,1991.

小说写作练习:

请尝试用小说的手法写活一个人物(片段或整篇),字数不限。

第六章

小说的情节设置

>>

> 小说情节及其基本要求
> 小说情节的艺术设置

第一节　小说情节及其基本要求

一、关于小说情节

小说是典型的叙事文学,它的重点在于叙"事",所叙的"事"一般指的是人物在特定环境下所经历的各种事件的变化和过程,也就是通常大家所说的"故事情节"(有时笼统地称之为"故事"或"情节")。

叙事性是小说的一个基本特点。就叙事性这一点来说,小说就是叙述故事情节,它要求将具体人物在具体环境中所做的具体事件叙述清楚,并且还要吸引人。这涉及一些叙述视角、叙述技巧等问题(将在后面相关章节重点谈一谈)。这里简要说一说小说故事情节的"密度性"问题。

叙事情节是要讲究松紧张弛的。所谓故事情节密度,主要是指情节的连贯性。

故事情节密度强的小说,人物所经历的事件往往是一以贯之的大事件。这种大事件是有一定的来龙去脉,即它如何开头,如何发展,又是如何结局的,也就是说,它由开端、发展、高潮、结局几个连贯部分组成(有些小说还具有序幕、尾声两个部分)。这种强调故事情节高密度的小说,多半追求的是情节的曲折离奇,对于普遍具有猎奇心理的读者来说,是颇有吸引力的。比如人所共知的通俗小说、传奇小说等就是如此。张恨水的《啼笑因缘》、不肖生的《江湖奇侠传》等都是故事情节密度较强的小说。

还有的小说,故事情节密度比较弱,比如散文化小说、自叙传抒情小说或现代心态小说、意识流小说之类,这些小说多半偏重于写感受或心态,它们所写的不是通篇连贯的具有较强故事性的大事件,而是写一些小事,由于这些小事比较零散,它们之间往往没有连贯性,故而总体上给人的感觉就比较平淡。虽然这类作品不是特别吸引人,但不乏韵味,若耐心读下去,能感觉滋味悠长。鲁迅的《伤逝》、郁达夫的《沉沦》、沈从文的《边城》等小说都属于这一类。

怎样安排小说的故事情节密度呢?

不同风格的作者可能有不同的安排。偏重于求韵味的作者,可能会设置密度性比较弱的故事情节;而偏重于求新奇的作者,多半采用密度性强的故事情节。比较高明的作者往往对新奇和韵味二者并重,竭力安排好故事情节密度的强弱,求新奇的同时又不失韵味,这样的作品既好看,又耐读。

小说的故事情节是由人物所做的各种事件或者说人物性格的发展史构成，它起码要达到三点要求：真实、生动和典型。

二、小说情节真实性

所谓真实性，是指小说情节虽然是虚构的，但给人的感觉就像在现实中真的发生的一样，能让读者产生一定的共鸣。

小说情节的真实性源于作者丰富的生活阅历和生活感受。

写小说的人，要想将小说情节写得富有真实性，必须深入生活，体验生活，遵从生活的逻辑。这样"虚构"小说情节，才有可能虚构得很好，虚构得像真的一样。高尔基在这方面深有体会，他在给马·加·西瓦乔夫的信中说："为了虚构得好，必须知道得多，阅历得多，感受得多。"①一些有成就的小说作品无不重视基于现实生活来虚构情节。如陈忠实的长篇小说《白鹿原》就给人一种很真实的感觉。小说以白、鹿两个家族的明争暗斗为主线，展现渭河平原半个世纪波澜壮阔的历史变迁（大革命、日寇侵华、国共内战）以及人物复杂多变的命运。小说情节跌宕起伏，诸如谋取风水宝地，孝子当土匪，亲翁杀儿媳，同胞兄弟相煎，昔日情人反目为仇，情节都是虚构的，但又处处显出高度的真实；因为作者具有丰富的生活体验，在创作时恪守社会生活逻辑，紧抓人物的性格及其所处的具体环境来"虚构"情节。在作者的笔下，人物的行动与命运不只受制于社会生活，而且还受制于人物各自的复杂性格。

相反，一个作者，如果没有丰富的生活经历，没有深刻的生活感悟，他写小说只能靠想象靠编造，这种完全靠编造的小说会严重脱离生活实际，缺乏真实性，虽有故事情节，却无令人信服的实质内容，当然也就谈不上什么艺术感染力了。当今网络时代的一些年轻的网络写手就存在着这方面的问题。

小说是一门虚构的艺术，小说情节自然也脱不了虚构。杜鹏程在《关于情节》一文中就谈及这个问题："所谓选择情节，并非说需要什么就从现实生活拿来一些现成的事件，原封不动的使用。不，创作中很少这种情形。你写入作品的事件、情况等，是从现实生活中来的，但是当它出现在作品中时，已经大大地改变了，大大地发展了，有时变动和发展得连作者也说不清它的来源了。"②小说取材于现实生活，但最终的成品却往往"改变"了，"发展"了，这"改变"与"发展"的内容中其实就包含虚构的成分。

---

① 高尔基.文学书简：上卷[M].曹葆华，渠建明，译.北京：人民文学出版社，1962：129.
② 论短篇小说创作[M].北京：人民文学出版社，1979：146.

客观地说,小说的虚构性特点给了写作者很大的创作自由度,作者可以充分发挥自己的想象来写自己想写的内容。但是,虚构不是肆意凭空捏造,而是必须建立在现实生活的基础上,即便是那些超现实的神话小说也不例外。完全脱离现实的虚构,往往带来的是造假而使情节丧失真实性,从而极大地影响它的艺术感染力;所以虚构应和真实达到统一。

在具体创作中,使情节具有真实性的关键的一点,要想方设法使情节与人物的性格及其所处的具体环境相符合。

上一章说过,小说最核心的要素是人物,情节是围绕着表现人物而来的,由人物的活动或行动构成,人物性格发展的历史主要通过情节来展现;所以,情节的展开必须始终符合人物的性格,符合人物所处的具体生活环境。

《水浒传》以写人物传神而著称,小说里的"一百零八将"个个性格丰满、鲜明。作者塑造英雄豪杰,往往都要设置一系列引人入胜的故事情节,以充分展现他们的性格。比如写武松,就设置一组刀光血影令人心颤的情节:"景阳冈武松打虎""供人头武二设祭""武松醉打蒋门神""武松大闹飞云浦""张都监血溅鸳鸯楼"等。这些情节紧扣武松勇猛无畏、疾恶如仇等性格,同时又与他的具体生活环境相符。他出身贫寒,幼失双亲,和哥哥武大相依为命,没有受过多少教育,温柔敦厚的传统礼教对他束缚不大,使他养成比较粗野狂放的性格,身处黑暗社会受欺受压的下层,又让他滋生一种强烈的反抗意识,当他遭遇恶势力,他心硬如铁,操刀除恶,毫不手软。

以上我们所谈的方面主要侧重于表现现实的小说情节真实性,至于那些神话之类超现实的幻想作品呢?其情节的要求应该怎样?下面也简要说一说。

虽然神话幻想小说采用一种超越社会生活逻辑的幻想表现方式,但其幻想的情节必须符合小说人物形象的性格及其所处的具体环境(背景)。以幻想小说的精品《西游记》为例。表现孙悟空、猪八戒等神魔人物的幻想情节精彩纷呈,这些情节不只紧扣孙悟空、猪八戒等神魔人物的性格,而且与其具体环境(背景)也很相谐。孙悟空是全书最光彩照人的形象,是一个自然孕育的自由身,他具有强烈的叛逆精神,天不怕地不怕,不愿受任何约束,不只勇敢,而且富有智慧。小说的诸多情节,譬如取经前大闹天宫,取经途中扫除路障如大战红孩儿、智取芭蕉扇等情节都与他的这些性格相吻合,同时又与他所处的具体背景密切相关。就以大闹天宫来说,孙悟空这个自视清高的美猴王,容不得被人歧视,当他弄清楚了玉帝封给他的"弼马温"头衔很低贱,不过是个小小的管马夫,王母娘娘召开盛大的蟠桃会也不邀请他,自然异常愤懑,索性毁坏蟠桃园,搅乱蟠桃会,反上天庭。

三、小说情节生动性

小说要想写得感人,其情节除了要求真实性,还必须具备生动性。情节的生动性,主要指情节能给人强烈的艺术感染力,主要表现为传神逼真与曲折动人。

情节传神逼真,主要是指情节趋于平淡,更多强调写得有血有肉,富有浓郁的生活气息,使人读后有如见其人,如临其境之感。《红楼梦》的情节就是如此。小说所写的不是惊世伟业,也不是人间奇闻,而是封建世家大族"家庭琐事,闺阁闲情",包括老祖宗、老爷、太太、少爷、少奶奶、小姐、丫鬟、小厮等在内的各式人物的寻常生活,比如各种宴饮、迎来送往、生老病殁、权财相争等,貌似寻常的家居生活,却暗藏着不寻常的处世玄机,生动地昭示着复杂的人情世态。《红楼梦》之所以能代表中国古典白话小说的最高峰,其中一个重要原因就是它以细致生动的笔触,真切逼真地再现了封建大家族里的纷繁复杂的生活。

情节曲折动人,主要是指情节跌宕起伏,环环相扣,引人入胜,具有很强的故事性。一般的通俗小说比如警匪小说、武侠小说、言情小说等,都比较讲究情节的曲折。

法国作家大仲马(Dumas)的小说《基督山伯爵》以情节曲折动人而著称,堪称通俗小说中的典范。小说围绕着埃及王号远洋货船年轻的代理船长邓蒂斯被陷害和复仇的主要线索展开情节。邓蒂斯受老船长临终相托,带着被囚禁中的拿破仑的密件送给拿破仑在巴黎的亲信。——遭到一心要谋夺船长地位的同行冤家邓格拉司和情敌弗南的合谋陷害,邓蒂斯在同相爱多年的女友举行婚礼时被捕了。——代理检察官维尔福审案时,发现自己的父亲就是密件的收取人,为了自保,他昧着良心将邓蒂斯判为危险的政治犯。邓蒂斯被秘密送到孤岛上的死牢(伊夫堡监狱),过着暗无天日的囚徒生活。——一次偶然的机会,邓蒂斯与隔壁牢房的老神甫意外相遇(老神甫秘密挖地道,因计算失误,地道出口挖到了邓蒂斯的牢房)。邓蒂斯和老神甫成了忘年知己。博学多才的老神甫给了邓蒂斯很多帮助,并告知他基督山藏宝的惊人秘密。——老神甫病死,监狱的常规做法是将死了的犯人装进麻袋(缝上袋口)抛海。邓蒂斯伺机将老神甫遗体转移到他自己的牢房,他钻入麻袋,直挺挺地假装成尸体,被狱卒当成老神甫抛进大海。他拿小刀割破麻袋,侥幸脱险并获救。——邓蒂斯在基督山岛发现了大量宝藏,由此而成为亿万富翁。——报答他落难时帮助过他的老船主。——化名基督山伯爵,精心谋划他的复仇计划:揭露议员弗南罪恶多端的发家史,导致弗南被其妻儿抛弃(弗南的妻子就是邓蒂斯的前女友),最终开枪自杀;将银行家邓格拉司弄得倾家荡产;摧毁巴黎法院检察官维尔福的一切,维尔福最终被逼疯。——基督山伯爵报了大仇,希望过一种与世无争的宁静生活,他给船主的儿子和维尔福的女儿留下巨额财产,同他收养的阿里总督的女儿海蒂悄悄离开了欲望之都巴黎(没有人知道他们去了哪里)。

情节的曲折动人和传神逼真并非截然分开,在很多优秀小说中,二者是紧密结合的。我们上面提过的《红楼梦》和《基督山伯爵》也不例外。《红楼梦》虽然总体上写平常家事,但其中也不乏一些引人入胜的曲折小事件,著名的有黛玉葬花、晴雯撕扇、宝玉挨打等,这些都是作者有意无意中往生活的大湖里投下的颗颗石子,使平静的湖面荡漾起引人注目的小波澜,从而增强小说的生动性。《基督山伯爵》总体上情节曲折,但其中很多情节也不乏传神逼真,比如邓蒂斯报恩的情节充满生活气息和人情味:邓蒂斯从基督山得到宝藏成为豪富,他要报答他的恩人——忠厚、勇敢、待人热情的埃及王号的船主,船主在他落难时为他四处奔走,还照顾过他的老父亲。邓蒂斯打听到船主的苦况(因破产而陷入绝望,准备自杀),替船主还清了债务,送给船主女儿一笔丰厚的嫁妆,还送给船主一艘新的埃及王号船。

法国作家司汤达(Stendhal)的小说名著《红与黑》的情节更是将曲折动人和传神逼真融为一体,因而生动感人。

一方面,小说很曲折动人。小说写出身寒微却又时时想出人头地的主人公于连的个人"奋斗"史。于连凭着个人的聪明才智在德·雷纳市长家当家庭教师,与市长夫人有了私情,后来事情败露后被迫离开,进了神学院。经神学院院长举荐,于连到巴黎给拉摩尔侯爵当私人秘书,很快得到侯爵的赏识和重用。与此同时,他又处心积虑地与侯爵的女儿玛蒂尔德小姐有了恋爱关系。为了维护面子,侯爵也被迫接受于连与自己女儿的婚姻,于连便有了绝好的机会跻身于上流社会。但是,就在他即将飞黄腾达时,让他意想不到的事情发生了:市长夫人在教会的策划下,被逼写了一封告密信揭发他,他所有的奋斗毁于一旦。他为此气愤至极而丧失理智,开枪打伤市长夫人,被判处死刑。在于连被收监的日子里,他幡然悔悟,为自己出卖灵魂的行为而痛苦,他决定要回归真实的自己,宁死也不再与龌龊的上流社会同流合污。市长夫人和侯爵小姐都在为他奔走,设法营救他,但被于连断然拒绝,最后于连被送上了断头台。《红与黑》的情节具有很强的故事性,它以于连的个人奋斗史为"经",以于连和德·雷纳市长夫人、玛蒂尔德小姐恋爱生活为"纬"。经纬交织,一系列事件的发展不但井然有序,而且往往出人意料,读后让人难忘。

另一方面,小说又写得逼真传神。小说虽然注重情节的故事性,但不是简单、粗糙地线条化,更避免怪诞离奇,而是着眼于现实生活,大量采用寻常生活中的一些具体事件来细致入微地进行描写,尤其值得称道的是小说中有关人物心理具体生动的描写。比如德·雷纳夫人和于连有了私情,有人写了匿名信告知德·雷纳市长,德·雷纳夫人让于连伪造了一封华勒诺(一个追求她的男人)写给自己的情书,将丈夫对于连的怒气转移到华勒诺身上,从而没有暴露她和于连的私情。德·雷纳夫人如释重负,很激动,也很愉快。小说这样细致地描写她的心理:

> 德·雷纳夫人快步奔上鸽楼那一百二十级楼梯,在小窗的一根铁栏杆上拴了一条白手帕。此刻,她仿佛成了世界上最幸福的女人。她眼里噙着泪水,遥望山中的密林,心想:于连无疑正在一棵茂盛的山毛榉树下窥伺着这幸福的信号哩。她仔细听了很久,然后又诅咒雀鸟的啁啾和夏夏的蝉鸣。要没有这些讨厌的声音,很可能一声欢呼便从悬崖那边传来。暗绿色的树梢平整如草原,仿佛一道无垠的斜坡。她的目光在这道斜坡上贪婪地搜索,情深款款地想道:"他怎么就没有想到给我个信号,告诉我他和我一样高兴呢?"①

四、小说情节典型性

在前面"小说的人物塑造"一章中,我们说过,小说人物要具有典型性,而人物主要又是通过情节来表现的,那么作为表现人物的情节也必然要具有典型性。

何为小说情节的典型性?以法国现实主义作家巴尔扎克的话来说,"用最小的面积惊人地集中了最大量的思想"②,即小说情节能够精炼、集中地反映或折射社会的基本矛盾与社会本质,能够形象地揭示生活的真谛,使读者能从中获得一定的启迪。

巴尔扎克本人在创作时非常重视情节的典型性。他脍炙人口的代表作《高老头》淋漓尽致地揭露法国资本主义社会的本质关系是金钱关系。他选取了一系列的典型情节,比如巴黎上流社会的"社交皇后"鲍赛昂夫人的情人为了20万法郎的陪嫁,跟一个暴发户的女儿结婚而将鲍赛昂夫人一脚踹开;银行家纽沁根男爵不计较妻子跟人鬼混,但斤斤计较自己钱财的得失;苦役犯伏脱冷为了钱财不惜杀人;来自外省的大学生拉斯蒂涅在金钱至上的社会大染缸里日益堕落。其中最触目惊心的情节莫过于退休的面条商高里奥老头无情地被两个女儿抛弃:高老头花了大量金钱给女儿陪嫁,使两个女儿都嫁得了上流社会的"金龟婿",而两个女儿对他没有一点爱,她们想方设法榨干父亲的全部积蓄,将父亲像野狗一样遗弃。可怜的父亲卧病在床,最大的渴盼就是希望能见到两个女儿,可

---

① 司汤达.红与黑[M].张冠尧,译.北京:人民文学出版社,1999:126.
② 巴尔扎克.论艺术家[M]//古典文学理论译丛(第10册).北京:人民文学出版社,1965:101.

是至死也没见两个女儿的影子,他最后孤独悲惨地死在公寓的阁楼里,女儿们居然都不给他收尸!在人类最基本的情感诸如亲情、爱情和友情中,亲情应该是最靠得住的,毕竟血浓于水,可是高老头的两个女儿对父亲的亲情却被金钱腐蚀殆尽。高老头被女儿们遗弃的典型情节,足以充分展示:在当时的法国社会,金钱的腐蚀无孔不入,整个社会铜臭熏天。这种典型情节具有很强的概括性。《高老头》之所以具有经久的艺术感染力,其原因固然也离不开它的情节真实生动,更重要的,恐怕还在于它的情节的典型性。

鲁迅的短篇小说《药》情节也很具有典型性。华老栓将自己多年辛苦积攒的钱买了所谓的"人血馒头",为儿子华小栓治病,但最后华小栓还是死了。这个人血馒头是用革命者夏瑜的鲜血制成的。在夏瑜死后,他的坟上插了鲜花,而附近的华小栓的坟头光光的,什么也没有。夏瑜为革命献出了宝贵的生命,而华老栓却买他的血来治儿子的病。——这个情节深刻地揭示了辛亥革命时期群众对革命的无知,也写出了革命者难以言说的悲哀。

五、细节描写:使情节生动传神的有力手段

细节性是小说的一个重要特征,所以小说必须重视细节描写。细节描写是指抓住生活中细微而又具体的片断或场景,可通过人物语言、动作、心理等方面进行生动细致的描绘。细节描写是使小说情节达到真实、生动、典型等要求的一种最不可缺、也最具表现力的手段。

《水浒传》的情节生动传神,与细节描写密切有关。比如第二回有一处写鲁达(鲁智深)不满店小二对他的怠慢,怒打店小二。

> 鲁达大怒,揸开五指,去那店小二脸上只一掌……①

鲁达的愤怒单用"大怒"和"一掌"还不能足以表现,而"揸开五指"这个细节动作,就足能生动地表现鲁达的愤怒。

鲁达拳打镇关西的一段细节描写更令人叫绝。

> ……(鲁达)扑的只一拳,正打在(郑屠)鼻子上,打得鲜血迸流,鼻子歪在半边,却便似开了个油铺:咸的,酸的,辣的,一发都滚出来……(鲁达)提起拳头来就(郑屠)眼眶际眉梢只一拳,打得眼棱缝裂,乌珠迸出,也似开了个彩帛铺的:红的,黑的,紫的,都绽将出来。②

---

① 施耐庵.水浒传[M].北京:中华书局,2009:28.
② 施耐庵.水浒传[M].北京:中华书局,2009:29.

这段话无非是写鲁达暴打郑屠,若放在一般的作者那里写,也许会写成"鲁达将郑屠打得鼻青脸肿",稍微再形容一下,也许会写成"鲁达将郑屠打得满地找牙"。这样写固然能将事件丝毫不差地写出来,不过写得有些笼统,缺乏具体生动性。我们再来看人家施耐庵是怎么写的,他是在细节上下功夫,对鲁达暴打郑屠进行细致生动的描写:鲁达先是将郑屠的鼻子打歪了,从味觉方面来写郑屠被打的感受。接着写鲁达又提拳打郑屠,这一回打得更狠,将郑屠的眼棱缝打裂了,眼珠子都迸出来,作者又从旁观者的视觉方面将郑屠被打的狼狈相表现得异常逼真。这种精细的描写将鲁达打郑屠的情景真是写绝了。

《红楼梦》情节真实生动,与它精细的细节描写是分不开的。比如小说第四十回写刘姥姥(刘老老)在大观园入席吃饭的情景,其中的细节尤为生动传神。

  那刘老老入了坐,拿起箸来,沉甸甸的不伏手,——原是凤姐和鸳鸯商议定了,单拿一双老年四楞象牙镶金的筷子给刘老老。刘老老见了,说道:"这个叉巴子,比我们那里的铁锨还沉,那里拿的动他?"说的众人都笑起来。只见一个媳妇端了一个盒子站在当地,一个丫鬟上来揭去盒盖,里面盛着两碗菜。李纨端了一碗放在贾母桌上。凤姐偏拣了一碗鸽子蛋放在刘老老桌上。

  贾母这边说声"请",刘老老便站起身来,高声说道:"老刘,老刘,食量大如牛:吃个老母猪,不抬头!"说完,却鼓着腮帮子,两眼直视,一声不语。众人先还发怔,后来一想,上上下下都一齐哈哈大笑起来。湘云掌不住,一口茶都喷出来。林黛玉笑岔了气,伏着桌子只叫"嗳哟!"宝玉滚到贾母怀里,贾母笑的搂着叫"心肝";王夫人笑的用手指着凤姐儿,却说不出话来。薛姨妈也掌不住,口里的茶喷了探春一裙子。探春的茶碗都合在迎春身上。惜春离了座位,拉着他奶母,叫"揉揉肠子"。地下的无一个不弯腰屈背,也有躲出去蹲着笑去的,也有忍着笑上来替他姐妹换衣裳的,独有凤姐鸳鸯二人掌着,还只管让刘老老。①

刘姥姥乡村式的言行举止将在场的众人都逗乐了,但各人笑乐的姿态各异:湘云笑得喷了茶,林黛玉笑得岔了气,宝玉笑得滚到贾母怀里,王夫人笑得说不出话来,薛姨妈笑得口中的茶喷了探春一裙子,探春笑得捧不住茶碗(茶碗都合在迎春身上),惜春笑得离座拉她奶母,叫揉肠子。凡此种种细节描画,使得原本不寻常的宴饮场面充满无限生趣,同时也将人物给写活了。

阿来的小说《尘埃落定》中的细节描写也很精到。比如小说开篇的两小段文字:

---

① 曹雪芹.红楼梦:第二册[M].北京:人民文学出版社,1964:489-490.

那是个下雪的早晨,我躺在床上,听见一群野画眉在窗子外边声声叫唤。

　　母亲正在铜盆中洗手,她把一双白净修长的手浸泡在温暖的牛奶里,嘘嘘地喘着气,好像使双手漂亮是件十分累人的事情。她用手指叩叩铜盆边沿,随着一声响亮,盆中的牛奶上荡起细密的波纹,鼓荡起嗡嗡的回音在屋子里飞翔。①

这两段文字以一种耐人寻味的诗歌笔法,描写主人公"我"的动作(躺在床上)与所听(窗外一群野画眉声声叫唤)及其所见(母亲在铜盆中洗手)。关于母亲洗手的情景写得很精细:母亲白净修长的双手浸泡在温暖的牛奶里,嘘嘘地喘气,用手指叩盆。这种诗一般的细节描写使情节真切,动人。

英国作家哈代的小说名著《德伯家的苔丝》也非常重视细节描写。比如写苔丝和克莱新婚之夜,苔丝和克莱都彼此坦白自己的过去,克莱讲自己曾经跟别的女人鬼混过,苔丝原谅了他。当苔丝鼓起勇气告诉克莱自己痛苦的隐私(她曾经被诱骗失身并私生过一个孩子)时,骨子里很自私的克莱却是另一种感受,他之前一直将苔丝视为美丽纯洁的姑娘,在得知自己深爱的姑娘竟然有过这样一番"不洁"的过去,这使他无法相信,也无法接受。小说就通过细节描写真切细致地刻画出他的痛苦复杂的精神状态。

　　克莱作了一种不合时宜的举动:他拨弄起炉子里面的火来。他对于这段新闻,还没完全领会到它的意义呢。他拨完了火,站了起来,那时候,她这一番话的力量才完全发作:他脸上憔悴苍老了。他努力要把心思集中起来,就在地上一阵一阵地乱踩。他用尽了办法,都不能把杂念驱逐,所以才作出这种茫无目的的举动。②

第二节　小说情节的艺术设置

把握小说情节真实性、生动性和典型性的基本要求,并不等于情节就一定能吸引人。在具体设置方面,还要注意其艺术性,即构思的匠心。

大致说来,小说情节构思的重点在两个方面:选材与布局。

---

① 阿来.尘埃落定[M].北京:人民文学出版社,2005:1.
② 哈代.德伯家的苔丝[M].张谷若,译.北京:人民文学出版社,1984:270.

一、选材

我们一再强调,小说的中心是人物,写什么样性格的人物,就要选取能与人物性格相符合的一些情节来表现人物。情节是由人物的行动构成的,必须始终围绕着人物来设置。

要想小说情节生动,吸引人,尽可能选取富有浓厚的生活气息,又带有一定的普遍性,并且生动逼真的事件来设置情节。比如选取以下几种。

1. 寻常生活中不寻常的人物行动(事件)

被称为美国"短篇小说圣手"的欧·亨利(O. Henry)有一篇名作,题为《警察与赞美诗》,该小说有一个重要的情节是写主人公(一个流浪汉)为了安全过冬,渴望进监狱,这个情节就取自日常生活中的不寻常事件。同样有"短篇小说圣手"之誉的俄国作家契诃夫(Chekhov)和法国作家莫泊桑(Maupassant)都善于从日常生活中发掘不寻常事件,作为他们小说的情节。下面以契诃夫的《苦恼》和莫泊桑的《项链》为例,谈谈它们的选材。

《苦恼》写一个年老贫苦的马车夫,儿子不幸死了,他非常痛苦,在一个大雪飘飞的难挨的夜晚,他逢人就说他心中的苦恼,但是没有人理解他的心情,同情他的处境,也没有人有耐心倾听他喋喋不休的诉说,最后他失望地走进马棚,对着小母马说话,将他心中的苦水一股脑儿地倾倒出来。这篇小说的情节取自平常生活,但它也有不平常之处,那就是小说的结尾老马夫对马诉说苦恼,这个情节将老马夫孤苦无依的心境以及人与人之间冷漠的关系很真切地表现出来。

《项链》写一个教育部小职员骆塞尔的太太爱慕虚荣,但寒碜的家境让她时感痛苦。为了同她丈夫去参加一次难得的跳舞晚会,她向她的朋友借了一条项链。她戴着这条项链,穿着漂亮的裙袍,在晚会上出尽风头,也极大地满足了她的虚荣心。但在回家途中,她脖子上的项链不知什么时候丢了。她和丈夫只好买了一条价值三万六千金法郎的项链赔给了她的朋友,为此欠下高额债务。她和丈夫过了十年极其艰辛的生活,才将这些债务还清。一次偶然的机会,骆塞尔太太在街上碰见她的朋友,说起丢项链还债的事。朋友异常惊讶,说自己的那串项链是假的,顶多值得五百金法郎。小说的情节完全是生活化的,然而,从平常生活的角度来看,一条假项链竟然让一个女人付出了十年的艰辛,总是令人感到有点不寻常的。

2. 能够反映社会生活中种种矛盾冲突的事件

矛盾冲突一般有两种。

一种矛盾冲突是外在的、尖锐的,往往通过那种打打杀杀的刀光血影之类的强烈形式来表现。如战争故事、武林侠客故事等。这类事件是特殊时期的特殊表现,往往具有一定的应时性,由于冲突尖锐,它们作为情节,一般都很曲折动人。

苏联作家肖洛霍夫(Sholokhov)的小说名作《静静的顿河》之所以写得波澜壮阔,引人入胜,主要在于他选取的题材是居住于顿河流域的哥萨克十年(1912—1922)尖锐、复杂的战争史。

莫言的长篇小说《蛙》的选材也颇具吸引力与震撼性(特别能引起西方世界的高度关注),因为他在小说中主要表现的是中国计划生育的非人道与残酷性,无疑,莫言的这种选材为其小说在2012年的诺贝尔文学奖角逐中赢得不小的筹码。

另一种矛盾冲突表面看来似乎比较平和,但实际上它的尖锐是内在的。这类矛盾冲突对人的精神、心理往往造成不同程度的伤害,可谓"杀人不见血"。

最典型的莫过于鲁迅的小说《祝福》中祥林嫂的悲剧。祥林嫂原本就非常可怜,先后嫁的两个丈夫都死了,跟她相依为命的独子阿毛又不幸被狼吃掉。鲁四老爷等人将她视为不洁,不允许她动手摆供品,不过他并没有当众呵斥,而是"暗暗地告诫"他的婆娘,由婆娘阻止祥林嫂。他的婆娘轻描淡写地对祥林嫂说:"祥林嫂,你放着吧!"这轻描淡写的一句却沉重地打击了祥林嫂,使她的精神彻底垮了下去,小说这样写道:

> 她像是受了炮烙似的缩手,脸同时变作灰黑,也不再去取烛台,只是失神地站着。直到四叔上香的时候,教她走开,她才走开。这一回她的变化非常大,第二天,不但眼睛窈陷下去,连精神也更不济了。而且很胆怯,不独怕暗夜,怕黑影,即使看见人,虽是自己的主人,也总惴惴的,有如在白天出穴游行的小鼠;否则,呆坐着,直是一个木偶人。不半年,头发也花白起来了,记性尤其坏,甚而至于常常忘却了去淘米。[①]

3. 能够比较集中地反映人物的精神境界,且能折射某种社会本质的事体

小说情节在设置时,还可以选择那种借写人物来透视社会本质的事体。比如吴敬梓的《儒林外史》写封建科举制度对儒生的精神毒害,其中写到儒生范进,范进可怜苦读寒窗大半辈子,到头来侥幸中举,不想高兴过度,竟发疯,被其丈人一个巴掌打清醒了。范进中举发疯是个富有典型性的情节,它不只反映儒生范进长期困于科举制的牢笼里的可悲精神境界,也深刻地揭示科举制是一种毁坏人精神的可怕毒剂。

二、布局

小说情节的布局,是指作家如何将所选取的事件巧妙地展开(叙述),使其曲

[①] 鲁迅.祝福[M]//鲁迅小说杂文散文全集(上).南宁:广西民族出版社,1995:327-328.

折动人。

1. 围绕小说主题来设置情节

小说主题,即小说中所要大致表达的核心思想(情感)内涵。设置小说情节,必须围绕小说所要表达的主题。19世纪后期美国现实主义作家杰克·伦敦(Jack London)的著名短篇小说《热爱生命》非常震撼人心,它讲述人在绝境中抗争的故事,生动地展示了人的生命意志力的顽强。小说开篇有一段题记:

> 一切,总算剩下了这一点——
> 他们经历了生活的困苦颠连,
> 能做到这种地步也就是胜利,
> 尽管他们输掉了赌博的本钱。①

题记昭示了小说的基本主题:只有热爱生命,才能不屈于绝境,为捍卫生命而竭力抗争。小说的情节并不复杂,基本围绕着主题展开:"他"(淘金者)在归途中腿部受伤,被朋友比尔抛弃。他虽然淘得满袋金子,但缺衣少食,面临的是充满险恶的自然环境——布满沼泽、荆棘,野兽出没的无人烟的荒原,他饥寒交迫,但毫不气馁。为了减轻负担,他将满袋金子扔掉,艰难跋涉在无边无际的荒原上。在他非常虚弱的时候,又不幸遭遇一匹病狼。他和狼这两个病恹恹的生灵疲惫地拖着垂死的躯体,都企图猎取对方,在荒原上展开了殊死相搏。在与狼的较量期间,他发现了比尔的骸骨,生存的愿望更加强烈。为了活着回去,他凭着超常的意志力,他最后战胜了狼(咬死狼,喝了狼的血),筋疲力尽的他最终得以获救。

2. 情节结构要完整、严谨

情节结构完整主要是指情节结构有头有尾,其来龙去脉交代得清清楚楚。情节结构严谨,主要是指情节结构明晰,不杂乱。

情节一般有主要情节和次要情节之分。在情节设置时要掌握好主次之分:突出主要情节,次要情节艺术性地穿插于主要情节当中。最常见的方式就是采用主要线索来贯穿主要情节,也就是说,情节的发展围绕着主线进行,这样能使小说在情节方面做到完整、严谨。

不同的小说采用的线索并不一样。有的采用一条线索,即单线;有的采用两条线索,即双线(或称复线);也有的采用两条以上的线索,称多线。

大体说来,篇幅短的小说(如微型小说、短篇小说之类)多半结构比较单纯,采用单线。上面提过的几个短篇小说《项链》《警察与赞美诗》《苦恼》等都是如此。《项链》基本上围绕"项链"这条线索展开情节,写贫寒而又爱慕虚荣的骆塞

---

① 杰克·伦敦.热爱生命[M]//万紫,雨宁,译.杰克·伦敦小说选.北京:人民文学出版社,2003:39.

尔太太为参加舞会,(向朋友)借项链,(舞会结束归途)丢项链,(借债)还项链,(付十年艰辛)还清债务,到最后才知道项链是假的。《苦恼》的主线是马车夫的苦恼无处诉说。《热爱生命》的情节发展是围绕"他"在逆境中抗争这条主线进行的。这些小说一气呵成,其结构都很完整、严谨。

  篇幅较长的小说,特别是那些反映纷繁社会人生的大部头长篇小说,多半结构比较复杂,往往采用多线展开情节。如托尔斯泰的《安娜·卡列尼娜》就有三条线索,其中有两条平行主线:一条是安娜与卡列宁的婚姻家庭线索以及安娜与渥伦斯基的婚外情线索,另一条是列文与吉提的爱情婚姻线索。还有一条副线:安娜的哥哥奥勃朗斯基与嫂子道丽的婚姻家庭线索。这条副线将两条平行主线联结起来,构成比较完整、严谨的"圆拱门式结构"。小说情节通过这三条线索展开,不仅探讨了当时俄国贵族社会的婚姻家庭问题,而且涉及了俄罗斯上层社会和底层社会(农村)的一些重大事件,展露当时各阶层生活状况及其思想情绪。

  当然,小说采用几条线索,不一定非要受小说篇幅的制约。

  有的篇幅短的小说结构并不单纯,线索也不单一。比如鲁迅的短篇小说《风波》采用的就是双线。小说写1917年张勋复辟事件在江南某水乡引起的一场关于辫子的风波,用了一条明线和一条暗线,明线是辫子事件,暗线是张勋复辟。明线和暗线交织在一起,以小见大,有力地展示了辛亥革命后中国农民的封闭、愚昧、保守的精神面貌,揭示辛亥革命没有唤醒民众,从而没有给当时的中国农村带来真正的思想变革。

  也有的篇幅长的小说结构单纯,采用单线。比如周克芹的《许茂和他的女儿们》、叶辛的《蹉跎岁月》等长篇小说基本上采用单线。

  对于初写小说的人,比较适宜写那种线索单一、结构单纯一点的小说。等到积累了一些写作经验,掌握了一定的写作技巧,再尝试写结构复杂的小说,那样会水到渠成一些。

  3. 在情节的具体展开方面,尽可能使情节富有故事性和戏剧性

  为了使情节曲折动人,通常可采用两种方式:一是采用讲故事的方式来叙述事件的来龙去脉,一环扣一环,使情节具有故事性。二是巧设悬念,使情节具有戏剧性。所谓情节的戏剧性,是指事件的发展与结局往往突如其来,出人意料。

  欧·亨利的名篇《警察与赞美诗》在情节的设置上值得称道。一般人都惧怕进监狱,而欧·亨利笔下的主人公却渴望进监狱做囚犯。这种违反人之常情的渴望本身就让人感到有些新奇。而小说在这样一个不大合乎常理的渴望中展开情节。主人公故意干些违法乱纪的勾当,扰乱社会治安,希望引起警察的注意,将他逮捕投进监狱,以求安全地度过难挨的冬季,结果每一次他都没有成功。他本来想上高级饭馆白揩一顿油水,因为穿着破旧,侍者没让他进门;他有意砸了

商店的橱窗,等着警察来逮捕他,警察却以为不是他干的,不予理睬;他故意当着警察的面调戏妇女,偏偏那妇女愿意被他调戏,警察也没有办法。小说写到这里,主人公的变态心理和扭曲的性格,警察的荒唐和愚蠢,均被表现得淋漓尽致。这篇小说最具有戏剧性的情节还在后面,主人公有意肇事没能进监狱,当他听到教堂传来的赞美诗,受到感化,决定洗心革面,重新做人,警察却将他逮捕了,宣判他将被"监禁三个月"。主人公多次有意肇事不被追究,而他有意向善从良却遭被捕,前后的反差造成很强的戏剧性效果,使这篇小说曲折动人。

推荐阅读书目:

[法]大仲马.基督山伯爵[M].蒋学模,译.北京:人民文学出版社,1978.

[英]哈代.德伯家的苔丝[M].张谷若,译.北京:人民文学出版社,1984.

[法]司汤达.红与黑[M].张冠尧,译.北京:人民文学出版社,1999.

[美]欧·亨利.欧·亨利短篇小说选[M].王永年,译.北京:人民文学出版社,2003.

[俄]契诃夫.契诃夫短篇小说精选[M].汝龙,译.北京:人民文学出版社,2002.

[法]莫泊桑.莫泊桑短篇小说选[M].赵少侯,译.北京:人民文学出版社,2002.

陈忠实.白鹿原[M].北京:北京十月文艺出版社,2008.

阿来.尘埃落定[M].北京:人民文学出版社,2005.

小说写作练习:

请尝试着写一篇小说(要求:力求情节完整、生动,具有一定的典型性)。

第七章

小说的环境营造

>>>

> 环境描写在小说中的作用
> 营造小说环境应注意的几个问题

小说的环境是小说的一个基本要素。小说环境一般分为社会环境和自然环境。

社会环境有广、狭之分。

广义的社会环境主要是指时代环境,即某一历史时期的社会生活和人际关系的总和。在小说中,时代环境作为大的背景,一般不需要着意强调,或粗笔带过,或通过富有时代特征性的文字描写来展示。

狭义的社会环境是指人们具体生活的区域环境,这其间包括体现某一社会、某一时代特征的建筑、场所、陈设以及带有区域性的民俗民风。小说人物的区域环境多半写得比较精细。

自然环境是指自然界各种动态和静态的景物或现象,诸如季节变换、物换星移、风霜雨露、江川林野等。自然环境描写又称为景物描写。

第一节 环境描写在小说中的作用

环境描写在小说中的作用很重要。对于小说的中心要素——人物来说,环境不可或缺,它是人物活动的背景和空间。

环境描写的基本作用有多种。下面就谈谈比较常见的几种作用。

一、有助于塑造人物性格(暗示人物的命运)

环境是人物活动的舞台,也是人物性格形成或改变的重要因素,特别是在注重写实的小说中,普遍强调写典型环境中的典型人物,重视人与社会环境(生活环境)之间关系的描写。

司汤达的《红与黑》写木工家庭出身的青年于连的个人奋斗的悲剧过程。小说很重视环境对表现于连形象的作用。于连生活在法国王朝复辟时期(查理十世时代),一个封建王权和教会势力相互勾结的黑暗腐朽的时代,他的思想和言行不能不受鄙俗的社会风气的影响。小说特意选了这个时代下的三个具体的区域生活环境:维立叶尔小城、省城贝尚松神学院、京城巴黎,作为于连活动的具体场所。于连处处想出人头地,他凭着自己的"成熟"心智一步步地往上爬,从小城爬到省城再爬到京城,他复杂而又分裂的性格也逐渐得以充分展示:一方面,他自尊,自爱,勇敢,真诚;但另一方面,他又自卑,怯懦,虚伪。这种矛盾的性格使他一步步走向飞黄腾达的同时,也一步一步走向堕落,未泯的良知最终将他从堕落的深渊中拉了回来。

巴尔扎克的小说同样注重环境对人物塑造的作用。比如《高老头》中的拉斯蒂涅，原是个本质不坏的外省青年，自从掉进巴黎这个大染缸，就逐渐被腐蚀了。巴尔扎克为了揭示环境对拉斯蒂涅的心理及其性格形成的影响，特意很精细地展现了巴黎底层人物、新贵的资产阶级暴发户以及上流贵族的生活环境。

伏盖公寓是巴黎底层人的蜗居，"房子死气沉沉，墙壁散发出牢狱的气息"①，房子的墙面刷的是难看的黄色，即便是一楼的客厅也散发令人作呕的气味——"一股潮湿发霉的哈喇味"，客厅的家什很寒碜，"不是残旧破裂、腐烂、虫蛀，便是短胳膊、缺眼睛，一碰就碎"②。

作为新贵的资产阶级暴发户，雷斯多夫人的宅院充满金钱气息："豪华、镀金和显然价值不菲的摆设，无意是暴发户那种俗不可耐的铺张。"

鲍赛昂夫人是上流社会的资深贵族，她的府第洋溢着风雅超群的贵族气：瑞士司阍（门丁）仪表堂堂，"穿红色绣金制服"；院中套着的马车是巴黎最华丽的四轮双座轿式，"这辆车的两匹骏马耳朵装饰着玫瑰"；驾车的车夫颇有风度，"系着领带，头发扑粉"。楼梯"有金漆栏杆，铺着猩红的地毯，旁边摆着鲜花"。她家的司阍、马车以及车夫的装束尚且非同一般，更不必说府邸里的陈设有多精雅绝伦了。

拉斯蒂涅先后造访了富丽的雷斯多宅院和高贵的鲍赛昂府，回到他所寄居的寒酸的伏盖公寓，他的心理发生了巨大的变化。

> 来到令人恶心的饭厅，看见十八个食客像围着马槽的牲口般正在吃饭，他们那种穷酸相和饭厅的景象使他实在看不下去。环境转变太突然，对比太强烈了，他向上爬的野心不禁油然而生。一边是最高雅的社会各种新鲜活泼的迷人景象、被精美的艺术品和豪华气氛包围着的、年轻而生机勃勃的面孔、每一颗心都充满诗情画意，另一边则是溅满泥浆的凄凉画面，一张张脸上只留下欲望光顾过的陈迹。③

拉斯蒂涅对上流社会生活充满艳羡，他再也不甘心寒酸下去，他要想方设法地改变自己的处境，直至最终良心泯灭，堕落成了一个寡廉鲜耻的唯利是图者。

二、渲染气氛

适度的环境描写能渲染气氛，增加小说的韵味。

---

① 巴尔扎克.高老头[M].张冠尧，译.北京：人民文学出版社，2002：4.
② 巴尔扎克.高老头[M].张冠尧，译.北京：人民文学出版社，2002：6.
③ 巴尔扎克.高老头[M].张冠尧，译.北京：人民文学出版社，2002：64.

鲁迅唯一的爱情小说《伤逝》中的环境描写,主要是营造气氛。譬如下面这段:

> 会馆里的被遗忘在偏僻里的破屋是这样地寂静和空虚。……我重来时,偏偏空着的又只有这一间屋。依然是这样的破窗,这样的窗外的半枯的槐树和老紫藤,这样的窗前的方桌,这样的败壁,这样的靠壁的板床。①

《伤逝》写的是男主人公涓生和女主人公子君的爱情故事和人生悲剧,这对青年男女为追求恋爱自由和个性解放,相知,相爱,出走,结合,最终分离(子君弃世)。小说通篇都透露着浓厚的感伤气氛。涓生在子君死后回到两个人曾经同居过的小屋,面对人去室空,他看什么都是感伤的。屋是偏僻的、残破的,窗是破的,破窗外的槐树是半枯的,紫藤是衰老的,总之,涓生所置身的环境残破而又空虚,这样的环境能营造一种凄清、感伤的气氛。

废名的小说(尤其是写于20世纪20年代的小说)多半具有一种田园牧歌式的风情。这其间环境描写起了很重要的作用。比较典型的是他的代表作《竹林的故事》中的环境描写,下面节选小说中的一个片段:

> 河里没有水,平沙一片,现得这坝从远远看来是蜿蜒着一条蛇,站在上面的人,更小到同一颗黑子了。由这里望过去,半圆形的城门,也低斜得快要同地面合成了一起;木桥俨然是画中见过的,而往来蠕动都在沙滩;在坝上分明数得清楚,及至到了沙滩,一转眼就失了心目中的标记,只觉得一簇簇的仿佛是远山上的树林罢了。至于聒聒的喧声,却比站在近旁更能入耳,虽然听不着说的是什么,听者的心早被他牵引了去了。竹林里也同平常一样,雀子在奏他们的晚歌,然而对于听惯了的人只能够增加静寂。②

这段环境描写主要刻画乡村的古朴、温煦、宁静,营造了一种恬淡、安逸的田园风情。

吴组缃早年的短篇小说《菉竹山房》,最大的特色是重墨描写菉竹山房的环境。譬如菉竹山房周围的景致:

> 我说金燕村,就是二姑姑的村;菉竹山房就是二姑姑的家宅。沿着荆溪的石堤走,走的七八里地,回环合抱的山峦渐渐拥挤,两岸葱翠古老的槐柳渐密,溪中黯赭色的大石渐多,哗哗的水激石块声越听越近。这段溪,渐不叫荆溪,而是叫响潭。响潭的两岸,槐树柳树榆树更多更老更葱茏,两面缝

---

① 鲁迅.伤逝[M]//鲁迅小说杂文散文全集(上).南宁:广西民族出版社,1995:386.
② 废名.竹林的故事[M]//朱栋霖.中国现代文学作品选(第一卷).北京:高等教育出版社,2002:142-143.

合,荫罩着乱喷白色水沫的河面,一缕太阳光也晒不下来。沿着响潭两岸的树林中,疏疏落落点缀着二十多座白垩瓦屋。西岸上,紧临着响潭,那座白屋分外大;梅花窗的围墙上面探露着一丛竹子;竹子一半是绿色的,一半已开了花,变成槁色。——这座村子便是金燕村,这座大屋便是二姑姑的家宅菉竹山房。①

菉竹山房周围的环境写得颇有诗情画意。作者如一个画家,由面到点,由远到近,画出一幅带有清幽气的素朴山居图:山峦回环合抱,溪岸的槐柳古老葱茏蔽日,溪水响亮地扑溅着赭石,林中疏落点缀着白垩瓦屋。引人注目的是大屋梅花窗的围墙上探露的半绿半槁——半死半活的竹子,其实暗示了菉竹山房的女主人——多年守活寡的二姑姑毫无活气的精神状态。

三、能有力地推动情节发展

在小说创作中,环境描写要服务于由人物行动构成的情节。恰到好处的环境描写能有力地推动情节发展。《水浒传》中不少环境描写就是如此。比如第九回"林教头风雪山神庙"中有关风雪的描写:

> 正是严冬天气,彤云密布,朔风渐起,却早纷纷扬扬卷下一天大雪来。②

虽然这里的环境描写用墨不多,但它对林冲的一系列行动起到推动作用,也就是说,刮风下雪是林冲一切行动的由头。因为风大雪紧,天气寒冷,林冲才要喝酒暖身,才会在喝酒的路上见到山神庙;狂风大雪将草厅压倒,林冲无处御寒,才会到庙里安身,庙门不时被风吹开,他才会用巨石抵住大门,仇人陆谦才没有发现他,他才会亲耳听到仇人陆谦等人加害自己的谋划,不禁心生怒气,杀了仇敌,最终上了梁山。

第十五回"智取生辰纲"中也有类似作用的环境描写:

> 众军人看那天时,四下里无半点云彩,其时那热不可当。……(作者借一个挑担桶的汉子的唱词来渲染天热)"赤日炎炎似火烧,野田禾稻半枯焦。农夫心内如汤煮,公子王孙把扇摇。"③

---

① 吴组缃.菉竹山房[M]//朱栋霖.中国现代文学作品选(第一卷).北京:高等教育出版社 2002:247-249.
② 施耐庵.水浒传[M].北京:中华书局,2009:86.
③ 施耐庵.水浒传[M].北京:中华书局,2009:128.

作者着意为人物行动营造一种典型环境:高温酷热天气。这样的环境成为情节发展的重要介质。因为酷暑难当,杨志手下的军健们渴热难耐,才不顾杨志阻拦,见酒就迫不及待要买来解渴,终落进吴用设下的圈套,失掉生辰纲。而吴用之所以能智取生辰纲,主要是利用了酷暑天气。

四、表现个人的情绪(心态)

有的小说,尤其是那种偏重于主观抒情的小说,多注重借环境来表现个人的情绪。郁达夫的浪漫抒情小说是这方面的典型代表。以他写于20世纪20年代的小说代表作《沉沦》为例。《沉沦》以一种抒情的笔调描写中国的留日学生"他"敏感多愁的复杂情绪,文中不乏大段的环境描写。比如小说的第一节:

他近来觉得孤冷得可怜。

……

晴天一碧,万里无云,终古常新的皎日,依旧在她的轨道上,一程一程的在那里行走。从南方吹来的微风,同醒酒的琼浆一般,带着一种香气,一阵阵的拂上面来。在黄苍未熟的稻田中间,在弯曲同白线似的乡间的官道上面,他一个人手里捧了一本六寸长的 Wordsworth 的诗集,尽在那里缓缓的独步。在这大平原内,四面并无人影;不知从何处飞来的一声两声的远吠声,悠悠扬扬的传到他耳膜上来。他眼睛离开了书,同做梦似的向有犬吠声的地方看去,但看见了一丛杂树,几处人家,同鱼鳞似的屋瓦上,有一层薄薄的蜃气楼,同轻纱似的,在那里飘荡。

……

呆呆的看了好久,他忽然觉得背上有一阵紫色的气息吹来,息索的一响,道旁的一枝小草,竟把他的梦境打破了,他回转头来一看,那枝小草还是颠摇不已,一阵带着紫罗兰气息的和风,温微微的哼到他那苍白的脸上来。在这清和的早秋的世界里,在这澄清透明的以太中,他的身体觉得同陶醉似的酥软起来。他好像是睡在慈母怀里的样子。他好像是梦到了桃花源里的样子。他好像是在南欧的海岸,躺在情人膝上,在那里贪午睡的样子。

他看看四边,觉得周围的草木,都在那里对他微笑。看看苍空,觉得悠久无穷的大自然,微微的在那里点头。一动也不动的向天看了一会,他觉得天空中,有一群小天神,背上插着了翅膀,肩上挂着了弓箭,在那里跳舞。他觉得乐极了。便不知不觉开了口,自言自语的说:

"这里就是你的避难所。世间的一般庸人都在那里妒忌你,轻笑你,愚弄你;只有这大自然,这终古常新的苍空皎日,这晚夏的微风,这初秋的清气,还是你的朋友,还是你的慈母,还是你的情人,你也不必再到世上去与那些轻薄的男女共处去,你就在这大自然的怀里,这纯朴的乡间终老了罢。"

这样的说了一遍,他觉得自家可怜起来,好像有万千哀怨,横亘在胸中,一口说不出来的样子。含了一双清泪,他的眼睛又看到他手里的书上去。①

在主人公"他"的眼里,原本无情的一草一木、晴日苍空都带上感情色彩,睹景生愁,即便感染于悠久无穷的自然美景而产生瞬间的一点乐,也很快被莫名的伤感所替代。小说借环境描写,恰切地表达"他",作为一个生性善感多愁的弱国子民,在异国孤独感伤的情绪。

五、能展示独特的地域风情

不少作家在创作时以自己的家乡作为小说的背景,小说的环境描写能展示浓郁的地域风情,典型的如沈从文的《边城》、李劼人的《死水微澜》等。

沈从文的《边城》以其家乡湘西为背景,写发生在边城茶峒的普通人事,小说不大注重情节的构设,而是注重具有湘西风情的环境氛围的描写。比如下面这段描写:

茶峒地方凭水依山筑城,近山一面,城墙俨然如一条长蛇,缘山爬去。临水一面则在城外河边留出余地设码头,湾泊小小篷船。船下行时运桐油、青盐、染色的五倍子。上行则运棉花棉纱以及布匹杂货同海味。贯串各个码头有一条河街,人家房子多一半着陆,一半在水,因为余地有限,那些房子莫不设有吊脚楼。河中涨了春水,到水脚逐渐进街后,河街上人家,便各用长长的梯子,一端搭在自家屋檐口,一端搭在城墙上,人人皆骂着嚷着,带了包袱、铺盖、米缸,从梯子上进城里去,等待水退时,方又从城门口出城。……②

近山临水的天然小城、码头贯串着河街、造势奇特的吊脚楼等,构成湘西独具特色的景观。

李劼人的《死水微澜》以成都北门外十多里的小镇——天回镇为背景,围绕着兴顺号杂货铺的老板娘蔡大嫂与袍哥头目罗歪嘴、教民顾天成之间的情感纠葛,不仅写出了辛亥革命时期成都复杂的世态,更淋漓尽致地写出浓厚的川府风情。我们来看作者笔下的天回镇:

---

① 郁达夫.沉沦[M]//朱栋霖.中国现代文学作品选(第一卷).北京:高等教育出版社,2002:44-45.
② 沈从文.边城[M].太原:北岳文艺出版社,2002:16.

就在成都与新都之间,刚好二十里处,在锦田绣错的广野中,位置了一个不算大也不算小的镇市。你从大路的尘幕中,远远的便可望见在黑魆魆的大树荫下,像岩石一样,伏着一堆灰黑色的瓦屋;从头一家起,直到末一家止,全是紧紧接着,没些儿空隙。在灰黑瓦屋丛中,也像大海里波涛似的,高高突出几处雄壮的建筑物,虽然只看得见一些黄琉璃碧琉璃的瓦面,可是你一定猜得准这必是关帝庙火神庙,或是甚么宫甚么观的大殿与戏台了。

镇上的街,自然是石板铺的,自然是着鸡公车的独轮碾出很多的深槽,以显示交通频繁的成绩,更无论乎驼畜的粪,与行人所弃的甘蔗渣子。①

锦田绣错的广阔乡野、紧紧挨着的灰黑瓦屋丛、黄琉璃碧琉璃的瓦面的庙观戏台、石板铺就的街道、独轮鸡公车,凡此种种,构成天回镇特有的风情。

六、暗示作品主题

小说同诗歌一样,是讲究形象感的一门艺术。小说的主题(思想主旨)一般是抽象的,抽象的思想情感隐藏在形象之中,或者说通过形象来体现。小说形象除了活生生的人物,便是具体的环境。小说主题可通过具体的环境描写来暗示。

老舍的短篇小说《断魂枪》开头的(社会)环境描写就起到暗示主题的作用。

沙子龙的镳局已改成客栈。

东方的大梦没法子不醒了。炮声压下去马来与印度野林中的虎啸。半醒的人们,揉着眼,祷告着祖先与神灵;不大会儿,失去了国土、自由与权利。门外立着不同面色的人,枪口还热着。他们的长矛毒弩,花蛇斑彩的厚盾,都有什么用呢;连祖先与祖先所信的神明全不灵了啊!龙旗的中国也不再神秘,有了火车呀,穿坟过墓的破坏着风水。枣红色多穗的镳旗,绿鲨皮鞘的钢刀,响着串铃的口马,江湖上的智慧与黑话,义气与声名,连沙子龙,他的武艺,事业,都梦似的变成昨夜的。今天是火车、快枪、通商与恐怖。听说,有人还要杀下皇帝的头呢!②

作者先通过带有时代特征性的具体描述交代人物生存环境(社会环境):古老中国的大门被帝国列强用洋枪洋炮轰开,迅速沦为半封建半殖民地社会,资本主义的狂风冲击着古老中国的传统生活、传统文明。作者在议论中暗示了小说的主题:"连祖先与祖先所信的神明全不灵了啊!龙旗的中国也不再神秘"。在时代大变革时期,神明已经不灵验了,国术绝技也无用武之地,能立足于世的是

---

① 李劼人.死水微澜[M].北京:华夏出版社,2009:12.
② 老舍.断魂枪[M]//徐中玉,齐森华.大学语文.上海:华东师范大学出版社,2001:401.

西方的现代化技术。

七、能避实就虚(产生"距离"美)

小说创作属于艺术美创作范畴,小说应该给人以美感。但是在实际的小说创作中,也存在着低级、拙劣的作品,比如充斥着淫秽色情的内容。读这种性露骨描写的作品,读者不会有美感,更多的是"邪念"。著名美学家朱光潜曾主张艺术和实际生活之间要保持一定的距离,否则难以产生美感,他认为:"一般人看到淫秽的形象便想到淫秽的事实,拨动淫秽的念头,就由于不能在艺术品和实际生活之中保存应有的'距离'。"①

在小说创作中,像性这种敏感的内容,尽可能避实就虚,写得有"距离",通过创造距离而产生美感。而创造"距离美"的一个有效手段就是借助适宜的环境来写性。

老舍可以说是善于利用环境描写创造"距离"美的大家。他在作品里也写性,但他写得雅,写得有韵味。譬如他的小说《月牙儿》有这样一段文字:

> 他的笑唇在我的脸上,从他的头发上我看着那也在微笑的月牙。春风像醉了,吹破了春云,露出月牙与一两对儿春星。河岸上的柳枝轻摆,青蛙唱着恋歌,嫩蒲的香味散在春晚的暖气里。我听着水流,像给嫩蒲一些生力,我想象着蒲梗轻快地往高里长。小蒲公英在潮暖的地上生长。什么都在溶化着春的力量,然后放出一些香味来。②

这段文字表面上写的是勃勃生机的春天美景,实际上写女主人公(一个不谙世事的少女)初次性体验。女主人公被胖校长的侄子哄骗后失了贞操。由于她的单纯,她对男女情事懵懵懂懂,她的感觉是新鲜而又有点快感的。生机勃勃的春景也恰当地传达她的这种心态。在这里,老舍采用隐喻法,将本来很世俗的性事置于一种优美的自然图景中,使性事与实际生活保持了一定的距离,从而很好地被美化了。读者首先感受到的是一幅富有诗意的自然美景,至于隐藏在美景之下的性爱,只要读者琢磨琢磨,一般也是不难感受的,不过,那是被罩上了一层神秘的面纱而已。

上面谈了环境描写的几种作用,为了行文方便,每种作用都是分开来谈的。需要说明的是,小说中具体的环境描写可以同时起到多种作用,比如上面提到的《边城》中的环境描写,除了展示湘西独特的地域风情外,还渲染了一种明快、和

---

① 朱光潜.文艺心理学[M].上海:复旦大学出版社,2005:22.
② 老舍.月牙儿[M]//老舍经典作品选.北京:当代世界出版社,2002:195.

谐的氛围,映衬湘西人纯净美好的心灵世界,从而展示山美、水美、人美的古朴而又和乐的边城风貌。《箓竹山房》中的环境描写,除了渲染气氛,还能起到表现人物的心境以及暗示人物的悲剧命运等作用。

第二节　营造小说环境应注意的几个问题

一、环境描写必须为表现人物服务

小说环境是人物活动的场所或舞台。小说的环境描写必须为人物故事服务。作者不能随意地描写环境,就算写得再美,如果与人物无关,那也没有多大意义,甚至会成为影响小说精练的累赘。

很多好的小说,其中的环境描写多用来表现人物,譬如表现人物的性格,烘托人物的心境,或为人物的活动渲染气氛。

比如老舍的《老张的哲学》里的自然环境描写就是用来表现人物性格的。

> 西边一湾绿水,缓缓的从净业湖向东流来,……桥东一片荷塘,岸际围着青青的芦苇。几只白鹭,静静的立在绿荷丛中,幽美而残忍的,等候着劫夺来往的小鱼。……一阵阵的南风,吹着岸上的垂杨,池中的绿盖,摇成一片无可分析的绿浪,香柔柔的震荡着诗意。①

如此美景,难免要令人驻足欣赏。不过,在老张那里,此番景致却勾引出他的发财梦:"设若那白鹭是银铸的,半夜偷偷捉住一只,要值多少钱?那青青的荷叶,要都是铸着袁世凯的脑袋的大钱,有多么中用。"这样看来,"香柔柔的震荡着诗意"的自然美景并不是老舍随意写的,而是用来映衬老张的唯利是图,不无讽刺地活画出老张的市侩嘴脸。

鲁迅的《药》中开头和结尾的环境描写更是悉心营造。

> (开头)秋天的后半夜,月亮下去了,太阳还没有出,只剩下一片乌蓝的天;除了夜游的东西,什么都睡着。华老栓忽然坐起身,擦着火柴,点上遍身油腻的灯盏,茶馆的两间屋子里,便弥满了青白的光。

> (结尾)这一年的清明,分外寒冷;杨柳才吐出半粒米大的新芽。……

---

① 老舍.老张的哲学[M]//老舍小说全集(第1卷).武汉:长江文艺出版社,2004:45.

……微风早经停息了;枯草支支直立,有如铜丝。一丝发抖的声音,在空气中愈颤愈细,细到没有,周围便都是死一般静。两人站在枯草丛里,仰面看那乌鸦;那乌鸦也在笔直的树枝间,缩着头,铁铸一般站着。①

小说开头有关黎明前阴暗、凄清的环境,为烘托华老栓沉重不安的心境而营造的,这种环境也为夏瑜就义渲染了一种悲凉气氛。至于小说结尾阴冷、凄凉的坟场环境,更不是随便下笔,而是为映衬华小栓的母亲和夏瑜的母亲内心的丧子哀痛而写的。

二、要写出环境本身所具有的特征

写人物要求写出人物的个性,那么写环境,同样要求写出环境的特色,比如地域性特征、时令性特征等。

其一,地域性特征。小说人物生活的环境往往带有一定的地域性,小说环境应将这种地域性表现出来。

如以江南水乡为背景的小说,其环境应该写出江南水乡的特色。鲁迅的乡土小说即是范例。他的乡土小说多取材于他的家乡绍兴,小说中的环境自然具有绍兴地区的风土人情。以大都市为背景的小说,其环境当具有大都市的风情。老舍的京井小说可供参考,他的小说多反映的是北京底层社会生活,作品中的环境则透溢着地道的北京风味。

其二,时令性特征。同一地区,在不同时期,其环境也是各具特色的。

如孙犁小说《芦花荡》主要写的是抗日战争时期发生在冀中区的夏季芦花荡的故事,小说的环境描写很见功力,芦花荡夜晚和白天(中午)各具特色。夜晚无月的芦花荡充满了阴森黑暗的神秘气息,白天猖獗无度的小日本鬼子也对其发憷。

夜晚,敌人从炮楼的小窗子里,呆望着这阴森黑暗的大苇塘,天空的星星也像浸在水里,而且要滴落下来的样子。到这样的深夜,苇塘里才有水鸟飞动和唱歌的声音,白天它们是紧紧藏到窝里躲避炮火去了。苇子还是那么狠狠地往上钻,目标好像就是天上。

夜晚有月的芦花荡却呈现出一片静谧:弯弯下垂的月亮,浮在水一样的天上。

中午的芦花荡热气蒸日,水平如镜,澄澈如蓝天,又是另一番风情。

---

① 鲁迅.药[M]//鲁迅小说杂文散文全集(上).南宁:广西民族出版社,1996:230-236.

中午的时候,非常闷热。一轮红日当天,水面上浮着一层烟气。……水淀里没有一个人影,只有一团白绸子样的水鸟,也躲开鬼子往北飞去,落到大荷叶下面歇凉去了。

……眼前是几根埋在水里的枯木桩子,日久天长,也许人们忘记这是为什么埋的了。这里的水却是镜子一样平,蓝天一般清,拉长的水草在水底轻轻地浮动。①

三、环境描写要精细

精细是环境描写的一大要求。所谓精细,就是对环境进行具体细致、真实生动的描写。

艾芜小说《山峡中》写一群为生活所迫铤而走险的山贼的生存境况。小说真实地展现了人物所处的生存环境(社会),给读者留下深刻印象。

黄黑斑驳的神龛面前,烧着一堆煮饭的野火,跳起熊熊的红光,就把伸手取暖的阴影鲜明地绘在火堆的周遭。上面金衣剥落的江神,虽也在暗淡的红色光影中,显出一足踏着龙头的悲壮样子,但人一看见那只扬起的握剑的手,是那么地残破,危危欲坠了,谁也要怜惜他这位末路英雄的。锅盖的四围,呼呼地冒出白色的蒸气,咸肉的香味和着松柴的芬芳,一时到处弥漫起来。这是宜于哼小曲、吹口哨的悠闲时候,但大家都是静默地坐着,只在暖暖手。

另一边角落里,燃着一节残缺的蜡烛,摇曳地吐出微黄的光辉,展示出另一个暗淡的世界。②

这段有关人物生存环境的描写很具体细致。描写之所以具体生动,是因为作者抓住场景中富有特征的细节,诸如黄黑斑驳的神龛、跳起熊熊的红光的煮饭的野火、伸手取暖的阴影、金衣剥落的江神、冒着白色蒸气的锅、弥漫着咸肉的香味和着松柴的芬芳、残缺的蜡烛等,而这些细节能展示人物独特的生活习性,体现山峡带有古朴而又带几分野性的民俗风情。

老舍的《离婚》中描写大风比较精细。

一夜的大风,门摇窗响,连山墙也好像发颤。纸棚忽嘟忽嘟地动,门缝一阵阵的往里灌凉气。什么也听不清,因为一切全正响。风把一切声音吞

---

① 孙犁.芦花荡[M]//孙犁全集(第1集).北京:人民文学出版社,2004:137-144.
② 艾芜.山峡中[M]//朱栋霖.中国现代文学作品选(第一卷).北京:高等教育出版社,2002:281.

起来,而后从新吐出去,使一切变成惊异可怕的叫唤着。刷——一阵沙子,呕——从空中飞过一群笑鬼。哗嘟哗啦,能动的东西都震颤着。忽——忽——忽——,全世界都要跑。人不敢出声,犬停止了吠叫。猛孤丁的静寂,院中滚着个小火柴盒,也许是孩子们一件纸玩具。又来了,呕——,呼——屋顶不晓得什么时候就随着跑到什么地方去。①

老舍把北京大风所产生的各种可怕的声响描摹得淋漓尽致,他描写得很精细,比如用了"忽嘟忽嘟""哗嘟哗啦""忽忽忽"等一系列的象声词来摹状声响,以"人不敢出声,犬停止吠叫""猛孤丁的静寂"来突出声响的可怕。这种精细的描写使人读后有身临其境之感。

四、环境描写要配合好小说的叙述力度

小说是叙述艺术,好的小说讲究叙述力度,因为有力度的叙述能使读者保持阅读小说的兴趣。如果环境描写过度,势必影响叙述力度,也就影响读者的兴趣。试想一下,一篇写旧式大家族内争的小说,原本要写得情节紧凑,紧张有序,比如妻妾之间如何争宠,兄弟、妯娌之间如何争财,让读者在充满张力的叙述中感受小说的魅力。如果该小说在环境描写方面太过分,大篇幅地描写深宅大院的深邃、神秘以及一年四季的景致,文笔倒也很优美,读者读了这样大段大段文辞优美的环境描写,会买账吗?读者很可能不会买账的,他会有些扫兴,要么跳过这些他不感兴趣的内容,要么干脆懒得看了。

为了让作品真正赢得读者的心,任何一个小说作者都务必牢记:环境描写必须配合好小说的叙述力度。至少要注意以下两点。

其一,环境描写要适度。

这里所说的适度,是指环境描写要恰到好处地履行它的功能,不能在不必要的环境描写上浪费笔墨。假若作者要通过环境描写来烘托人物的性格,那么这时的环境描写只需寥寥数笔,而不要大肆渲染。

其二,环境描写要灵活。

环境描写是从属于人物故事的。不过,有的小说,其人物的塑造与情节的展开主要借助环境描写,这里的环境描写要注意"灵活",为了不让读者丧失阅读的兴趣,要在环境描写中适当穿插人物言行。沈从文的《边城》、吴组缃的《菉竹山房》等都是值得学习的范本。

---

① 老舍.离婚[M]//老舍经典作品选.北京:当代世界出版社,2002:320.

推荐阅读书目：

朱栋霖.中国现代文学作品选(第一卷)[M].北京:高等教育出版社,2002.
老舍.老舍经典作品选[M].北京:当代世界出版社,2002.
废名.冯文炳选集[M].北京:人民文学出版社,1985.
李劼人.死水微澜[M].北京:华夏出版社,2009.
[法]巴尔扎克.高老头[M].张冠尧,译.北京:人民文学出版社,2002.

小说写作练习：

请写一篇小说(或片段)，要求注重环境描写。

第八章

小说的叙述艺术

>>

>>
小说的叙述类型
小说的叙述角度
小说的叙述技巧
>

在所有的叙事性文学中,小说是最讲究叙述艺术的一种文学样式。下面就小说的叙述类型、叙述角度以及叙述技巧等方面重点谈一谈。

第一节 小说的叙述类型

小说的叙述可分多种类型,比较常见的有顺叙、倒叙、插叙、补叙、平叙(分叙)等。

一、顺叙

顺叙,也叫正叙,小说情节基本上是按时间发展的先后顺序依次叙述的。

顺叙是所有叙述方式中最普通、最常见的一种,也是我国传统的古典白话小说惯用的叙述方式,比如《三国演义》《水浒传》《西游记》等小说基本上采用的是顺叙。现代作家也有不少热衷于用这种叙述方式叙述人物事件,比如张爱玲,她就比较喜欢以讲故事的形式,按故事(事件)发生的自然顺序组织情节,刻画人物。我们就以她的《倾城之恋》为例,来了解她的小说叙述方式。

《倾城之恋》一开始写封建大户人家(遗老)的女儿白流苏离婚之后,回娘家的白公馆居住。娘家人对她的回归并不热心,特别是她的两个哥哥,当他们将妹妹的积蓄花完后,就对妹妹冷淡起来。白流苏感觉娘家不是久居之地,迫切想找个靠山。她陪妹妹相亲时偶识华侨富商范柳原,被范柳原一眼看上。

接下来,小说就写白流苏和范柳原之间不寻常的"恋爱"。白流苏对范柳原谈不上喜欢,但也谈不上讨厌,她跟范柳原交往的一个直接动机就是希望能跟范柳原结婚,以求终身依托。范柳原欣赏白流苏的东方古典美气质,但又疑心白流苏爱的不是他而是他的钱财,而他本人也不愿意受婚姻束缚,他只想让白流苏跟自己同居。于是,这两个动机不纯的男女由上海辗转到香港,你算计我我算计你,最后还是作为女人的白流苏因为"禁不起老"而屈从于范柳原。在她看来,自己跟范柳原同居至少可以获得生活保障。

白流苏和范柳原的"恋爱"究竟能走多远呢?两个人有没有一个圆满的结局?一切顺其自然发展,只不过,在这自然发展过程中出现了一个特殊的大事件——太平洋战争的爆发。这个特殊事件彻底改变了他们对感情的态度,这对自私的男女,在战争到来的生死关头,彼此丢弃了那些"小精明",流露出真情,两个人最终还是结了婚。

顺叙的最大优点是能将事件的来龙去脉交代得比较清楚,条理清晰。在故事情节的不断推进中,人物的性格也得以充分的展现。如果要说它可能存在的不足,那就是平铺直叙容易给人平淡的感觉,从而缺乏足够的吸引力。不过,这种不足在写作时可以想办法避免,比如在情节的发展过程中,设置一些特殊的事件,以增加情节的曲折生动性。上面所说的《倾城之恋》就是如此,虽然小说基本上采取平铺直叙,但并不让人觉得怎么平淡,是因为张爱玲在白流苏和范柳原的婚恋故事的发展过程中设置了一个特殊的事件——太平洋战争。

二、倒叙

倒叙是相对于顺叙来说的一种叙述方式,它不按时间先后的顺序来叙述事件,而是在小说的开头就对某些发生较晚的故事情节或结局先作交代,然后再回过头来叙述事件的来龙去脉、前因后果和发展过程。

什么情况下采用倒叙比较适合呢?一般来说,有以下几种情况。

第一种,为了凸现小说的主题,可以把最能表现主题的部分提到开头,以示突出。比如鲁迅的小说《祥林嫂》就属于这一类倒叙,小说开头就把祥林嫂的悲惨结局写出来,再叙述祥林嫂不幸的人生遭际。

第二种,为了使小说在章法上不呆滞,富有变化,避免单调的平铺直叙,可将事件发展过程中最关键的部分或结局放到开头写。如谌容的《人到中年》,写已到中年的优秀眼科大夫陆文婷忘我工作的故事。陆文婷处在一个"文化大革命"刚刚结束而人才缺乏的特殊时期,她业务精通,具有强烈的社会责任感和事业心,成天全身心地投入到紧张的眼科手术中,顾不上自己,也顾不上家庭。长年累月超负荷的工作逐渐毁坏她的健康,最终导致她心肌梗塞,差点丧生。小说采用的是倒叙方式,开头就叙述陆文婷病倒,仰卧在病床上,不知自己身在何方,"她想喊,喊不出声来;她想看,什么也看不见",然后再回过头叙述陆文婷病倒之前的工作状况以及家庭状况等内容。这样写使小说显得章法灵活。

第三种,为了增强小说的艺术效果,使小说情节引人入胜,可将最能引起读者兴趣的内容放在小说的开头,制造一定的悬念。哥伦比亚作家马尔克斯(Márquez)的小说名作《百年孤独》是一部魔幻现实主义杰作,写一个叫马孔多的小镇的百年家族兴衰史(其实它隐喻了拉美百年变迁史)。为了吸引读者,马尔克斯在小说一开篇这样写道:

> 许多年以后,面对行刑队,奥雷良诺·布恩地亚上校将会回想起,他父亲带他去见识冰块的那个遥远的下午。[①]

[①] 马尔克斯.百年孤独[M].黄锦炎,沈国正,陈泉,译.上海:上海译文出版社,1984:1.

马尔克斯采用的是一个非常高明的倒叙手法,使读者对后面的内容充满兴趣,引领着读者往下阅读。

运用倒叙要注意:采用倒叙要根据写作的需要,不能盲目地用倒叙;而且在用倒叙时,一定要注意倒叙与顺叙之间的转换衔接。当倒叙的部分叙述完了之后,再进行顺叙时,要有必要的过渡句或过渡段来作衔接,这样使小说条理清晰,避免小说叙述不清,结构混乱。

三、插叙

所谓插叙,是在叙述主要事件的过程中,插入一段与人物或情节有关的内容(譬如人物的介绍、事件的背景或原因)的一种叙述方式。

比较常见的插叙有两种。

一是为了使读者更多地了解故事情节,在叙述中心事件的发展过程中,有关事件的背景或原因插一段叙述。这种插叙其实带有追叙的性质。

二是为了使事件叙述得更清楚,增强表现力,插入一段叙述,对小说人物或情节做必要的注释和说明。

鲁迅的小说善用插叙,以他的《故乡》为例。小说写"我"回到阔别二十余年的故乡的见闻和感受,其中有两处著名的插叙:当母亲跟"我"说起儿时的伙伴闰土时,小说插入了"我"对童年时代的追忆,主要追忆少时的闰土天真活泼以及"我"和闰土结伴玩耍的愉快情景;当母亲介绍斜对门的杨二嫂时,小说又插入了"我"对孩提时所认识的杨二嫂——"豆腐西施"的追忆。

插叙多半不属于组成小说情节的主要事件,如果舍掉插叙的部分,小说情节的完整性一般不会受太大影响,但小说的表达效果会受到一定影响。如上面提到的《故乡》的两段插叙,若将它们都删去,小说叙述的中心事件依然比较完整,但是两段插叙对表达主题和刻画人物有不可忽视的作用。前面有关天真活泼可爱的少年闰土的插叙与"我"眼前所见的容颜衰老、神情麻木的中年闰土比较起来,鲜明凸现现实的重压让闰土身心备受摧残,这样能产生强烈的艺术效果。而有关"豆腐西施"杨二嫂的插叙则使杨二嫂的形象更加丰满立体。

运用插叙应注意:不能无目的地插叙,必须服从表达小说主题的需要,做到不喧宾夺主,小说整体结构有条不紊。此外,在插入某段叙述时,还要注意小说段落间必要的过渡和衔接,尽可能做到浑然一体,谨防有断裂感。

四、补叙

所谓补叙,是指为了使叙述更丰富,更富有表现力,在小说中心事件的叙述过程中,适当地对所叙述的内容作一些补充的一种叙述方式。

补叙的内容多半是简要的片断,一般只对原有的叙述起补充作用,增强小说的艺术感染力。如莫泊桑的《项链》,小说写玛蒂尔德将从朋友那里借来的一条项链弄丢了,她借了高额债务买了一条价值三万六千金法郎的钻石项链作为赔偿。之后,她历经了十年艰辛,才还清债务。小说结尾通过她朋友之口,补叙了玛蒂尔德当初借的项链不过是一条至多值五百金法郎的假项链的事实。这样的补叙可谓小说的点睛之笔,玛蒂尔德十年辛苦泪居然为了一条假项链而洒,令人震撼! 如果没有这段补叙,小说所叙述的中心事件也显得平淡无奇,自然也就谈不上震撼人心的艺术力量了。

五、平叙

平叙,即平行叙述,叙述同一时间内不同地点所发生的两件或两件以上的事。平叙多用于篇幅比较长的小说,比如章回小说。

平叙常见的有两种方式:一种是"花开两朵,各表一枝"式,对于两件或多件同时发生的事,分开叙述,先叙一件事,然后再叙另一件事,所以平叙又称分叙。另一种是对要叙述的各种事交替着进行叙述,按照情节发展的需要轮番叙述,即时而叙述第一件事,时而叙述第二件事,使读者对叙述的两件事情都很关注。

平叙的作用是把同时发生的错综复杂的两件或两件以上的事情,叙述得有条理。

使用平叙必须注意两点:一要根据小说内容和主题表达的需要确立叙述的线索,二要将每一件事情发生和发展的时间交代清楚。只有这样,才能做到叙述有条理,不混乱。

以上几种叙述方式只是相对来说的。同一部小说(特别是篇幅较长的小说),叙述方式往往不止一种,可以根据写作需要,将多种叙述方式结合起来加以运用。譬如《人到中年》就采用了多种叙述方式,有倒叙,有插叙,还有补叙等。

第二节 小说的叙述角度

所谓叙述角度,是指叙述人采用什么样的视角或站在什么样的立场来叙述故事。叙述角度常见的有两种:一种是叙述人作为局内人,对人物及人物活动(事件)进行叙述,这种叙述角度我们通常称为第一人称叙述角度;另一种是叙述人作为局外人,对人物和人物活动(事件)进行叙述,这种叙述角度我们称为第三人称叙述角度。

一、第一人称叙述角度

小说采用第一人称进行叙述,因为叙述人是局内人,熟悉人物及其活动或是直接介入某事件,所以叙述人的叙述很容易给人一种真实感,无意中也拉近了与读者的距离。与此同时,它往往带有比较强烈的主观性,从而使小说在很大程度上呈现较浓厚的感情色彩。不过,采用这种叙述角度也有它的局限。它是一个特定角度,它能叙述的内容基本上限定于"我"的所见、所感或所闻,舍"我"之外的内容它就不好叙述或无法叙述了。

了解第一人称叙述角度的长处与局限,在具体创作中,就要尽可能地扬长避短,最大限度地发挥第一人称叙述角度的优势。

什么样的小说适合采用第一人称叙述角度呢?对此并没有统一规定,但是下面这几种情况,还是比较适合用第一人称叙述角度。

第一类是为了增加作品的真实感,拉近与读者之间的距离,使读者读后有一种亲切感。

比如萧红的小说《小城三月》。作者以亲历者"我"的视角,叙述翠姨的命运。其中有一节写"我"陪翠姨雪天买绒绳鞋的经历,跑遍了大街,也没买到。

> 只有我们的马车,因为载着翠姨的愿望,在街上奔驰得特别的清醒,又特别的快。雪下的更大了,街上什么人都没有了,只有我们两个人,催着车夫,跑来跑去。一直到天都很晚了,鞋子没有买到。翠姨深深的看到我的眼里说:"我的命,不会好的。"我很想装出大人的样子,来安慰她,但是没有等到找出什么适当的话来,泪便流出来了。①

对于将能否拥有绒绳鞋视为幸福预兆的翠姨来说,没有买到鞋让她很失望、沮丧、悲伤,以至于嗟叹自己命不好。"我"与翠姨有着同喜共悲的默契亲情,非常理解翠姨的苦心。小说采用第一人称叙述,字里行间透溢着很浓的真切情感,读来比较感人。

第二类是小说叙述者叙述时带有比较浓的抒情气息。这种小说通常侧重于叙述由生活(事件)所带来的感受。比较典型的是郁达夫的作品,他的《沉沦》《南迁》《银灰色的死》《春风沉醉的晚上》等浪漫抒情小说,采用的都是一种自叙传的方式,以"我"作为叙述人来叙述人物及事件。

---

① 萧红.小城三月[M]//朱栋霖.中国现代文学作品选(第一卷).北京:高等教育出版社,2002:369.

第三类是小说要着力表现的是人物,选取的素材又比较零散,为了突出人物,将这些零散的素材集中,这种情况下,也比较适合采用第一人称进行叙述。比如老舍的《我这一辈子》,作者要表现的是主人公的灰色人生,主人公一辈子经历的事件多而杂,作者采用第一人称叙述,通过"我"的口吻,叙述小说主人公一生不顺畅的经历。

第四类是小说以日记、书信等形式出现。这时的叙述人一般采用第一人称,在具体叙述时,要兼顾日记体和书信体的特点,叙述应该自由灵活一些。比较著名的如鲁迅的《狂人日记》、歌德的《少年维特之烦恼》等。

我们来看《狂人日记》的两段:

> 照我自己想,虽然不是恶人,自从踹了古家的簿子,可就难说了。他们似乎别有心思,我全猜不出。况且他们一翻脸,便说人是恶人。我还记得大哥教我做论,无论怎样好人,翻他几句,他便打上几个圈;原谅坏人几句,他便说"翻天妙手,与众不同"。我那里猜得到他们的心思,究竟怎样;况且是要吃的时候。
>
> 凡事总须研究,才会明白。古来时常吃人,我也还记得,可是不甚清楚。我翻开历史一查,这历史没有年代,歪歪斜斜的每叶上都写着"仁义道德"几个字。我横竖睡不着,仔细看了半夜,才从字缝里看出字来,满本都写着两个字是"吃人"!①

《狂人日记》的主人公"我"是个"狂人",他猜忌、多疑,老觉得别人要害他,要吃他。小说采用"狂人日记"这种自由随意的叙述方式,记下"我"——狂人混乱、荒谬的言语。在众人眼里神志不清的"狂人"其实比现实生活中的任何人都要清醒,他清醒地认识并深刻地揭露中国千百年来封建礼教的本质是"吃人"。

以上简要谈了什么样的小说适合采用第一人称叙述角度。其实,小说家在具体的创作中,一旦决定采用第一人称叙述角度,那他面临的情况可能比较复杂,比如对小说的叙述者和叙述方式的选择,他必须要慎重。

就小说的叙述者这点来说,小说家选择什么样的"我"作为小说叙述者,对于主题的表达、情节的展开以及人物的刻画等方面都有直接影响;毕竟不同的叙述者看事看人会有不同的感受。

有些小说的叙述者"我"就是小说的主人公,讲述"我"自己的真实经历,这样的叙述最能给读者真实感和亲切感。正如约翰·盖利肖所言:"正是在能够造成令人信服这一点上,主角——叙述者这种叙述角度贡献最大。"②像上面所说过

---

① 鲁迅.狂人日记[M]//朱栋霖.中国现代文学作品选(第一卷).北京:高等教育出版社,2002:2.
② 约翰·盖利肖.小说写作技巧二十讲[M].梁森,译.北京:十月文艺出版社,1987:82.

的郁达夫的自叙传小说、老舍的《我这一辈子》以及采用日记体、书信体的小说,它们的叙述者基本上就是小说主人公。

不过,并非所有采用第一人称角度的小说都用主人公作为叙述者。有时为了表达的需要,作者需要慎重选择非主人公作为叙述者。萧红的《小城三月》的叙述者"我"不是主人公,而是熟悉主人公翠姨的一个亲近者。"我"所叙述的是翠姨的生活和情感,这样写比起翠姨自叙,更有韵味。

我们再来看鲁迅的《孔乙己》,小说的叙述者也不是主人公孔乙己,而是咸亨酒店的一个不谙世事的小伙计。鲁迅选取小伙计作为小说的叙述者,是有其精到之处的。小伙计出身贫苦人家,在酒店里成天受着约束,弄不好还要受掌柜的呵责,所以总"活泼不得",但也有例外的时候,那就是"孔乙己到店,才可以笑几声"。小说站在这个小伙计的视角来写孔乙己,其叙述焦点自然地集中在孔乙己到酒店喝酒的情景方面,叙述孔乙己惹人发笑的迂腐言行以及周围人嘲笑他的欢快场景。这种在小伙计眼里的生活平常事是自然的、不加修饰的,看似不经意,却恰恰能不露痕迹地折射孔乙己的悲剧人生,同时也折射出周围人的冷漠。作为一个长期受科举制毒害的老夫子,孔乙己除了熟识"之乎者也"之类的四书五经,没有一点生活的技能,显得那么懦弱无用,最终只能被冷漠的社会所遗弃;但在小伙计看来,被大家嘲弄的孔乙己内心善良,小伙计对孔乙己的悲惨结局还是有些同情的。

有的小说使用第一人称叙述视角时,其叙述者不但不是主人公,而且还带有一定的隐藏性。比如韩少功的《母亲的力量》。小说写贺乡长(贺麻子)召开"禁止买码"的大会,招致场下群众的强烈不满,以致会场一片混乱,而贺乡长巧妙地利用母亲的力量来平息众怒,"乱中取胜"。这篇小说看似采用第三人称叙述视角叙述主要事件,其实不尽然,因为到事件叙述结束,又有这样一段叙述:

  我没想到会开成了这样,对贺麻子佩服得五体投地。可以肯定,一个没在农民堆里几十年混出点道道的人,断不可能有他那样的非凡手段,能在今天这个闹哄哄的会上乱中取胜。①

这段采用的是第一人称叙述视角,由此再回头看,不难看出前面整个事件的叙述其实都是从"我"这个视角看出的,只不过在叙述时,这个视角退到后台隐藏起来而已,到事件叙述完了之后,"我"现身跳出,发感慨,评价贺麻子。

有关第一人称叙述者的选择,不是一件简单的事,其选择要根据表达的具体需要而定。至于第一人称小说的叙述方式,也要根据创作的需要,作必要的、合理的选择。比较常见的有以下几种叙述方式。

---

① 韩少功.母亲的力量[J].小小说选刊,2006(21).

第一种是偏重于讲故事的叙述方式。这种叙述方式注重讲述一个完整的人物故事,一般比较客观冷静,主观性不强。如契诃夫的《套中人》、莫泊桑的《我的叔叔于勒》等小说就采用这种讲述式叙述。

第二种是偏重于抒情性的叙述方式。这种叙述方式注重展示人物的情感世界,表达人物的心理感受,一般具有比较强的主观感情色彩。如老舍充满诗质的小说《月牙儿》、郁达夫趋向散文化的《沉沦》等小说就采用这种抒情性较强的自叙传式叙述。

第三种是既有客观讲述,又有主观抒情的叙述方式。如鲁迅的《伤逝》《狂人日记》等小说就是如此。

二、第三人称叙述视角

小说采用第三人称叙述视角,由于叙述者身在局外,抒写很自由,不受限制。叙述者可以全方位地描写人物,叙述事件,可以多角度地反映社会生活和现实人生。第三人称叙述一般比较客观冷静。

我们来看叶绍钧(叶圣陶)的代表作《潘先生在难中》,小说采用第三人称叙述视角。这里节选小说的结尾部分:

> 二十余天之后,战事停止了。大众点头自慰道,"这就好了!只要不打仗,什么都平安了!"但是潘先生还不大满意,铁路还没通,不能就把避居上海的妻儿接回来。信是来过两封了,但简略得很,比不看更教他想念。他又恨自己到底没有先见之明;不然,这一笔冤枉的逃难费可以省下,又免得几十天的孤单。
>
> 他知道教育局里一定要提到开学的事情了,便前去打听。跨进招待室,看见局里的几个职员在那里裁纸磨墨,像是办喜事的样子。
>
> 一个职员喊道,"巧得很,潘先生来了!你写得一手好颜字,这个差使就请你当了吧。"
>
> "这么大的字,非得潘先生写不可。"其余几个人附和着。
>
> "写什么东西?我完全茫然。"
>
> "我们这里正筹备欢迎杜统帅凯旋的事务。车站的两头要搭起四个彩牌坊,让杜统帅的花车在中间通过。现在要写的就是牌坊上的几个字。"
>
> "我哪里配写这上边的字?"
>
> "当仁不让,""一致推举。"几个人一哄地说;笔杆便送到潘先生手里。
>
> 潘先生觉得这当儿很有点意味,接了笔便在墨盆里蘸墨汁。凝想一下,提起笔来在蜡笺上一并排写"功高岳牧"四个大字。第二张写的是"威镇东

南"。又写第三张,是"德隆恩溥"。——他写到"溥"字,仿佛看见许多影片,拉夫,开炮,焚烧房屋,奸淫妇人,菜色的男女,腐烂的死尸,在眼前一闪。

旁边看写字的一个人赞叹说,"这一句更见恳切。字也越来越好了。"

"看他对上一句什么。"又一个说。①

小说采用第三人称叙述视角,叙述教育部小职员潘先生为躲避军阀混战的灾祸,带着妻儿逃到上海避难。在情节的发展中,通过人物自身的语言、行动和心理来表现人物性格。小说的结尾写战事结束后,潘先生只身回乡打探虚实,结果撞上教育部正筹备欢迎杜统帅凯旋的事务,他被推上去写阿谀逢迎的条幅,但他毕竟对战事带来的灾祸亲眼目睹,良心未泯,他写条幅时,眼前浮现的是令人心悸的惨状:"拉夫,开炮,焚烧房屋,奸淫妇人,菜色的男女,腐烂的死尸。"小说叙述客观冷静,于客观冷静中折射了小人物潘先生的灰色人生。

第三人称叙述视角有全知视角和限制视角之分。

全知视角是指叙述者无所不知,叙述视角可以随时更换,可以是张三的视角,也可以是李四的视角,还可以是王五的视角,大凡作者想要表达的内容都可以通过多视角表现出来。它非常适合于展现纷繁复杂的社会内容和广阔的生活场景,而且能细致入微地描写人物的生活状态,深入剖析人物复杂的内心世界。内容丰厚、气度恢弘的写实小说一般都采用这种全知叙述视角。托尔斯泰的《战争与和平》《安娜·卡列尼娜》《复活》等长篇名作反映的是当时俄罗斯的社会状况,都是采用全知视角去叙述的。巴尔扎克的《人间喜剧》反映的是十九世纪法国社会(尤其是巴黎上流社会)的历史,曹雪芹的《红楼梦》叙述的是封建末世四大家族由盛到衰的历史,它们同样采用全知视角。托尔斯泰、巴尔扎克、曹雪芹等作家都善于用全知叙述视角,被称为"全知全能"的作家。"全知全能"的作家在叙述方面须得有相当高的驾驭能力。曾有评论者这样评价"全知全能"作家的高超叙述才能:"一部小说的各个组成部分犹如交响乐队中的各个成员,而'全知全能'的作家便是这个交响乐队的总指挥,没有他,任何美妙动听的乐曲都演奏不出来。"②

第三人称全知视角的优势在于无所不知,在于自由叙述,但这种无所不知的自由叙述也有其不足,那就是它的真实性和可信度是令人怀疑的,特别是深入剖析人物复杂的心灵世界,很难让人完全信服。为了弥补这种不足,一些高明的小说家在写作时想方设法地借用一些貌似很真实的"现成"的语言文字制品,诸如新闻报告、史料记载、前人的笔记等,其目的就是为了提高叙述的可信度,让读者

---

① 叶圣陶.潘先生在难中[M]//朱栋霖.中国现代文学作品选(第一卷).北京:高等教育出版社,2002:155-156.

② 张德林."视角"的艺术[J].文艺理论,1986(12).

相信他写的是真的，并非妄意编造。

第三人称限制视角是指小说的叙述者由特定的人物充当，其叙述视角是比较固定的，而且作者的视野只限定于特有的叙述视角，不能超越这个视角的视野。欧·亨利的《麦琪的礼物》中妻子德拉的视角就是第三人称限制视角。小说叙述的是德拉和杰姆这对贫穷夫妇在圣诞节前互相赠送礼物的感人故事。德拉忍痛卖掉自己的美丽金发，为杰姆购了一条白金表链作为圣诞礼物。杰姆悄悄地将心爱的祖传金表卖掉，为德拉买了一把很贵的发梳。欧·亨利选取德拉的视角，也就意味着他的视野不能超越德拉的叙述视角，他只能通过德拉的视角，来叙述德拉的所思所想和所作所为，如叙述她如何为无钱给杰姆买礼物发愁流泪，如何下定决心卖掉自己心爱的美发，而在她买了白金表链之后，又怀着怎样兴奋而又忐忑不安的心情，去修饰自己的短发，然后准备晚餐，等候杰姆回来等。至于杰姆那边卖表后买发梳的行为，作者就不便叙述，而是借德拉的视角来巧妙地带过：德拉送表链给杰姆时，让她意想不到的是，杰姆送给她一把漂亮的发梳，她听杰姆说，他是卖了金表后买了这把发梳的。《麦琪的礼物》之所以写得很成功，与其第三人称限制视角的巧妙的选取不无关系，从中能见出欧·亨利的艺术匠心。

第三人称限制视角通常是一个固定视角。不过，在作者感觉一个视角不够用，不足以充分表现小说人物或完整地叙述事件时，也可以选取两个或三个视角。比如台静农的《拜堂》。小说篇幅不长，其中心事件是贫穷无助的寡妇汪大嫂跟小叔子汪二深夜拜堂。叔嫂拜堂毕竟不合传统伦理道德，为了表现这个事件给这个家庭的成员留下不同程度的阴影，小说选用了三个视角，即汪二视角、汪大嫂视角和汪二爹视角。

我们结合文本略作分析。

文本第一部分采用汪二视角叙述。汪二对自己跟寡嫂拜堂，并不感到怎么高兴，反倒觉得有些压抑，他太穷了，连置办拜堂最起码的物件的钱都没有，还要当掉小袄才能勉强置办，更重要的是他的哥哥才死一年，他就跟嫂子拜堂，总是对不住九泉之下的哥哥的。

小说叙述汪二带着香纸走到家，他的嫂子坐在门口绱鞋。接下来小说主要转向汪大嫂的视角叙述。汪大嫂在丈夫死后跟小叔子有了私情，怀上了孩子，总感觉丢丑，想到日后还是要过活的，万般无奈，只有催着小叔子拜堂。这种丑事不好声张，她就选在深更半夜跟汪二拜堂。为图个吉利，还得找人牵亲，汪二不好意思去找，她只好自己厚着脸皮去找田大娘和赵二嫂牵亲。她那羞愧、无奈、哀怨之情是难言的。

小说叙述汪大嫂跟汪二夜里瞒着汪二爹偷偷摸摸地拜堂成亲之后，视角又转向汪二爹。汪二爹,以汪大嫂的话说是个"死多活少"的人。汪二的这个爹全然没有一点家庭责任心,成天就知道喝自己的小酒。小儿子成家,他非但不欢喜,反而愤然,主要原因并不是他有多么深的伦理道德思想,而是因为小儿子没听他的话,他原先打算要小儿子将寡居的大儿媳妇卖掉,凑本钱做小生意,没料到他的算盘落空了,小儿子和大儿媳妇凑一块去了。等到别人出于好心,议论老二安家的好处,他才收了那愤然的声气,默默喝酒。

第三人称限制视角虽然没有全知视角那样全知全觉,但是这种限制视角具有比较高的可信度。一些篇幅较短的小说常采用这种叙述视角。

三、视角的转换与多视角

小说叙述视角的区分是相对的。在具体小说创作中,不少小说的叙述视角往往不是单一采用第一人称叙述视角或第三人称叙述视角,而是在必要时将二者结合起来使用。如卡夫卡的《乡村婚礼筹备》就是如此,它的主要叙述视角是第三人称限制视角——小说主人公拉班的视角,但是在具体叙述时,特别是涉及拉班的意识活动时,又转换成第一人称叙述视角。比如下面这两段:

> 这时,拉班觉得,他将能熬过未来十四天漫长而又可怕的时间。因为只有十四天,一段有限的时间,就算是恼人的事越来越多,但时间却会不断减少,而在这段时间里必须忍受。因此,勇气无疑会与日俱增。所有想折磨我,并且现在已经占据了我周围所有空间的人,会由于对我有利的时光的流逝而被挤走,我无需帮他们一丁点儿忙。于是,自然而然的结果是,我可以软弱、默不作声、任人摆布,但是,仅仅因为这些日子会过去,所以,一切必定会好起来。
>
> ……
>
> 我觉得,我躺在床上的形态像一只大甲虫,一只糜螂或一只金龟子。①

这两段叙述的是拉班的心理感受,基本采用第一人称叙述,这里的"我"(即拉班)成了叙述者。

视角的转换是使小说叙述灵活、不板滞的一个重要手段。《红楼梦》第三回"林黛玉进贾府"就是运用视角转换的非常成功的一个例子。林黛玉初进贾府,按照封建大族家庭的礼规,要去拜见外祖母及几个母舅等长辈们,跟同辈的表兄表姊妹们也要见面相识,所以这是一个人多的大场面。要想将这个大场面叙述

---

① 卡夫卡.乡村婚礼筹备[M]//韩瑞祥,全保民,选编.卡夫卡中短篇小说选.北京:人民文学出版社,2003:150.

得有条不紊,的确不容易,曹雪芹则有意识地转换叙述视角,达到意想不到的艺术效果。比如贾府的老祖宗贾母及贾府中的重要人物如王熙凤、贾宝玉等人的外貌和性格是通过林黛玉的视角来叙述的,而有关林黛玉的形容和表现则是通过王熙凤、贾宝玉等人的视角来观察的。这种转换视角比用单一视角叙述要生动得多,而且人物性格也被刻画得鲜明有力。

我们再来看福克纳(Faulkner)的名作《喧哗与骚动》。这部小说主要叙述的是康普生家族的故事。小说的中心人物是康普生的女儿凯蒂,虽然全书没有专章写她,但书中所叙述的事都与她密切相关。福克纳在叙述视角上多次巧妙转换,而且有意打破时间的顺序。最初小说以凯蒂患有先天性白痴的小弟弟班吉为叙述视角,时间是1928年4月7日,主要渲染康普生家颓败的景象,同时通过班吉杂乱的意识流,反映班吉和姐姐及两个哥哥的童年生活。接下来,作者将叙述视角转换为凯蒂的哥哥昆丁,时间是1910年6月2日,叙述当天他的见闻及其活动,同时又通过他的意识活动,写妹妹凯蒂的堕落以及妹妹堕落带给他的绝望。然后,小说又采用凯蒂的大弟杰生视角进行叙述,时间是1928年4月6日,主要叙述杰生成为当家人后康普生家的境况,同时也叙述了凯蒂私生女小昆丁受舅舅杰生的虐待。这部分叙述完了之后,作者再次转换叙述视角,采用一种"全知视角",以康普生家的黑人女佣迪尔西为主线,叙述康普生家的当前现状,诸如小昆丁拿了舅舅杰生偷来的钱,跟一个流浪艺人跑了;小昆丁的行为引起杰生狂怒等。

《喧哗与骚动》采用多视角叙述,不只使小说叙述灵活多变,而且使小说内涵丰富。

第三节　小说的叙述技巧

小说的叙述技巧很多,这里就谈一谈"叙述圈套"与省略(或称"隐藏")。

一、"叙述圈套"

圈套,本意指让人上当受骗的计策,而就小说叙述来说,设置"圈套",主要是指在叙述时有意打破常规的直线型时间结构,采用多视角多纬度进行叙述,不断刺激读者的阅读兴趣,让读者感受意想不到的阅读体验。马原的《冈底斯的诱惑》是设置叙述圈套的范本。

如果依传统的小说叙述模式来看,《冈底斯的诱惑》是一篇有点"异常"的小说,它既没有单纯采用第一人称叙述视角或第三人称叙述视角,也没有简单地将这两种常见的叙述视角结合起来运用，它的叙述视角不可谓不繁复："我"的视角、老作家的视角、顿珠与顿月的视角、尼姆的视角、陆高和姚亮的视角等，甚至在具体的叙述中，还穿插第二人称叙述视角。通过繁复视角叙述的故事内容也是不少的，诸如"我"视角下叙述"我"组织探险队的故事，老作家视角下叙述的猎人穷布的故事，陆高和姚亮的视角下叙述看天葬遭天葬师驱赶的故事，顿珠和顿月视角下顿珠和顿月兄弟的故事，尼姆视角下叙述顿月和尼姆不了的恋情。

值得注意的是，在小说的整个叙述过程中，叙述者"我"时隐时现，一般情况下"我"是隐藏的，而在必要时，"我"才现身。比如叙述有关尼姆和顿月之间的故事，讲了尼姆跟顿月有了个私生子，参军的顿月却始终没有回来，接下来会是什么结局呢？小说就此打住，说"故事到这里已经讲得差不多了"，这时叙述者"我"出现了，别出心裁地要跟读者讨论小说的技术以及技巧方面的问题，而在这所谓讨论的过程中，"我"以一种直截了当的方式给顿月未完的故事续上了结局：

  首先顿月不会回来（也不可能回来，排除了顿月回来的可能性，问题就简单了），因为他入伍不久就因公牺牲了。他的班长为了安抚死者母亲，自愿顶替了这个儿子角色；近十年来他这个冒名儿子给母亲寄了近两千元钱。

  然后——

  还用然后么？我亲爱的读者？①

关于小说的结尾，叙述的是陆高和姚亮为何"到这块号称第三极的不毛之地来（进藏）"，附了姚亮的诗《牧歌走向牧歌》和陆高的《野鸽子》来作回答。对于读者来说，这种叙述依然是一种"圈套"。

善于设置叙述"圈套"，可以使叙述变化多端，算得上比较高明的叙述技巧。但是，设置"圈套"也要注意一点：不能盲目地设置，要围绕作品主题有目的设置。马原的《冈底斯的诱惑》叙述"圈套"之所以比较成功，为大家所认可，主要在于他的叙述方式跟他要表达的主题有关。马原在这篇小说中通过几个外来年轻人组成的探险队进藏后的见闻与感受，写出冈底斯高原带有原始气息的神秘的风土人情，试图传达西藏神话世界与藏民原始生存状态对现代文明的"诱惑"。这种"诱惑"带有神秘气息，带有难言性和不确定性。而读者在他的叙述圈套中多少能感受到这种神秘气息。

---

① 马原.冈底斯的诱惑[M]//朱栋霖.中国现代文学作品选（第三卷）.北京：高等教育出版社，2002：363.

二、省略(或称"隐藏")

省略是小说叙述中比较常见,也是比较重要的一种手段或技巧。一般来说,作者塑造人物,讲述事件,或描写场景,都不可能写得密密实实,必须适当取舍。

省略有多种,最常见的恐怕是时间的省略。客观地说,小说叙述,其实叙述的不过是时间——过去时,现在时或未来时,是线形时间结构下的纷繁人事。作者为了使自己想要表达的内容紧凑,他会精心地选取特定时段的人事,而对除此之外的时段的人事他觉得不必关注,往往采用简省的方式,诸如小说叙述时用"几个月后""几年过去了"之类的话略带而过。这种时间省略早已成为小说叙述的一种习惯,谈不上有多少技巧。

真正称得上技巧的省略是小说叙述内容上的省略。作者在这方面的省略一般表现在叙述时有意藏而不露或干脆留下空白,给读者余出想象的空间,让读者去仔细玩味。

大凡高明的作家都会精于省略之道。海明威是其中的一个典型代表。他的叙述向来以简省含蓄著称。他曾提出著名的省略原则——"冰山原则":

> 如果一名散文作家对于他写的内容有足够的了解,他也许会省略他懂的东西,而读者还是会对那些东西有强烈的感觉的,仿佛作家已经点明了一样,如果他是非常真实地写作的话。一座冰山的仪态之所以庄严,是因为它只有八分之一露出水面。如果一个作家因为不懂而采用省略的办法,那他只是在自己作品中留下了空缺。[①]

尽管海明威提出的"冰山原则"是针对散文创作来说的,但同样也针对于小说创作,小说叙述同样要力求省略。

海明威所倡导的"冰山原则"是省略原则,也是隐藏原则。就一个小说文本而言,只需让它的"八分之一"的部分露出来,而八分之七的部分则隐藏起来,能达到一种"神龙见首不见尾"的境界。这隐藏的部分只要读者认真研读,是不难体会的。

这一"冰山原则"在海明威的小说中随处可见。我们就以他赢得诺贝尔文学奖的中篇小说《老人与海》为例,来体验他的省略技巧。

我们先来看小说的开头:

---

① 海明威.死在午后[M].金绍禹,译.上海:上海译文出版社,2004:193.

他是个独自在湾流中一条平底小帆船上钓鱼的老人,这一回已去了八十四天,没逮上一条鱼。头四十天里,有个男孩跟他在一起。可是过了四十天还没捉到一条鱼,孩子的父母对他说,老人如今准是"倒了血霉",这就是说,倒霉到了极点,于是孩子听从了他们的吩咐,上了另外一条船,头一个礼拜就捕到了三条好鱼。孩子看见老人每天回来时船总是空的,感到很难受,他总是走下岸去,帮老人拿卷起的钓索,或者鱼钩和鱼叉,还有收卷在桅杆上的帆。帆上用面粉袋片打了些补丁,收拢后看来像是一面标志着永远失败的旗子。①

开头这一段简短的叙述表面上只交代了老人的职业(以捕鱼为生)以及现实处境("倒了血霉"),其实包藏着很多内容。一个上了年岁的老人,本该安享晚年,却还要独自一个人驾着小船在湾流中钓鱼,这其间就隐含了很多沧桑的故事,别的不用看,单看他帆船,帆上用面粉袋片打了些补丁,破旧不堪,由船推及人,可以想见他的生活多么寒碜。他在湾流中钓鱼,钓了八十四天,竟然一条鱼没有逮住——或许这期间他钓到鱼,但是最终没有抓住,让鱼跑掉了。八十四天的失败,八十四天的坚持,八十四天的不失信心!这个老人是个什么秉性的老人?不言而喻。头四十天,这个老人身旁还有一个男孩子陪伴。男孩子跟着老人空手而归,让孩子的父母对老人丧失信心,吩咐他们的孩子到别的船上,结果头一个礼拜就逮到三条好鱼。相比之下,老人那么长的时间没有逮到一条鱼,似乎真是运气不好,他那面破旧的船帆似乎永远标志着他的失败。孩子同情他的失败,总是要给他一点精神抚慰,孩子的抚慰是不经意的,帮老人做点小事,比如拿卷起的钓索,或者鱼钩和鱼叉,还有绕在桅杆上的帆。老人和孩子不是祖孙关系,但却有着祖孙间才有的那种默契。

我们再来看小说中老人和孩子的对话:

"穿得暖和点,老大爷,"孩子说。"别忘了,我们这是在九月里。"

"正是大鱼露面的月份,"老人说。"在五月里,人人都能当个好渔夫的。"

"我现在去捞沙丁鱼。"孩子说。②

老人和孩子的对话可谓答非所问,然而却省略得有分寸,话里藏话。九月的天气是比较凉的,孩子出于对老人的关心,提醒老人不要着凉。而老人此时满脑子想什么呢?老人想的是他要出海打鱼的事,凭他多年的打鱼经验,他熟知天气变化大的九月正是大鱼出没的季节。而五月风和日暖,打鱼没什么风险,没什么

---

① 海明威.老人与海[M].吴劳,译.上海:上海译文出版社,2012:27.
② 海明威.老人与海[M].吴劳,译.上海:上海译文出版社,2012:37.

挑战性的,什么样的人都可以在五月里打鱼。当孩子提醒老人别着凉时,老人却说打鱼的事,那口气像是在自言自语。而孩子呢?是听得懂老大爷的话的,知道老大爷要出海打大鱼了,他并没有说赞成之类的话,而是说要去捞沙丁鱼。沙丁鱼是用来引诱大鱼上钩的诱饵,孩子说捞沙丁鱼,言下之意是他支持老人出海,他要帮老人准备诱饵。孩子和老人之间的那份浓浓的情意也跃然而现。

省略是小说叙述一个必要的手段或技巧,它有助于小说叙述集中紧凑、凝练含蓄,使小说于有限的文本外有极其丰富的蕴涵,让读者读后还能有意犹未尽之感。不过,小说叙述时不能随意或盲目地去省略,那样会破坏小说的完整性,还会给读者一种"不知其所云"的感觉。省略必须得体、恰当。小说好比一棵大树,叙述时其主干是必须要突出的,省略的应是枝叶部分;而且,即便在省略枝叶时,也有一定讲究,非常具有表现力的枝叶还是要适当保留。

推荐阅读书目:

朱栋霖.中国现代文学作品选:第三卷[M].北京:高等教育出版社,2002.

[美]海明威.老人与海[M].吴劳,译.上海:上海译文出版社,2012.

[美]福克纳.喧哗与骚动[M].李文俊,译.上海:上海译文出版社,2007.

[哥]马尔克斯.百年孤独[M].黄锦炎,沈国正,陈泉,译.上海:上海译文出版社,1984.

[奥]卡夫卡.卡夫卡中短篇小说选[M].韩瑞祥,仝保民,选编.北京:人民文学出版社,2003.

小说写作练习:

请尝试写一篇小说(要求:注意叙述视角与叙述技巧)。

第九章

小说的语言构建

>>>

> 小说语言的基本要求
> 小说的叙述人语言
> 小说的人物语言

第一节　小说语言的基本要求

小说是以语言文字为载体的,小说语言是好是差,在很大程度上影响小说艺术水平的高低。小说语言应做到以下三点:准确、简洁、形象。

一、准确

准确是小说语言的基本标准。语言准确,就是用语不能乱,不能错。这里所说的准确,其实主要还是指符合生活实际。

小说不论是刻画人物还是设置情节,都必须具有真实性,即符合生活的逻辑。作为小说载体的语言理所当然也要符合这一要求。比如,写一个老太太,用"面若桃花,肤似凝脂,指如削葱"等来形容其外貌,就会闹笑话。老太太处于人生垂暮,应该从生活的实际出发,写出老太太的真实样子。

老舍写小说语言准确,富有表现力,比如他的短篇小说《断魂枪》中描写沙子龙、王三胜和孙老头等人物的眼睛,就相当精准。

沙子龙曾经是威震西北一带赫赫有名的神枪手,从没遇到敌手。他不只武艺高强,而且睿智大度。当他清醒地认识到现实世界已不是他的世界时,毅然选择退出江湖,将镖局改成客栈,也不再收徒弟,很果决地埋没自己的一身武艺。作者写他"两眼明得像霜夜的大星"[1],霜夜的星是明澈而又深邃的,这就准确地表现出沙子龙睿智大度,有识见。

王三胜自称是沙子龙的徒弟,他武艺平平,却自命不凡,好吹嘘,性情鲁莽。作者写他"努着对大黑眼珠"[2],一个"努"字恰切地将王三胜的鲁莽显现出来。

孙老头是一个其貌不扬、武艺不凡的拳师,他为人低调,武功高却又深藏不露。作者写他"眼珠黑得像两口小井,深深地闪着黑光","黑眼珠更小更深了,像两个香火头","眼亮得发着黑光"[3],也同样准确地写出孙老头不显山不露水的性情。

二、简洁

小说语言应简洁,不拖泥带水,而且还要富有一定的蕴涵(概括力)。

---

[1]　老舍.断魂枪[M]//徐中玉,齐森华.大学语文.上海:华东师范大学出版社,2001:401.
[2]　老舍.断魂枪[M]//徐中玉,齐森华.大学语文.上海:华东师范大学出版社,2001:402.
[3]　老舍.断魂枪[M]//徐中玉,齐森华.大学语文.上海:华东师范大学出版社,2001:403.

鲁迅的小说向来讲究简洁,"我力避行文的唠叨,只要觉得够将意思传给别人了,就宁可什么陪衬拖带也没有。中国旧戏上,没有背景,新年卖给孩子看的花纸上,只有主要的几个人(但现在的花纸却多有背景了),我兴信对于我的目的,这方法是适宜的,所以我不去描写风月,对话也决不说到一大篇"。① 他的小说大都能简洁到"增一字嫌多,减一字嫌少"的地步。比如他的短篇小说《孔乙己》即是如此。我们就来品赏下面两小段:

> 孔乙己一到店,所有喝酒的人便都看着他笑,有的叫道,"孔乙己,你脸上又添上新伤疤了!"他不回答,对柜里说,"温两碗酒,要一碟茴香豆。"便排出九文大钱。

> ……孔乙己着了慌,伸开五指将碟子罩住,弯腰下去说道,"不多了,我已经不多了。"直起身又看一看豆,自己摇头说,"不多不多!多乎哉?不多也。"②

前一段写孔乙己到酒店喝酒,所有酒客对他报以一笑,笑里不无奚落,因为他的脸上又添新伤疤了。孔乙己对此自然难堪,所以他才不回答,只管向柜里要酒和茴香豆,然后,"排出九文大钱",一个"排"字生动传神地揭示了孔乙己穷酸却还要显摆的清高心理。

后一段写孔乙己在咸亨酒店喝酒吃茴香豆,旁边围着一帮孩子,孔乙己给每个孩子一人一颗,而孩子们吃完茴香豆后还想吃。小说通过孔乙己的神态("着了慌")、动作("伸开五指将碟子罩住,弯腰下去""直起身又看一看豆,自己摇头")、语言("不多了"),极精练地将心地善良的孔乙己窘迫和无奈生动地写了出来。其中孔乙己前后说的话,非常精到。他前面说的"不多了,我已经不多了",比较通俗,是对孩子们说的,很切合当时的场合。他后面说的话夹带文言:"不多不多!多乎哉?不多也。"这话非常契合他的身份。孔乙己为应举试久读儒家经书,满脑子都是"之乎者也",说话免不了文绉绉的,带有老夫子的迂腐气。

三、形象

所谓形象,指语言表达具体可感,清晰生动。

小说语言忌笼统(概括),尤其在需要描写的时候,一定要记住一点:务必具体可感。

---

① 鲁迅.我怎么做起小说来[M]//鲁迅小说杂文散文全集(中).南宁:广西民族出版社,1995:1165.
② 鲁迅.孔乙己[M]//鲁迅小说杂文散文全集(上).南宁:广西民族出版社,1995:227-229.

比如写猫,如果仅仅写"一只猫",那就不具体,必须写清:什么样的猫?白猫还是黑猫?家猫还是野猫?为了让猫给读者留下具体生动的形象,不妨将猫具体描写一下:"一只在村落间幽灵般流窜的黑色野猫",这只猫的形象就一下子鲜活了。

再比如写树叶,也不要概括地写,应该具体描写,诸如什么树的叶、叶子长得怎么样之类都要写清楚。鲁迅的小说《伤逝》中写到树叶,就很形象生动。

> 她又带了窗外的半枯的槐树的新叶来,使我看见,还有挂在铁似的老干上的一房一房的紫白的藤花。①

"窗外的半枯的槐树的新叶",写得十分具体,因为具体而给读者留下清晰的形象。

大凡优秀的小说家都非常重视在语言的形象性方面下功夫,譬如张爱玲,她的小说语言于具体形象中充满张力。我们来品味一下她的小说《金锁记》的结尾:

> 七巧似睡非睡横在烟铺上。三十年来她戴着黄金的枷。她用那沉重的枷角劈杀了几个人,没死也送了半条命。她知道她儿子女儿恨毒了她,她婆家的人恨她,她娘家的人恨她。她摸索着腕上的翠玉镯子,徐徐将那镯子顺着骨瘦如柴的手臂往上推,一直推到腋下。她自己也不能相信她年青的时候有过滚圆的胳膊。就连出了嫁之后几年,镯子里也只塞得进一条洋绉手帕。十八九岁做姑娘的时候,高高挽起了大镶大滚的蓝夏布衫袖,露出一双雪白的手腕,上街买菜去。喜欢她的有肉店里的朝禄,她哥哥的结拜弟兄丁玉根,张少泉,还有沈裁缝的儿子。喜欢她,也许只是喜欢跟她开开玩笑,然而如果她挑中了他们之中的一个,往后日子久了,生了孩子,男人多少对她有点真心。七巧挪了挪头底下的荷叶边小洋枕,凑上脸去揉擦了一下,那一面的一滴眼泪她就懒怠去揩拭,由它挂在腮边,渐渐自己干了。②

这一段主要写女主人公曹七巧的复杂心理,形象生动。

曹七巧原是一个质朴的市井女子,但自从她嫁给世族姜家瘫痪在床的二少爷之后,她的性格就逐渐变得自私,狭隘,尖刻,甚至有比较严重的心理变态倾向。她爱情失意,亲情寡淡,她精神上的孤寂自不必言,但未必为人所察觉,那形体上的奇瘦是最显见的。作者写"她摸索着腕上的翠玉镯子,徐徐将那镯子顺着骨瘦如柴的手臂往上推,一直推到腋下",写她百无聊赖中的一个不经意的动作,

---

① 鲁迅.伤逝[M]//鲁迅小说杂文散文全集(上).南宁:广西民族出版社,1995:386.
② 张爱玲.金锁记[M]//倾城之恋.广州:花城出版社,1997:121.

也捎带着将她的奇瘦写了出来。七巧在孤独绝望中度其暮年,对于自己的人生道路她也有过反思,并且产生深深的懊悔,毕竟往事如云烟,懊悔又是于事无补的,故而她也就懒得再去想了,"那一面的一滴眼泪她就懒怠去揩试,由它挂在腮边,渐渐自己干了",形象地写出其懒怠的心理,读来耐人寻味。

以上是就小说语言的整体角度来说,准确、精练、形象是小说语言应具备的三大基本要求。

如果将小说语言进行粗略划分,大致包括叙述人语言和人物语言两大部分。下面我们就这两方面应关注的问题重点谈一谈。

第二节 小说的叙述人语言

小说的叙述人语言是指小说作品中,除去人物语言(以对话为主要内容)外的其他部分。

对于一篇小说作品而言,叙述人语言很重要,它能将人物对话所不便展示的内容(比如人物复杂的心理活动、打破时空的事件追叙、环境的插叙等)进行多维度叙述,使作品呈现丰富性。此外,人物之间的对话也需要靠它进行串合。

一、小说的叙述人语言的大致要求

叙述人语言要做到准确、精练和形象,这几点上面已重点谈过。除此之外,叙述人语言还要注意做到以下两点。

1. 尽可能让叙述人语言通俗易懂

小说写出来是给大家看的,叙述人语言自然要通俗易懂,为大众所接受。这就涉及叙述人语言大众化(群众化)问题。要让人物语言带有群众化,平素须得多深入现实生活——尤其是底层民众生活,熟悉他们充满生活气息的语言。大家熟悉的作家老舍,生长于北京底层社会,他最擅长的便是写他熟悉的北京底层市民的生活和情感,他的小说叙述人语言多半是地道的群众化语言。

此外,叙述人语言还要考虑人物的身份,和人物语言尽可能接近。汪曾祺曾深有体会地谈过这个问题:"作者的叙述语言要和人物相协调。写农民,叙述语言要接近农民;写市民,叙述语言要近似市民。小说要避免'学生腔'。"[1]保持叙述人语言和人物语言相协调,也能使叙述人语言富有生活气息,通俗易懂。

---

[1] 汪曾祺.沈从文先生在西南联大[J].人民文学,1986(5).

2. 尽可能让叙述人语言符合本民族的语言习惯，避免洋腔洋调

就我们汉语世界的小说而言，小说以汉语为语言载体，叙述人语言应该符合汉民族的语言习惯，比如句子一般比较短。很多作家都意识到这点，创作中尽量不写太长的句子。老舍曾谈到他这方面的体验时说，"写东西，要写一句是一句""不要太长的句子""当我写了一个较长的句子，我就想法子把它分成几段"①。老舍的小说叙述人语言基本都写得很精短。

有的汉语小说叙述人语言比较洋气，多受西方小说的影响。比如20世纪30年代的"中国新感觉派"，他们的作品有比较明显的欧化倾向，有些句子无标点，比较长。比如"新感觉派"的代表作家穆时英的小说《上海的狐步舞》中有这样的句子："第一回巡视赌场第二回巡视街头娼妓第三回巡视舞场第四回巡视再说《东方杂志》《小说月报》《文艺月刊》第一句就写大马路北京路野鸡交易所……不行——"这种长句读起来的确有点费劲。

二、如何提高叙述人语言的艺术感染力

不论小说作者采用什么样的叙述视角进行叙述，都必须在叙述人语言方面下功夫。要提高叙述人语言的艺术感染力，有很多方式，常见的有以下几种。

1. 重视白描

白描，本是中国画的一种技法，它要求画者不着颜色，不加渲染，只用白线勾描物体的主要特征。这种绘画技法运用到小说创作中，就是用最朴素、最简练的笔墨，不事雕饰，不加烘托，抓住描写对象的特征，如实地勾勒出人物、事件与景物的情态面貌。

鲁迅曾对白描法作过这样的评说："白描却没有秘诀。如果要说有，也不过是和障眼法反一调：有真意，去粉饰，少做作，勿卖弄而已。"②

鲁迅的《风波》开篇就采用白描手法。

> 临河的土场上，太阳渐渐的收了他通黄的光线了。场边靠河的乌桕树叶，干巴巴的才喘过气来，几个花脚蚊子在下面哼着飞舞。面河的农家的烟突里，逐渐减少了炊烟，女人孩子们都在自己门口的土场上泼些水，放下小桌子和矮凳；人知道，这已经是晚饭时候了。
>
> 老人男人坐在矮凳上，摇着大芭蕉扇闲谈，孩子飞也似的跑，或者蹲在乌桕树下赌玩石子。女人端出乌黑的蒸干菜和松花黄的米饭，热蓬蓬

---

① 老舍.关于文学的语言问题[M]//出口成章.北京：作家出版社，1964：63-64.
② 鲁迅.作文秘诀[M]//鲁迅小说杂文散文全集(中).南宁：广西民族出版社，1995：1223.

冒烟。①

这一段白描非常贴切地勾画出江南水乡夏天傍晚的和乐风俗图,具有浓厚的地域风情。

苏童写小说也善用白描,他使用白描的同时,又在不动声色的情景展现中着意营造氛围。比如他的《稻草人》的开篇:

> 没有一只鸟。
>
> 七月的棉花地很干燥,在一些茂密的叶子和棉铃下面,土地呈现龟裂散乱的曲线。沉寂的午后,阳光烤热了整个河岸,远处的村庄,远处那些低矮密集的房子发出烙铁般微红的颜色。这是七月的一种风景。
>
> 人物是三个男孩,他们都是从村里慢慢走过来的,三个男孩年龄相仿,十四五岁的样子,有着类似的乌黑粗糙的皮肤,上身赤裸,只穿一条洗旧了的花布短裤。在到达河岸之前,他们分别从西南和东南方向穿越了棉花地,使棉花叶子发出了经久不息的摩擦声。②

这段白描写得沉静而又飞扬,营造了七月特有的风景:干燥龟裂的棉花地、被午后阳光炙烤的河岸、烤得微红的远村密集的矮房、穿越棉花地的三个皮肤黝黑的男孩。作者富有诗意的笔触带给读者深切的感受:一种火燎燎的七月热气扑面而来。

2.适度渲染(烘托)

烘托,同白描一样,也是中国山水画的一种技法,用水墨或色彩在物象的轮廓外面涂抹,使物象明显突出。烘托用在小说中,则指从侧面着意描写,作为陪衬,突出所要表现的事物或人的情绪。比如下面这段小说文字:

> 一群西来的白鸟,披着橘黄色的霞光,在青绿的林木上空掠过,那呼呼振翅声被轻柔的微风传送得非常清晰。鸟群往没有一丝云翳的南天而去,消失在那个叫鹰咀岩的峰峦。在木华游移的视线里,遍地青绿:岗子是绿的,田畴是绿的,掩映在茂密绿树间的村落也是绿的。绿中露出的小白点是山石湾人家的屋角。
>
> 一种说不出的舒散感从木华口中吐出的薄薄烟雾中飘溢出来。③

---

① 鲁迅.风波[M]//鲁迅小说杂文散文全集(上).南宁:广西民族出版社,1995:248.
② 苏童.稻草人[M]//中国当代作家选集丛书·苏童卷.北京:人民文学出版社,2000:416.
③ 琚静斋.蓝月[M].桂林:漓江出版社,2007:211.

这里描写了山石湾一带明丽、清朗、和煦的春天景象。作者借这种生机盎然的春景来渲染女主人公木华劳作间歇边抽烟边赏景的舒散感受。

我们再来看王安忆《长恨歌》(第一部)写上海弄堂的一段文字：

> 站一个制高点看上海，上海的弄堂是壮观的景象。它是这城市背景一样的东西。街道和楼房凸现在它之上，是一些点和线，而它则是中国画中称为皴法的那类笔触，是将空白填满的。当天黑下来，灯亮起来的时分，这些点和线都是有光的，在那光后面，大片大片的暗，便是上海的弄堂了。那暗看上去几乎是波涛汹涌，几乎要将那几点几线的光推着走似的。它是有体积的，而点和线却是浮在面上的，是为划分这个体积而存在的，是文章里标点一类的东西，断行断句的。那暗是像深渊一样，扔一座山下去，也悄无声息地沉了底。那暗里还像是藏着许多礁石，一不小心就会翻了船的。上海的几点几线的光，全是叫那暗托住的，一托便是几十年。这东方巴黎的璀璨，是以那暗作底铺陈开，一铺便是几十年。①

弄堂原本是点缀上海城的静态背景，普普通通的客观建筑，但在王安忆的笔下，却很不一般，她采用烘托的手法，让弄堂在街道和楼房的凸现下，在城市灯光的映衬下，在点与线、明光与暗影的托浮中，变得活泛灵动，充满活力与生机，也充满诗意与美感。

3. 善于"留白"

所谓留白，是指小说创作中不要把所表现的内容一览无余地写出来，而应该留有余地，给读者一定的想象空间。留白就是一种省略。关于省略，我们在谈小说的叙述技巧时谈过，这里着重于语言技巧方面再来谈一谈。

很多时候，巧妙的留白往往是通过精致的语言来实现的。废名的《桃园》即是如此。《桃园》写一对在杀场附近辟地种桃为生的父女辛酸的故事。小说采用一种散文化的笔法，淡化情节，展现在读者面前的是一些留有空白点的零星片段。而这些零星片段却又隐藏了很多内容。比如下面这段：

> "爸爸，你还要上街去一趟不呢？"
> "今天太晚了，不去，——起来。"
> 王老大歇了水桶伸手挽他的阿毛。
> "瓶子的酒我看见都喝完了。"
> "喝完了我就不喝。"

---

① 王安忆.长恨歌[M].海口：南海出版公司，2003：1.

爸爸实在是好,阿毛可要哭了!——当初为什么同妈妈打架呢?半夜三更还要上街去!家里喝了不算还要到酒馆里去喝!但妈妈明知道爸爸在外面没有回也不应该老早就把门关起来!妈妈现在也要可怜爸爸罢!①

这一段文字很简省,前面是父女简短的对话,体现了父女惺惺相惜。他们住在阴森萧瑟的杀场旁边,这种地方到了晚上,更显阴森可怕。女儿阿毛生了病,老不好。王老大心里很惦记,他不会再在夜里撇下女儿一个人上街喝酒。事实上他原是个酒鬼。早已习惯父亲夜间外出喝酒的阿毛被父亲的改变感动了。"爸爸实在是好,阿毛可要哭了!"阿毛要哭,不只是因为父亲夜间不出去喝酒,还因为她想起死去的母亲。小说写阿毛的意识活动只用了简短的几句,却暗示了母亲在世时和父亲的关系很僵:父亲嗜酒如命,父母经常争吵打架,母亲恨父亲夜深喝酒不归,将门关上不让父亲进屋。至于当时具体的事件经过,小说一概省略了,留下余地让读者去想象。

我们再来看小说的另一段:

阿毛心里空空的,什么也没有想,只晓得她是病。
"阿毛,不说话一睡就睡着了。"
王老大就闭了眼睛去睡。但还要一句——
"要什么东西吃明天我上街去买。"
"桃子好吃。"
阿毛并不是说话说给爸爸听,但这是一声霹雳,爸爸的眼睛简直呆住了,突然一张,上是屋顶。如果不是夜里,夜里睡在床上,阿毛要害怕她说了一句什么叫爸爸这样!
桃子——王老大为得桃子同人吵过架,成千成万的桃子逃不了他的巴掌,他一口也嚼得一个,但今天才听见这两个字!②

这一段话里有话,阿毛是个质朴、善良、懂事的女孩子,她病得很重,也晓得自己的病情,她对自己的未来是有预感的。可是她有很多难言的不舍和眷恋,眷恋桃园,眷恋父亲,她为此睡不着。她的父亲其实也睡不着,他念着女儿病难治。以前他是疏于关心女儿的,现在他总想弥补,他在闭了眼去睡的时候,还要问女儿想吃什么。阿毛说"桃子好吃",她的回答是不经意的,并不是要说给她爸爸听。可是这一句回答却让做父亲的王老大惊呆了,让他更内疚。他成天带着女儿守着桃园,桃子,在他们眼里,应是最寻常的,也是最随手可得的。可是他的女儿最想吃的竟是桃子!懂事的阿毛为了让桃子卖钱,是怎样忍着口水不吃自家

---

① 废名.桃园[M]//冯文炳选集.北京:人民文学出版社,1985:47.
② 废名.桃园[M]//冯文炳选集.北京:人民文学出版社,1985:50.

的桃子;而清贫的父亲又是怎样忙于生计,顾不得关照自己的女儿。这些内容小说都没有写,而是通过留白的方式,让读者体会话外之意。

4.借助修辞

在小说叙述中,修辞的最大功能就是能使那种比较抽象,难为读者理解的内容变得形象可感,使一些比较枯燥的事理变得具体生动,有意味。

钱钟书的《围城》之所以耐读,跟其大量采用修辞不无关系。小说中的修辞随手即拾。比如男主人公方鸿渐西洋留学归国途中,与萍水相逢的鲍小姐交往,船到香港,两个人上岸吃西餐,作者就用了一段非常生动有趣的比喻来写变质的西餐。

上来的汤是凉的,冰淇淋倒是热的;鱼像海军陆战队,已登陆了好几天;肉像潜水艇士兵,会长时期伏在水里;除醋以外,面包、牛油、红酒无一不酸。①

又如小说写方鸿渐跟孙柔嘉结婚后一次吵架时,两个人有这么几句对白:

鸿渐道:"早晨出去还是个人,这时候怎么变成刺猬了!"

柔嘉道:"我就是刺猬,你不要跟刺猬说话。"

沉默了一会,刺猬自己说话了:"辛楣信上劝你到重庆去,你怎样回复他?"②

柔嘉说话带刺扎人,鸿渐就将柔嘉说成刺猬。柔嘉余怒未消,赌气说自己就是刺猬,要鸿渐不要跟她这个刺猬说话。结果呢,鸿渐真的沉默了,柔嘉这个刺猬自己忍不住,先开腔说话,那口气明显地缓和了。这里用了比喻(暗喻、借喻)的修辞,其幽默风趣中又带有婉讽的成分,颇有韵味。

老舍在小说创作中也非常重视修辞作用。他的小说《月牙儿》就是如此。篇中的很多比喻不只形象可感,还很耐人寻味。比如写妈妈给铺子里的伙计洗臭袜子的那一段用了三个比喻。

有时月牙儿已经上来,她还哼哧哼哧地洗。那些臭袜子,硬牛皮似的,……我坐在她旁边,看着月牙,蝙蝠专会在那条光儿底下穿来穿去,像银线上穿着个大菱角,极快又掉到暗处去。……那棵高高的洋槐总把花儿落到我们这边来,像一层雪似的。③

用"硬牛皮"来比喻袜子的臭硬、难洗,形象地写出母亲的艰辛。接下来的两个比喻是富有诗意的,将穿梭于月光下的蝙蝠及落地槐花的悠闲不动声色地写

---

① 钱钟书.围城[M].北京:人民文学出版社,1991:16.
② 钱钟书.围城[M].北京:人民文学出版社,1991:322.
③ 老舍.月牙儿[M]//老舍经典作品选.北京:当代世界出版社,2002:186.

了出来。而它们的悠闲又在无形中衬托出母亲的辛酸。

汪曾祺的小说颇耐读,也跟善用修辞有关。以其名作《受戒》为例,小说结尾采用一种暗示手法。

> 芦花才吐新穗。紫灰色的芦穗发着银光,软软的,滑溜溜的,像一串丝线。有的地方结了蒲棒,通红的,像一枝一枝小蜡烛。青浮萍,紫浮萍。长脚蚊子,水蜘蛛。野菱角开着四瓣的小白花。惊起一只青桩(一种水鸟),擦着芦穗,扑鲁鲁鲁飞远了。①

这段文字乍看是纯粹的写景,实际上是借写景来写明子和小英子的感情。芦花才吐新穗,暗示明子和小英子的感情刚刚开展。接下来,小说描写紫灰色的芦穗的不同姿态,给人一种明朗、和谐之感,也暗示明子和小英子日后的生活将也是多姿、和谐的。随后写到"长脚蚊子,水蜘蛛"以及被惊起的青桩"擦着芦穗,扑鲁鲁鲁飞远了",自然景色的突然变化,又暗示明子和小英子的感情会遭遇一些波折。毕竟明子是个受戒的小和尚,小英子和他相好,必定会在小明子的家人、寺庙的主持以及周围世俗的人中掀起一些波澜的。小说的这种明为写景实为写情的暗示手法,无疑能极大地增加小说的韵味。

5.巧设意象

关于意象,我们在前面诗歌篇就已经谈过。在小说创作中,也可以通过意象来增强作品的形象生动性和艺术美感。不少作家重视意象在小说中的运用,比如日本作家川端康成。他的小说向来以委婉细腻著称,跟他善用意象不无关系。他的代表作《雪国》就是大量通过意象来表现人物微妙而复杂的情感。比如下面这两段:

> 镜子的衬底,是流动着的黄昏景色,就是说,镜面的映像同镜底的景物,恰似电影上的叠印一般,不断地变换。出场人物与背景之间毫无关联。人物是透明的幻影,背景则是朦胧逝去的日暮野景,两者融合在一起,构成一幅不似人间的象征世界。尤其是姑娘的脸庞上,叠现出寒山灯火的一刹那间,真是美得无法形容,岛村的心灵都为之震颤。
>
> 远山的天空还残留一抹淡淡的晚霞。隔窗眺望,远处的风物依旧轮廓分明,只是色调已经消失殆尽。车过之处,原是一带平淡无趣的寒山,越发显得平淡无趣了。正因为没有什么尚堪寓目的东西,不知怎的,茫然中反倒激起他感情的巨大波澜。无疑是因为姑娘的面庞浮现在其中的缘故。映出她身姿的那方镜面,虽然挡住了窗外的景物,可是在她轮廓周围,接连不断

---

① 汪曾祺.受戒[M]//朱栋霖.中国现代文学作品选(第三卷).北京:高等教育出版社,2002:274.

地闪过黄昏的暮色。所以姑娘的面影好似透明一般。那果真是透明的么？其实是一种错觉，不停地从她脸背后疾逝的垂暮景色，仿佛是从前面飞掠过去，快得令人无从辨认。①

这一段写男主人公岛村坐火车去雪国，时已黄昏，他看到姑娘映在窗玻璃上的身影，怦然心动。黄昏时分的"镜中映像"美丽而又朦胧，作者巧妙地借这个意象表现岛村内心产生的那种难言的深切情感，不只形象生动，而且富有诗意美。

张爱玲的小说也很重视运用意象。她历来为大家所称道的经典名篇《金锁记》中有不少意象非常精妙。下列就选取其中两个意象。

其一是月亮意象：年轻的人想着三十年前的月亮该是铜钱大的一个红黄的湿晕，像朵云轩信笺上落了一滴泪珠，陈旧而迷糊。老年人回忆中的三十年前的月亮是欢愉的，比眼前的月亮大，圆，白；然而隔着三十年的辛苦路往回看，再好的月色也不免带点凄凉。②

其二是蝴蝶标本意象：她（曹七巧）睁着眼直勾勾朝前望着，耳朵上的实心小金坠子像两只铜钉把她钉在门上——玻璃匣子里蝴蝶的标本，鲜艳而凄怆。③

月亮是张爱玲小说中常用的意象。《金锁记》开头就写了月亮意象：年轻人眼里，月亮是陈旧而迷糊——铜钱大的一个红黄的湿晕，像朵云轩信笺上落了一滴泪珠；老年人回忆中月亮虽带有欢愉，然而回复到三十年前，月亮却带有凄凉。不管用怎样的眼光去看三十年前的月亮，都笼罩着一种凄凉氛围。这凄凉其实暗衬着女主人公曹七巧的悲剧人生。

蝴蝶标本意象更是张爱玲妙笔开出的精美之花。女主人公曹七巧是开麻油店人家的女儿，被贪财的哥哥做主嫁给姜家瘫子二少爷。这种由钱财交换来的婚姻是无爱的。曹七巧渴望得到爱，她对小叔子姜季泽有好感，就主动向姜季泽表示自己的爱意，没想到姜季泽虽是个花花公子，但他抱定一个宗旨——家里人绝不碰，她的示爱遭到他的拒绝。这让曹七巧既难堪又于心不甘，倚靠在门上发怔。作者就用了"装在玻璃匣子里蝴蝶的标本"这样一个充满凄美的意象，一方面写出了曹七巧的复杂心态，另一方面也象征性地暗示了曹七巧的悲剧命运，能给读者以直观的感受。

---

① 川端康成.雪国[M].高慧勤,译.北京：人民文学出版社,2008:31-32.
② 张爱玲.金锁记[M]//倾城之恋.广州：花城出版社,1997:62.
③ 张爱玲.金锁记[M]//倾城之恋.广州：花城出版社,1997:76.

第三节 小说的人物语言

一、人物语言的重要作用

大家知道,小说是以人物为中心的。小说的人物语言至关重要,除了能表现人物本身的性格、思想情感等之外,还能有其他妙用,比如借助人物语言评价其他人物、透露一些不需要重墨写但又不得不涉及的内容。这样写,既节约用墨,又能突出主要情节,使情节集中。

我们这里依然以张爱玲的《金锁记》为例,来谈谈人物语言的重要作用。小说主要写二少奶奶曹七巧的悲剧人生,但作者并没有一上来就介绍二少奶奶的出身、嫁入姜家的来龙去脉以及她在姜家的为人,而是很巧妙地通过姜家的丫鬟凤箫和小双睡前小声谈话来展示。

小双道:"告诉你,你可别告诉你们小姐去!咱们二奶奶家里是开麻油店的。"凤箫哟了一声道:"开麻油店!打哪儿想起的?像你们大奶奶,也是公侯人家的小姐,我们那一位虽比不上大奶奶,也还不是低三下四的人——"小双道:"这里头自然有个缘故。咱们二爷你也见过了,是个残废。做官人家的女儿谁肯给他?老太太没奈何,打算替二爷置一房姨奶奶,做媒的给找了这曹家的,是七月里生的,就叫七巧。"凤箫道:"哦,是姨奶奶。"小双道:"原是做姨奶奶的,后来老太太想着,既然不打算替二爷另娶了,二房里没个当家的媳妇,也不是事,索性聘了来做正头奶奶,好教她死心塌地服侍二爷。"凤箫把手扶着窗台,沉吟道:"怪道呢!我虽是初来,也瞧料了两三分。"小双道:"龙生龙,凤生凤,这话是有的。你还没听见她的谈吐呢!当着姑娘们,一点忌讳也没有。亏得我们家一向内言不出,外言不入,姑娘们什么都不懂。饶是不懂,还臊得没处躲!"凤箫噗嗤一笑道:"真的?她这些村话,又是从哪儿听来的?就连我们丫头——"小双抱着胳膊道:"麻油店的活招牌,站惯了柜台,见多识广的,我们拿什么去比人家?"凤箫道:"你是她陪嫁来的么?"小双冷笑说:"她也配!我原是老太太跟前的人,二爷成天的吃药,行动都离不了人,屋里几个丫头不够使,把我拨了过去。怎么着?你冷哪?"凤箫摇摇头。……两人各自睡下。凤箫悄悄地问道:"过来了也有四五年了罢?"小双道:"谁?"凤箫道:"还有谁?"小双道:"哦,她,可不是有五年了。"凤箫道:"也生男育女的——倒没闹出什么话柄儿?"小双道:"还说呢!

话柄儿就多了！前年老太太领着阖家上下到普陀山进香去,她坐月子没去,留着她看家。舅爷脚步儿走得勤了些,就丢了一票东西。"凤箫失惊道:"也没查出个究竟来?"小双道:"问得出什么好的来?大家面子上下不去！那些首饰左不过将来是归大爷二爷三爷的。大爷大奶奶碍着二爷,没好说什么。三爷自己在外头流水似的花钱,欠了公账上不少,也说不响嘴。"①

这一大段描写颇与《红楼梦》中有关贾府少奶奶王熙凤的描写相似,王熙凤未出场前,贾府上下已对她各有评价,所谓"未见其人,先闻其名"。作为姜家二少奶奶的曹七巧也是没有直接出场,读者从丫鬟对她的谈论中了解她的大致情况:她是个开麻油店人家的女儿,举止谈吐无忌讳,说的都是些没"涵养"的村话。姜家之所以降低门槛聘她,并且让她做二房的正头奶奶,是因为考虑二少爷是个瘫子。姜家上下包括丫鬟在内,没有谁瞧得起她,落下不少话柄。这种侧面用笔很巧妙,能使后面的情节更加集中紧凑。

二、人物语言的基本要求

1. 人物语言必须口语化

小说是高度生活化的一种文学体裁。不同的人物有不同的声腔:孩童说孩童的天真幼稚话,阅历丰富的老者说意味深长的阅世话,有知识的人说文绉绉的话,山野大老粗说粗鄙的话,如此不一而足。尽管不同人物说话各有特点,但基本上还是属于口语的范畴。所以,小说的人物语言必须做到口语化。

一些优秀的小说家在创作中都非常注意人物语言口语化,力求做到一人一腔。曹雪芹的《红楼梦》、施耐庵的《水浒传》等作品莫不是如此。

《红楼梦》中的刘姥姥语言具有很强的口语化,这里选两段她劝她女婿狗儿的话:

姑爷,你别嗔着我多嘴,咱们村庄人家儿,那一个不是老老实实守着多大碗儿吃多大的饭呢！你皆因年小时候,托着老子娘的福,吃喝惯了,如今所以有了钱就顾头不顾尾,没了钱就瞎生气,成了什么男子汉大丈夫了！……

当日你们是和金陵王家连过宗的。二十年前,他们看承你们还好。如今是你们拉硬屎,不肯去就和他,才疏远起来。想当初我和女儿还去过一遭,他家的二小姐,着实爽快会待人的,倒不拿大。……你为什么不走动走动?……只要他发点好心,拔根寒毛比咱们的腰还壮呢！②

---

① 张爱玲.金锁记[M]//倾城之恋.广州:花城出版社,1997:64-65.
② 曹雪芹.红楼梦(第一册)[M].北京:人民文学出版社,1964:68-69.

刘姥姥是地道的山野村妇，说话自然是独具刘姥姥风味的地道村语，"守着多大碗儿吃多大的饭""有了钱就顾头不顾尾""连过宗""看承""拉硬屎""拿大""发点好心""拔根寒毛比咱们的腰还壮"等话语虽粗鄙又不失本色，很生动有趣，极富表现力。

关于人物语言口语化，涉及口语中方言使用的问题，这一点值得注意。有的方言既形象生动，又比较通俗易懂，接近于大众共同使用的普通话。比如"嚼舌根""吃着碗里的，拿着锅里的""吃白食"等方言，就具有一种大众化倾向。而有的方言既不生动，也不通俗，比如皖西南方言中"照不照"（意为"行不行"）之类的语言，离开了地域环境，就无法理解其意思，所以在小说创作时慎重使用（如果一定要用，必须加注释）。一般来说，小说中使用方言，宜以形象生动和通俗易懂为准。

2. 人物语言必须个性化

人物语言个性化，是指什么样的人说什么样的话，即人物语言必须符合人物身份、地位、经历等，符合人物的性格。

要达到人物语言个性化，最值得注意的是以下两点。

(1) 注意人物语言与人物性格相吻合

《红楼梦》中王熙凤语言极具个性化，其语言虚饰、造作又常带霸气，与她贪心、能干、虚伪、狡诈、狠毒等多面性格吻合。凤辣子巧舌如簧，见什么人说什么话。如小说第三回写王熙凤见黛玉，当着老祖宗的面，这样盛赞黛玉：

> 天下真有这样标致人儿！我今日才算看见了！况且这通身的气派竟不象老祖宗的外孙女儿，竟是嫡亲的孙女儿似的。怨不得老祖宗天天嘴里心里放不下……①

王熙凤表面上夸黛玉，实质上是为了讨好老祖宗，虚情假意，不无造作。而对尤二姐、贾蓉等人说话，王熙凤却是另一番辣、狠腔调。比如小说第六十八回，写贾琏背着王熙凤偷娶尤氏的妹妹尤二姐，被王熙凤知晓，王熙凤摔了"醋罐子"，大闹宁国府，将尤氏骂得无地自容。贾琏的堂侄贾蓉跪下乞求她息怒，她又斥骂贾蓉：

> 天打雷劈、五鬼分尸的没良心的东西！不知天有多高，地有多厚，成日家调三窝四，干出这些没脸面、没王法、败家破业的营生。你死了的娘，阴灵儿也不容你！祖宗也不容你！还敢来劝我！②

---

① 曹雪芹.红楼梦(第一册)[M].北京：人民文学出版社，1964：30.
② 曹雪芹.红楼梦(第三册)[M].北京：人民文学出版社，1964：888.

《水浒传》以善于塑造人物见长,小说人物大都个性鲜明生动,人物的语言也能做到高度个性化。如在第七十一回菊花会上,宋江唱"望天王降旨,早招安"的《满江红》曲词,武松、李逵和鲁智深听了很不受用,明确表示反感。

> 武松叫道:"今日也要招安,明日也要招安去,冷了弟兄们的心!"
> 黑旋风便睁圆怪眼,大叫道:"招安,招安。招甚鸟安!"
> 鲁智深说:"招安不济事,便拜辞了,明日一个个各去寻趁罢。"①

三人都反对宋江的招安思想,但三人的语言显出不同的个性:武松性情刚烈,但还是有一定的忍耐性;黑旋风性格粗鲁,脾气急躁,说话直来直去,难免火暴起来话带粗字;花和尚鲁智深性情刚直又不失沉稳,他见多识广,又曾入过庙门,对世俗诸事的看法不同于一般人,他对宋江宣扬招安深感失望,自然会产生自寻出路的想法。

(2)注意人物语言与特定环境相吻合

一般来说,人物说什么话,往往受特定环境的制约。写人物语言,一定要注意人物当时所处的环境,要记住人物什么样的情境下该说什么样的话。

吴敬梓《儒林外史》中穷儒生范进的岳父胡屠户的语言就非常典型。在范进中举前,胡屠户对女婿范进从来没有好声气,有一回女婿参加乡试跟他借盘费,他不但一个子儿不借,还将女婿臭骂一顿:

> 不要失了你的时了!你自己只觉得中了一个相公,就"癞虾蟆想吃起天鹅肉"来!我听见人说,就是中相公时,也不是你的文章,还是宗师看见你老,不过意,舍与你的。如今痴心就想中起老爷来!这些中老爷的都是天上的"文曲星"!你不看见城里张府上那些老爷,都有万贯家私,一个个方面大耳?象你这尖嘴猴腮,也该撒泡尿自己照照!不三不四,就想天鹅屁吃!趁早收了这心。②

当范进经历多年的寒窗之苦,终于中了举,胡屠户的嘴脸马上变了,百般吹嘘女婿,夸自己有眼力。

> 我每常说,我的这个贤婿,才学又高,品貌又好,就是城里头那张府、周府的这些老爷,也没有我女婿这样一个体面的相貌。你们不知道,得罪你们说,我小老这一双眼睛,却是认得人的。想着先年,我小女在家里长到三十多岁,多少有钱的富户要和我结亲,我自己觉得女儿象有些福气的,毕竟要

---

① 施耐庵.水浒传[M].北京:中华书局,2009:611.
② 吴敬梓.儒林外史[M].北京:人民文学出版社,1958:34.

嫁与个老爷,今日果然不错!①

胡屠户是一个自私势利的市侩人物。在女婿穷困潦倒的情境下,他的语言酸辣尖刻,带有侮辱性。在女婿中举之后,前途一片辉煌,胡屠户作为岳父也会跟着沾光,在这样的情境下,他的语言自然是曲意逢迎的。

老舍《骆驼祥子》写老处女虎妞对祥子很有好感,她趁她父亲不在家,特意摆下酒菜,要引诱祥子。老实的祥子不喝,自然让虎妞有些羞恼;但生性干练、泼辣、霸道的虎妞不会轻易罢休,她逞强使气,逼祥子就范。

"不喝就滚出去;好心好意,不领情是怎着?你个傻骆驼!辣不死你!连我还能喝四两呢。不信,你看看!"她把酒盅端起来,灌了多半盅,一闭眼,哈了一声。举着盅儿:"你喝!要不我揪耳朵灌你!"②

3. 人物语言应灵活自如

小说的人物语言写长写短,要根据表达的需要。如果跟主题关系不大,可省略不写。如人物长时间的谈话,可以从中择取某些关键的几段或几句,而其余的就可省略。比如小说《光斑》中有一段文字写主人公裘安康跟王法官的一次电话通话,写得比较简省。

裘安康接了对方的电话:喂!……哦,王法官,您好!……对,康俊是我的笔名。我在南方的Z报上是开了这么一个专栏。……对,我好像在一篇随笔里写过这句话。……是吗?他告我什么了?……这不是笑话嘛!我才懒得搭理他呢!……王法官,您说得对,既然人家找上门来,不搭理也不太好。……是这样的,王法官,我目前正在外地办事,估计一个星期才能回京。能不能将开庭时间延迟一周呢?……可以,是吧?那就多谢了!……对,必要时,我也会请个律师的。……王法官,非常感谢您的关照!好,再见!③

作者没有采用一问一答的方式来写裘安康跟王法官之间的通话,而是只写了裘安康一人接听电话,通过有意的省略与简短的附和语,将双方通话的大致内容写了出来。这种用笔显得比较灵活,而且不失精练。

有时为了突出某个人物,强调艺术效果,可以不直接写人物的对话内容,而采用间接转述。比如小说《蓝月》第一部的开篇有这样一段文字:

前些日子,我奶奶木华老是给我打电话,老是在电话那头絮叨着家事的

---

① 吴敬梓.儒林外史[M].北京:人民文学出版社,1958:39.
② 老舍.骆驼祥子[M]//老舍经典作品选.北京:当代世界出版社,2002:40.
③ 琚静斋.光斑[J].中国作家,2007(8).

根根须须,枝枝叶叶。她说严家乐那老东西真不是东西,成天游手好闲。她说她将一园子白菜换成了两条香烟。她说她梦见了秦云披着猴皮,在村子周围到处游走,边游走边浪唱着。她说老二蜕皮了,变得稳实了,不再弄那种桃红柳绿的事来烦她的心了。她说老五坟旁的苦楝树下盘着一条灰蛇,赶都赶不走,她在树旁烧了一大沓黄裱纸,放了一挂十万响的鞭炮,那蛇才慢腾腾地游走了,"你小叔父的魂呀。"她嘘唏着……①

这一段写奶奶木华老在电话里对"我"絮叨诸多家事。如果将奶奶木华每次絮叨的话都写下来,那一定啰唆至极,也实无必要,所以适宜采用概括性的间接叙述。

小说的人物语言尽可能写短,以避免冗长而单调。如果实在有必要写长,可在人物语言中适当插入人物说话时的动作、表情以及相关情境等的描述,将大段的人物语言分割成若干小段,这样不仅能使人物语言显得生动,而且也能对读者的阅读起着一种调节作用(至少读者不会感觉太单调)。

俄国著名的短篇小说家契诃夫曾对一个叫舒金的作者谈过如何写比较长的人物语言:"得把小说写得生动些,用动作来插在谈话中间。您的伊凡·伊凡诺维奇喜欢说话。这没甚么。可是他不该一连气说上整整一页。让他说一点话,然后您写道:'伊凡·伊凡诺维奇站起来,在房间里走来走去,点上烟,在窗口站住。'"②契诃夫在这方面的经验是值得我们借鉴的。

推荐阅读书目:

吴敬梓.儒林外史[M].北京:人民文学出版社,1958.
钱钟书.围城[M].北京:人民文学出版社,1991.
张爱玲.倾城之恋[M].广州:花城出版社,1997.
苏童.中国当代作家选集丛书·苏童卷[M].北京:人民文学出版社,2000.
王安忆.长恨歌[M].海口:南海出版公司,2003.

小说写作练习:

请以你所熟悉的人和事为题材,写一个片段,力求语言准确、精练、形象。

---

① 琚静斋.蓝月[M].桂林:漓江出版社,2007:1.
② 契诃夫.契诃夫论文学[M].汝龙,译.北京:人民文学出版社,1958:410.

第十章

微型小说的写作艺术

>>>

>>
微型小说及其选材
微型小说的结构经营
微型小说的叙述视角与"取巧"艺术
微型小说的人物刻画与环境描写
>

第一节　微型小说及其选材

一、关于微型小说

在过去相当长的时间里,小说按照其篇幅大小,分为长篇小说、中篇小说、短篇小说三种,号为小说三大家族。自 20 世纪 80 年代以来,短篇小说家族中又分化出一种叫微型小说(又称小小说)的新家族。

何为微型小说?顾名思义,小说是"微型"的,其篇幅极为短小,一般每篇要求在一千五百字左右,最多不超过两千字,称微型小说为豆腐块小说,一点也不为过。

微型小说的出现并不是偶然的,而是受一定社会因素的影响。随着商品市场经济的不断发展,人们的生活节奏加快,没有多少闲暇时间阅读大部头的文本。小块头的微型小说自然就有了比较大的优势,它能够让读者在极短的时间里满足阅读需要。正因如此,微型小说自从产生后,逐渐得到迅猛发展,并出现繁荣景象,成为小说四大家族中最年轻、最具活力的一员。

对于微型小说这样一种有广泛影响的小说文体,我们也有必要进一步了解它,也可以尝试着写写微型小说。今天我们是它的读者,明天我们就有可能成为它的作者。

在这一章里,我们想重点谈一谈微型小说的特点以及它的写作要旨,即如何进行微型小说写作。

我们先来了解一下微型小说的特点。

大家都知道,小说一般具有三要素:人物、情节、环境。小说通过人物形象的塑造、情节的设置以及环境的描写,概括地反映以人为中心的社会生活。作为小说四大家族中的一员,微型小说当然也必须具备人物、情节和环境这些要素。只是与其他三大家族成员相比,它显得比较小巧而已。"小"是微型小说外在的特点,那么它的内质又应该怎样,是否小里小气呢?当然不能。微型小说不能给读者"小里小气"之感,因为那样就会失去艺术感染力,也就容易失去读者。微型小说必须写得"精明",换句话说,微型小说必须写得"短而精"。

将小说写"短",一般不难做到,但在"短"的同时又做到"精",那就很不容易了,其间涉及构思的技巧问题。构思要具有艺术性,要善于"取巧"。

美国作家马克·吐温(Mark Twain)曾经应报社之邀,写过一篇名叫《丈夫支出账本中的一页》的微型小说,被很多人视为构思精巧。下面我们不妨来看看这篇小说。

    招聘女打字员的广告费(支出金额)
    提前一星期预付给女打字员的薪水(支出金额)
    购买送给女打字员的花束(支出金额)
    同她共进一顿晚餐(支出金额)
    给夫人买衣服(一大笔开支)
    给岳母买大衣(一大笔开支)
    招聘中年女打字员的广告费(支出金额)

马克·吐温的这篇微型小说的确非常取巧。它结构比较新颖,采用"流水账"的形式。文字也极度精练,只有短短的七行,若仔细琢磨,也能感受其间蕴含了不少情节:一个丈夫招聘了一个女打字员,提前一周付薪水,花钱送花并请她一起吃饭,可见丈夫与女打字员关系有暧昧趋势,或者说丈夫追求婚外情,被夫人发觉,引发夫妻矛盾,连岳母也掺和进来了。为了缓和家庭矛盾,丈夫赶紧花钱给夫人和岳母买衣以求谅解,并辞退(年轻)女打字员,重新招聘中年打字员。

不过,如果认真追究起来,马克·吐温的这篇微型小说取的巧主要还在形式上,或者说,这个著名作家很幽默地玩了一回文字游戏,将本该以叙述为主的小说写成条框式的流水账。这种形式上的取巧偶尔为之,能给人一种新鲜感,但不宜过分褒扬乃至效仿。试想,如果大家都将小说写成这种干巴巴的"流水账",那小说还有多少品头?毕竟小说是一种叙述的艺术,小说的魅力更多体现在文字叙述的精妙上。微型小说也不例外,它的真正魅力是通过精短的文字、精巧的结构、艺术性的叙述等方面体现出来的。

下面,我们重点谈一谈微型小说的构思。微型小说的构思主要涉及题材选取、结构经营、视角选择、开头与结尾等方面。

二、微型小说的题材掘取

微型小说篇幅小,人物少,情节简单,不可能多方面地反映复杂的社会生活。要想以很有限的篇幅表现深刻的思想内容,揭示生活的本质意义,这就需要做到小中见大,轻中举重,更要做到高度的艺术概括。选材选得好,透视也就有力度。

大致说来,微型小说的选材应注意两点。第一是讲究精练。微型小说受篇幅的限制,选材切忌过大或繁杂,只能选取恰当的角度进行构思,从社会生活中截取某一角或某一点(以点带面),集中为主题服务,来透视某一种生活的本质。第二是讲究新颖。微型小说题材不要陈旧,尽可能写别人很少写或未写过的题材。大凡读者都有好奇心理,陈旧的题材不能提起他们的兴趣。下面以汪曾祺的名作《陈小手》为例,来品赏其选材的精妙。

我们那地方,过去极少有产科医生。一般人家生孩子,都是请老娘。什么人家请哪位老娘,差不多都是固定的。一家宅门的大少奶奶、二少奶奶、三少奶奶生的少爷、小姐,差不多都是一个老娘接生的。老娘要穿房入户,生人怎么行?老娘也熟知各家的情况,哪个年长的女佣人可以当她的助手,当"抱腰的",不需临时现找。而且,一般人家都迷信哪个老娘"吉祥",接生顺当。——老娘家都供着送子娘娘,天天烧香。谁家会请一个男性的医生来接生呢?——我们那里学医的都是男人,只有李花脸的女儿传其父业,成了全城仅有的一位女医人。她也不会接生,只会看内科,是个老姑娘。男人学医,谁会去学产科呢?都觉得这是一桩丢人没出息的事,不屑为之。但也不是绝对没有。陈小手就是一位出名的男性的妇科医生。

陈小手的得名是因为他的手特别小,比女人的手还小,比一般女人的手还更柔软细嫩。他专能治难产。横生、倒生,都能接下来(他当然也要借助于药物和器械)。据说因为他的手小,动作细腻,可以减少产妇很多痛苦。大户人家,非到万不得已,是不会请他的。中小户人家,忌讳较少,遇到产妇胎位不正,老娘束手,老娘就会建议:"去请陈小手吧。"

陈小手当然是有个大名的,但是都叫他陈小手。

接生,耽误不得,这是两条人命的事。陈小手喂着一匹马。这匹马浑身雪白,无一根杂毛,是一匹走马。据懂马的行家说,这马走的脚步是"野鸡柳子",又快又细又匀。我们那里是水乡,很少人家养马。每逢有军队的骑兵过境,大家就争着跑到运河堤上去看"马队",觉得非常好看。陈小手常常骑着白马赶着到各处去接生,大家就把白马和他的名字联系起来,称之为"白马陈小手"。

同行的医生,看内科的、外科的,都看不起陈小手,认为他不是医生,只是一个男性的老娘。陈小手不在乎这些,只要有人来请,立刻跨上他的白马,飞奔而去。正在呻吟惨叫的产妇听到他的马脖子上的銮铃的声音,立刻就安定了一些。他下了马,即刻进产房。过了一会儿(有时时间颇长),听到"哇"的一声,孩子落地了。陈小手满头大汗,走了出来,对这家的男主人拱拱手:"恭喜恭喜!母子平安!"男主人满面笑容,把封在红纸里的酬金递过去。陈小手接过来,看也不看,装进口袋里,洗洗手,喝一杯热茶,道一声"得罪",出来上马。只听见他的马的銮铃声"哗棱哗棱"走远了。

陈小手活人多矣。

有一年,来了联军。我们那里那几年打来打去的,是两支军队。一支是国民革命军,当地称之为"党军";相对的一支是孙传芳的军队。孙传芳自称"五省联军总司令",他的部队就被称为"联军"。联军驻扎在天王庙,有一团人。团长的太太(谁知道是正太太还是姨太太)要生了,生不下来。叫来几个老娘,还是弄不出来。这太太杀猪也似的乱叫。团长派人去叫陈小手。

陈小手进了天王庙。团长正在产房外面不停地"走柳",见了陈小手,说:"大人,孩子,都得给我保住,保不住要你的脑袋!进去吧!"

这女人身上的油脂太多了,陈小手费了九牛二虎之力,总算把孩子掏出来了。和这个胖女人较了半天劲,累得他筋疲力尽。他迤里歪斜走出来,对团长拱拱手:

"团长!恭喜您,是个男伢子,少爷!"

团长龇牙笑了一下,说:"难为你了!——请!"

外边已经摆好了一桌酒席。副官陪着。陈小手喝了两盅。团长拿出二十块现大洋,往陈小手面前一送:

"这是给你的!——别嫌少哇!"

"太重了!太重了!"

喝了酒,揣上二十块现大洋,陈小手告辞了:"得罪!得罪!"

"不送你了!"

陈小手出了天王庙,跨上马。团长掏出手枪来,从后面,一枪就把他打下来了。

团长说:"我的女人,怎么能让他摸来摸去!她身上,除了我,任何男人都不许碰!这小子,太欺负人了!日他奶奶!"

团长觉得怪委屈。①

《陈小手》在选材方面不同凡响。在我们的印象中,产科大夫一般都是女性,可作者笔下的产科大夫陈小手偏偏是位男性,在讲究伦理道德的旧社会,男人给女人接生,是"一桩丢人没出息的事"。陈小手不管世俗的偏见,尽心尽力地将"没出息"的事做好。如果作者只写这些,还不足以吸引人。小说最吸引人的还是撷取陈小手接生的一个特例:不是给一般的平头老百姓家的产妇接生,而是给难产的"联军"团长的太太接生。陈小手费了半天劲,才帮团长太太安然无恙地生下大胖小子,却被歹毒的团长背后打了冷枪。对自己的女人被陈小手"摸"过,团长居然觉得很委屈!作者选材精练且新颖,以一种冷静的笔调叙述了一位旧社会的(男性的)妇科大夫陈小手的别样人生与悲剧命运,读来让人唏嘘不已。

---

① 汪曾祺.陈小手[M]//郑允钦.百年百篇经典微型小说.武汉:长江文艺出版社,2008:36-38.

第二节　微型小说的结构经营

微型小说受限于篇幅,在选材上要求精练,在结构安排上同样要求严格:必须集中紧凑,切忌松散。

一般来说,微型小说的常见结构方式有两种:切片式和串珠式。

一、切片式结构

切片式结构,主要是指从纷繁的社会生活中切取某一个小片段,精心构筑,使情节集中紧凑,折射出某一方面的社会问题或生活的某一本质。如《婶婶的养子》就采用了切片式结构。

学费一万五?小二每月的伙食费至少得三百元吧?小二食量大;还有必要的生活用品和学习用品,毛算起来,小二这开学第一档子就要两万呵。

小二父亲锁着眉头,家里卖稻子、卖麦子、卖蔬菜瓜果、卖牛犊,也只能凑上五千元,四邻近亲们多半是同自家一样的小农户,撑破面子几百元几百元地借来,够得上五千来元。那一万,上哪儿弄去呵?

小二父亲想了半天,只有进城向小二婶婶借了。如果小二叔叔在世的话,别说是一万元,就是八万、十万,也绝对不成问题的。可惜,曾身为市电力局局长的小二叔叔受富多却命薄浅,知命之年刚过,就撒手去了。小二婶婶同自家毕竟没有直接的血缘关系,无论如何也比不上小二叔叔亲近呵。不过,小二婶婶待兄弟侄儿还算说得过去。小二父亲这样想想,也宽了点心,就让小二带着(家里仅剩的)一只土鸡和一布兜干河鱼,进了城。

小二坐了几个小时的大巴,到婶婶的家已经十一点多了。坐下没几分钟,性急的小二就直截了当地开了口。

婶婶面露难色,说:"前些时候手头倒还是有点宽裕,可是我的长剑近来得了一种怪病,久治无效,花了好多钱。大夫说唯一救他的法子是采取目前国内最先进的疗法,叫什么疗法呢?——我也记不清了,总之要费一大笔钱。你不知道,长剑可是我的命根呵。我将他当做自己的亲生孩子养。你叔叔病逝,我一个人很孤单,有长剑伴伴我,我心里好受一些。"

婶婶的钱要为养子长剑治病。小二不好再说什么了。

吃过中饭,小二说要回去。婶婶拿出四百元钱,说:"这点钱是婶婶给你上学路上买点饮料喝的。"

小二推辞着不收。婶婶说:"嫌少?"小二看婶婶有些不高兴,也就接了钱,正准备向婶婶告辞,门铃响了。婶婶赶紧去开木门和防盗门。

进来一位穿白大褂带药箱的女大夫。女大夫瘦高个,细眼扁脸,一副很有心计的模样。

婶婶打开另一间小卧室的门,客气地将女大夫引进去。

婶婶的养子长剑病得怎样呢?小二想自己应该去问候一下,便跟在婶婶身后,进了小卧室。

小二展眼朝床上看了看,不禁愕然:床上蜷缩着穿花衣的小狗,耳朵耷拉着,无精打采。

唔,这就是长剑。①

《婶婶的养子》情节集中,切取现实生活中普遍存在的贫寒学子因交不起学费而借钱这样的平常事件,比较深刻地反映商业社会人情寡淡的现实:小二寡居的婶婶孤独寂寞,将感情都寄托在长剑(宠物狗)身上。而细眼扁脸、很有心计的女大夫正是利用婶婶对长剑的感情,趁机从婶婶那里捞钱,以致小二婶婶没钱借给小二作学费。

二、串珠式结构

串珠式结构,主要是指从时间跨度稍长的生活中,选取若干断片,像串珠子一样串连成篇,简要地展示人物的生活历程或事件的发展过程。我们来看微型小说《祖》。

我认识祖时是十四年前,那是在同学俭的家里。她是俭的好友,当时上物理系大二。俭说祖是班上的尖子生。

那时她正是十八姑娘一朵花时期,但她算不得漂亮的花,充其量算不惹人眼的野蔷薇而已。眉眼虽不是太难看,但那有些翻翘的上唇颇煞脸景。瘦高个子,喜欢着紧身衣裤,而且灰不溜秋的,倒与她那黝黑的肤色有点相配,她走路有些摇摆,远看上去,像一根随风晃动的细长竹竿。

俭郑重地跟我说,不可以貌取人,海水不可估量。我嘴上说"那当然",心里却想:自古以来,女取悦于男的第一资本是仪容,海水不可估量,又能怎样?不过,这种看法有如随意贴于墙壁上的纸箔,随着时间的推移,随着对祖的日渐了解而悄然飘落。

祖大概算那种外不秀但中而慧的女孩。

---

① 琚静斋.婶婶的养子[N].现代教育报:文化茶坊,2002-4-5.

祖脸上总是带有灿烂的笑。她从你身边走过，会带给你不少的热度。她见你做事，总上前笑问："要不要加只手？（意为帮忙）"你还没反应她在说什么，她已经帮你的忙了。每到吃饭时间，她喜欢问"吃了没有"，即使你刚从厕所出来，她也这样问。她喜欢侃大山，侃得也很有级别。她有不少侃语成为大家热烈讨论的话题。比如，她认为，说爱即说不爱。当对方说爱，也许等于说不爱，真爱还须说出来吗？又比如，她认为"现在"根本是不存在的，当一个人说"现在"的时候，"现在"已成为"过去"。她甚至认为她所说的就是真理。倘若说她狂妄自大，那似乎又不是。她宣称，"我认为我说的是真理，这是充分自信的表现。但我从不将自己的观点强加于人。你也可以认为你说的就是真理呵。我尊重你，决不厚己薄你。"

俭博学的老父对祖很赞赏，称祖很有个性，有思想。

不知从什么时候起，我看祖越看越觉得顺眼。那瘦高个是难得的苗条，那黝黑肤色是健康的标志，那灰不溜秋的衣装是庄重的展现，那翻唇是智慧的象征。祖在我的心里已占住了很重要的位置。但我不敢说爱，因为祖说过，爱即不爱。

后来，学业优秀的祖出国留学，就再也没有回来。

岁月在槐花的开开落落中滑溜过去，我已为人夫。但我依然时常怀念祖，怀念昔日这个中慧活泼的女孩。每年元旦，我都会收到她自制的贺卡。贺卡做得很精致，每年贺卡上的内容大致差不多：蓝天，一朵飘游的白云；绿茵，一只安眠的白兔。白云旁边，心形玫瑰里圈着几个隽秀的小字：你好吗？我知道祖的意思，白兔是我，我是属兔的。白云便是她了。

去年贺卡，做得比往年要大，祖另外附言说："我更瘦了，身体瘦了。思想也瘦了。"我不懂她后一句话的含义，问俭。俭也不清楚，只是说："我只知道她到底交了一个男朋友。"①

《祖》基本上采用的是串珠式结构，截取了一些祖的生活小片段，比如祖乐于助人、喜欢侃大山、出国留学、给"我"寄赠温情脉脉的贺卡等。小说通过这些生活小片段，塑造了一个"外不秀但中而慧"的非常有个性的女孩。

在具体写作时，究竟采取切片式结构合适，还是采取串珠式结构合适？那往往要视小说所要表现的具体内容而定，毕竟形式总应该为内容服务。有时候，为了表达主题的需要，甚至可以将这两种结构方式结合起来。如汪曾祺的《陈小手》，前一部分基本上采用串珠式，写陈小手的别样人生；另一部分采用切片式，切取陈小手给团长太太接生的片段，写他在团长的淫威下所遭受的悲剧结局。

---

① 琚静斋.祖[J].芒种,2001(8).

第三节　微型小说的叙述视角与"取巧"艺术

一、微型小说的视角选择

微型小说属于典型的叙事性文学体裁,小说内容一般要在叙述中展开。微型小说采取什么样的叙述角度,也是一个值得注意的问题。

关于"叙述角度",我们已经在前面"小说的叙述艺术"一章详细讨论过。这里再简单地谈一谈。我们知道,小说的叙述角度一般是与叙述者的人称相关联的。叙述者的人称最常见的有两种:第三人称和第一人称。

采取第三人称叙述,其长处在于:叙述的内容不受时空的限制,可以自由抒写。第三人称叙述一般比较客观冷静,主观感情色彩不浓。如王奎山的《阿姨家的苹果》。小说截取的是日常生活的一个片段,写的是一个五岁的小女孩非非从阳台上看见一楼的阿姨拿好苹果剁了喂鸽子,她不明白这个阿姨家为什么有那么多那么大的好苹果,就问妈妈。妈妈不好跟非非解释,就说阿姨喂鸽子的是坏苹果。非非不服气,一定要看个究竟,结果她摔下阳台。小女孩在医院醒来,对妈妈说的第一句话就是:"妈妈,阿姨家的苹果全是好苹果。"小说采用的是第三人称的视角,叙述客观冷静,不带任何感情色彩,但小说却引人深思。小说旨在揭示:孩子是最纯真无邪的,孩子的眼睛是最雪亮的。在求真的孩子面前,大人的掩饰往往带来意想不到的恶劣后果。

相比于第三人称叙述,采用第一人称叙述,是要受到一定的约束;因为作品的全部内容从"我"的角度看出、听出,是"我"的感受,受"我"的制约,写起来就不太自由。第一人称叙述也有其好处,能增加作品的真实感和亲切感,从而在一定程度上缩短作品与读者之间的距离。

微型小说采用第一人称视角,其叙述方式有多种,比较常见的有两种。

一种是叙述者"我"作为旁观者,主要叙述他人的故事,间或介入他人的故事中。比如小说《祖》,主要有两部分,前一部分"我"主要作为一个旁观者来叙述女孩祖很有个性,与众不同,以"我"的话来说,就是"外不秀而中而慧"。祖的这种个性又是通过她的外貌、衣着、行动言语等方面的描写表现出来的,比如"翻翘的嘴唇","瘦高个子","黝黑肤色",喜欢穿灰不溜秋的紧身衣,走路有些摇摆,喜欢侃大山等。而这些描写又是通过"我"的视角来展开的。后一部分,"我"成为故事的介入者,"我"对祖的欣赏到暗自倾慕,带有一定的主观感情色彩。

另一种是叙述者"我"作为作品的主人公,作品往往由主人公的心理活动构成,带有比较强的抒情性。比如微型小说《白马》。

　　那个清秋的黄昏,我从昏睡了两天的梦中醒来。周围很静,隐约有空气飘尘的叹息。落日的余晖溜过敞亮的窗,泼溅在床前,如同梦中祥文的血。

　　满脸泪痕,我下了床,去卫生间洗漱梳妆。

　　换掉粉红色的睡衣、拖鞋,穿上白色的衣裤、马靴。然后,我下楼去马栏牵出那匹神采奕奕的白马。白色是祥文最喜欢的颜色,而白马是他的心爱。祥文曾经是一名很棒的骑手。我要骑着白马去找祥文。

　　白马驮着我在旷阔的原野上飞奔。很快,我们奔进了一片山林,我梦中的山林。

　　一座银白色的小楼开始出现了。我的白马蓦地一声嘶鸣,将我已游离出躯的魂灵惊摄回现实。——我的白马!我呻吟一声。

　　那座小楼依旧,飘渺的笙歌依旧。

　　夜幕慢慢垂临。我拴好我的白马,走进那个围有乳白色栅栏的庭院,庭院中间淡红色的马樱花依然妖娆地开着,我一点也不觉得奇怪,那一定是祥文清亮的泪滴洒的结果。祥文在我的梦中说过,他要让这株马樱花永开不败。

　　我踏步上楼。今日是中秋之夜,月儿该是溜溜的圆。我打开祥文的卧室,拧亮灯,屋里一切如旧,只是落了一些微尘,那张大幅的彩照无声地嵌在书桌上的像框里。照片上四个人,前排坐着的是祥文的父母,祥文搂着我的肩站在后排,祥文笑得很灿烂。照相那天,他冷不丁地问我:"你懂得什么叫天长地久吗?"我不假思索地答:"我把你从一个翩翩少年'折腾'成一个龙钟老头,然后咱俩一同入土,这就叫天长地久。"他仰着脖子哈哈大乐。

　　天虽也长地虽也久,但人却不能依旧。我忍不住又垂泪如帘。老天让他慈祥的双亲能"有幸"与子同行,而唯独撇下他的心上人。

　　云里雾里,梦中幻影,总闪烁着祥文那明亮的黑眸子。我嗔怪他:为什么不和我在一起?他紧紧地拥住我,"祖父仙逝,我们不能不回老家奔丧。你那阵不是感冒得很厉害吗?爸妈都不想让你一路折腾。"又喃喃起来:幸好那天你没去。那该死的飞机!坠毁跟谁都不商量。他突然不说话了,脸上露出痛苦的神色,顷刻间血流满面,转眼又化为一股青烟飘然而去。我痛心疾呼:祥文!不要走!祥文——

　　隐约白马又在嘶鸣。我再见到它的时候,它扬着脖子,凝望着远方,两眼含泪。①

---

① 琚静斋.白马[N].安徽青年报:晨风周刊,2000-11-17.

跟前面提过的小说《祖》相比,《白马》主观感情色彩更浓,通篇笼罩一种浓郁的感伤情调。叙述者"我"是小说的主人公,叙述主要以"我"的心理活动方式展开,"我"的心上人祥文不幸同其家人遭遇坠机罹难,祥文与"我"阴阳阻隔,"我"对他痛心彻肺的思念。小说泼溅出的是一个挽歌式凄美的爱情,但同时又暗藏不测人生恍如梦幻一般深重,它带给人的是难以言状的痛楚、迷惘和无奈。为了更好地表达主题,小说还用了不少的笔墨描写周围的环境:清秋的黄昏、旷阔的原野、梦中的山林、飘渺的笙歌、妖娆的马樱花、中秋圆月等,画面优美而又凄清。小说中的环境描写不但恰切地映照出"我"内心的忧伤无度,而且还起着一种暗示情节发展的作用,使整篇小说自始至终带有一种浓厚的感伤抒情气氛。

二、微型小说的"凤头豹尾"

古人创作,比较重视作品的开头和结尾,常以"凤头"和"豹尾"来称谓作品好的开头和结尾。清代戏曲理论家李渔在《闲情偶寄》中就强调作品的开头与结尾很重要,认为"开卷之初,当以奇句夺目,使人一见而惊,不敢弃去","终篇之际,当以媚语摄魂,使之执卷留连,若难遽别"①。这种观点虽是就戏剧来说的,但对于微型小说同样适合。

微型小说篇幅短,开头结尾尤其重要。若想凭借有限的篇幅来抓住读者的心,没别的法宝,只有想办法"取巧"。而设法拥有"凤头"和"豹尾"是微型小说创作不可或缺的一个"取巧"途径。前面提过的《婶婶的养子》的开篇和结尾就比较有艺术性。小说以问句的方式直截了当地开头:"学费一万五?小二每月的伙食费至少得三百元吧?"这样开头能够引起读者的注意,吸引读者关注下面的情节:小二父亲东拼西凑,也凑不齐小二的学杂费,只好让小二进城向婶婶借钱,未果,因为婶婶的钱要给养子治病。结尾很出人意料:婶婶的养子原来是谁呢?哦,一条宠物狗!

中国台湾作家林清玄的《送一轮明月》意味深长,在开头和结尾上也是取了"巧"的。我们来看一下全篇。

  一位住在山中茅屋修行的禅师,有一天趁夜色到林中散步,在皎洁的月光下,他突然开悟了自性的般若。

  他喜悦地走回住处,眼见到自己的茅屋遭小偷光顾。找不到任何财物的小偷要离开的时候,在门口遇见了禅师。原来,禅师怕惊动小偷,一直站在门口等待,他知道小偷一定找不到任何值钱的东西,早就把自己的外衣脱

---

① 李渔.闲情偶寄:词曲部[M].北京:华夏出版社,2006:75.

掉拿在手上。

小偷遇见禅师，正感到惊愕的时候，禅师说："你走老远的山路来探望我，总不能让你空手而回呀！夜凉了，你带着这件衣服走吧！"

说着，就把衣服披在小偷身上，小偷不知所措，低着头溜走了。

禅师看着小偷的背影穿过明亮的月光，消失在山林之中，不禁感慨地说："可怜的人呀！但愿我能送一轮明月给他。"

禅师目送小偷走了以后，回到茅屋赤身打坐，他看着窗外的明月，进入空境。

第二天，他在阳光温暖的抚触下，从极深的禅室里睁开眼睛，看到他披在小偷身上的外衣被整齐地叠好，放在门口。禅师非常高兴，喃喃地说："我终于送了他一轮明月！"①

小说开头写禅师在皎洁的月光下散步，自性的般若突然开悟了，他为此很喜悦。此时有小偷光顾他的茅屋，禅师便以一种宽大仁慈的心怀善待小偷，将自己的外衣披在小偷的身上，目送小偷走后，他回到茅屋打坐。结局怎么样呢？第二天，禅师一睁眼，就看见自己的外衣被整齐地叠放在门口，原来小偷悄悄将外衣还回来了，很显然，小偷被禅师慈善的言行感化了！

写微型小说，首先要在构思上下大功夫，好比造房子，要精选上好的材料，设计好结构，采用合适的叙述角度，开好头，收好尾，这样真正动起笔来，才会得心应手。

微型小说构思新奇，一般也就意味着小说的情节能做到曲折生动。微型小说在情节上要求曲折生动，同时也要注意情节叙述的完整性，应该在完整的基础上实现曲折生动。完整性和曲折生动性是微型小说情节叙述上的两大要求。上面所提的文本范例都能达到这两大要求。

第四节 微型小说的人物刻画与环境描写

写微型小说，除了完整生动的情节叙述，还应该在人物形象刻画、背景环境描写等方面有其独到之处。

一、刻画出人物的精魂

描写人物是微型小说写作的重要方面。善于不善于描写人物，直接关乎作

---

① 林清玄.送一轮明月[M]/郑允钦.百年百篇经典微型小说.武汉：长江文艺出版社，2008：260.

品质量的高低。描写人物的手段多种多样,比如可以通过描写人物的音容笑貌、展示人物的心理活动来表现人物,还可以通过人物之间的对话、人物的行动以及周围环境气氛的烘托来刻画人物。在各种各样的描写手段中,尤其要重视对人物的细节刻画。小说描写的是现实生活中的人,现实生活本身就是由无数个细节构筑而成的,人复杂的个性就是通过人一系列的生活细节来展示出来的。细节最能体现人精神世界的真实性、复杂性。关于细节性,我们在前面相关章节都重点讨论过,这里就不再赘述。

不管采取什么样的手段来刻画人物,都始终要围绕一个中心:要让人物形象呈现出一种鲜活感。也就是说,描写人物要善于画龙点睛,突出人物的个性特征。

刻画人物形象最忌千人一面,比如过去描写美女往往都是一些熟词套语:什么弯弯的柳叶眉啦,什么红红的樱桃小口啦,什么杨柳般的纤纤腰肢啦,什么鲜花般的美丽啦。曾经就有人说过这样一句经典之语:第一个将女人比作鲜花的是天才,第二个将女人比作鲜花的是庸才,第三个将女人比作鲜花的是蠢才。塑造小说人物形象尽可能要避免步人后尘,以避免让小说人物脸谱化。世界上没有完全相同的两片树叶,同样,世界上也没有完全相同的两个人,即便是双胞胎,长得相像到如同是一个模子里倒出来的,他们也有自己各自的性格特点。刻画人物必须刻出人物与众不同的个性特点,画出人物的精魂。如陈建功的《天道》在人物刻画方面就非常精到。

  丁囡囡发誓自己也得去发财的时候,别人都已经发够了财了。

  其实此前她也没少见到人家发财,好像也没怎么动心。可母校的校庆日那天,一个曾经叫她"红卫兵奶奶"、趴在她的皮带底下哭爹喊娘的"狗崽子"居然坐上一辆卡迪拉克,牛气烘烘地停在她的面前,又成心再灭她一道似的,当着她和全体校友们的面,甩给了校长一张 7 位数的支票,把她看得差点儿没背过气去。

  "操,我们老爹打下的江山,凭什么让他们这么发财啊!"

  在一个朋友家,我认识了丁囡囡。说起这事,她还咬牙切齿,又仿佛从中顿悟猛醒出了一点什么。

  "我这才明白我们真他妈傻帽儿,真他妈的八旗子弟,真他妈的败家子——还慎什么呢,赶紧,与其让他们发,干吗不他妈的让我们发?……"

  ……

  没多久,听说丁囡囡果然发了;她在南边捣腾了几个月的地皮,成了一个富婆。

  你不能不感叹,到底是人家老爹打下的江山。

听朋友说起了好几次,说丁囡囡还是那么"气不愤儿",别看她发了财。

"不是都发了财了吗,还有什么气不愤儿的?"我这个人永远是"燕雀不知鸿鹄之志"。

"谁知道她!老骂人,问:'这天下到底是谁的?'"朋友说。

"你得告诉她,天下就算是她的,也得留条道儿让别人走啊。"丁囡囡那副气夯夯的模样是不难想象的。想起时至今日,居然还有人这样想问题,我就忍不住想乐。

最近,在一家大医院的门口遇见了我的朋友。他说他看丁囡囡来了,她快要死了。"快要死了?"

"是啊,肝癌。已经爬不起来了。"

我陪我的朋友到病房去看她。

"瞎掰!……我这一辈子,争竞半天,管屁用,甭管谁,往火化炉里一塞,全他妈的只占巴掌大的地方!"她蜡黄的脸上冒着虚汗,口气却和没病时一样。

我说:"你早想到这一层,就得不了这病。不过现在还不晚,你明白了,你的病就好了……"

"扯淡,甭蒙我,好不了了!……不过,你说得对,他早告诉我了。"她指指我的朋友。"……我跟我家里人说了,我死了,把我的骨灰扬了,我连巴掌大的地方也不要——我活着时,给别人留的道儿太少,死了,给别人腾点儿地方吧……"

听说丁囡囡居然没死,直到今天。[①]

《天道》是一篇写得很精致的微型小说,它的精致突出体现在作者活画出一个极富个性的人物形象——丁囡囡。作为当年被"狗崽子"称为"红卫兵奶奶"的丁囡囡,时至今日,她身上的"红卫兵"气依然尚存。因愤恨当年的"狗崽子"发财占了她的上风,她也跳上跳下地要去发财,结果她财也发了,但成天还是"气不愤儿"。这个性情泼辣粗野,说话爆粗口的丁囡囡,处处要争强争胜,恨不能自己一个人占尽天下的道儿,直到有一天她患肝癌住进医院,她才醒悟人生到底是怎么一回事儿,她想着她死后要给别人腾点地儿,因为她活着时给别人留的道儿实在太少。

二、"淡抹"与"浓染"

写微型小说,也要重视环境描写,因为小说中人物的活动和情节的展开往往

---

① 陈建功.天道[M]//郑允钦.百年百篇经典微型小说.武汉:长江文艺出版社,2008:57-58.

离不开一定社会(时代)环境和自然环境。环境描写是衬托人物性格、展示故事情节的重要手段。不过,有时候出于写作需要,小说环境也可以被淡化或被隐藏。如《婶婶的养子》一篇旨在揭示商业社会的某种现象,它所发生的社会环境为我们大家所熟悉,所以小说的环境基本上被淡化掉了。

微型小说的环境描写有点类似于绘画的色彩点缀,从这个角度来说,我们不妨将微型小说的环境描写分为"淡抹"与"浓染"两种。

所谓"淡抹",是指描写环境的笔墨极为简省,往往寥寥几笔带过。如《祖》就是如此,其中涉及环境描写的只有一句:"岁月在槐花的开开落落中流逝过去。"这里只不过通过景物来形象化地点明时间的不断流逝。而"浓染"型的环境描写就不同于"淡抹"型环境描写,其所用的笔墨往往要多一些,有时候整篇小说都笼罩于某种气氛中,在一定程度上,小说也就带有比较浓厚的抒情性。比如《白马》在环境描写方面就属于"浓染"型。

以上重点谈了微型小说的构思问题(其中涉及微型小说情节构筑),简要谈了人物刻画、环境描写,了解这些,对于我们写作微型小说很有帮助。另外,还要注意语言使用技巧问题。关于这个问题,我们在前面的"小说的语言构建"专章讲过。小说是语言的艺术,对于一个作者来说,善不善于驾驭语言,直接影响作品的艺术感染力。微型小说因为篇幅小,语言必须简洁,在简洁的基础上,还要讲究生动、传神。大凡优秀的微型小说在语言方面莫不是如此。比如曹乃谦的《莜麦秸窝里》。

天底下静悄悄的,月婆照得场面白花花的。在莜麦秸垛朝着月婆的那一面,他和她给自己做了一个窝。

"你进。"

"你进。"

"要不一起进。"

他和她一起往窝里钻,把窝给钻塌了。莜麦秸轻轻地散了架,埋住了他和她。

他张开粗胳脖往起顶。"甭管它,挺好的。"她缩在他的怀里说,"丑哥保险可恨我。"

"不恨。窑黑子比我有钱。"

"有钱我也不花,悄悄儿攒上给丑哥娶女人。"

"我不要。""我要攒。"

"我不要。""你要要。"

他听她快哭啦,就不言语了。

"丑哥。"半天她又说。

"嗯?"

"丑哥唬儿我一个。""甭这样。"

"要这样。""今儿我没心思。"

"要这样。"

他听她又快哭呀,就一低头在她脸上亲了一下。绵绵的,软软的。

"错了,是这儿。"她嘟着嘴巴说。他又在她的嘴唇上亲了一下。凉凉的,湿湿的。

"啥味儿?"

"莜面味儿。"

"不对不对。要不你再试试看。"她扳下他的头。

"还是莜面味儿。"他想了想说。

"胡说,刚才我专吃过冰糖。要不你再试试看。"她又往下扳他的头。

"冰糖、冰糖。"他忙忙儿地说。

老半天他们又是谁也没言语。

"丑哥。"

"嗯?"

"要不,要不今儿我就先跟你做那个啥吧。"

"甭,甭,月婆在外前,这样做是不可以的。咱温家窑的姑娘是不可以这样的。"

"嗯,那就等以后。我回来。"

"嗯。"

又是老半天他们谁也没言语,只听见外前月婆的走路声和叹息声。

"丑哥。""嗯?"

"这是命。""命。"

"咱俩命不好。""我不好。你好。"

"不好。""好。"

"不好。""好。"

"就不好。"

他听她真的哭了,他也滚下了热的泪蛋蛋,"扑腾扑腾"滴在她的脸蛋蛋上。①

---

① 曹乃谦.莜麦秸窝里[M]//郑允钦.百年百篇经典微型小说.武汉:长江文艺出版社,2008:122-124.

《莜麦秸窝里》写的是一个带有酸涩味的乡村恋情故事。全篇不足七百字，除了寥寥几句交代背景环境以及人物的行为与情状，其余内容基本以对话的形式展开。小说的语言极其简洁干练，又不失含蓄隽永，读来很耐人寻味。

闻华舰以微博客形式发表的微小说《惊喜》语言也很精练。

　　临进家门，她给他去了一个电话："亲爱的，今晚有应酬，不回家吃饭了。"

　　电话里他抱怨道："整天忙啊忙的，都很久没吃我给你做的菜了，刚刚还烧了条你爱吃的红鳟鱼呢！"

　　她幸福地想，傻老公，老婆马上就给你个惊喜。

　　正要开门，却听见他在屋里兴奋地说："妈，您放心吃吧，您女儿今晚又去应酬了！"[1]

这篇只有138字的小说写的是一场等待中的家宴：她经常成天繁忙，无暇回家吃饭，他为她做了她爱吃的——同样也是丈母娘爱吃的红鳟鱼。她为了给他惊喜，临进家门，故意打电话说有应酬，而她在家宴的"缺席"将让母亲大饱口福（母亲为了让她多吃鱼，原本是舍不得吃鱼的）。小说很耐读，字里行间充溢温情。

推荐阅读书目：

郑允钦.百年百篇经典微型小说[M].武汉:长江文艺出版社,2008.
王奎山.乡村传奇[M].广州:世界图书出版社,2011.

微型小说写作练习：

请写一篇微型小说，尽可能写得短而精。

---

[1] 闻华舰.闻华舰微博.http://t.163.com/wenhuajian

文学剧本篇

第十一章

文学剧本概述

>>>

> 文学剧本的要义
> 文学剧本的基本特征
> 文学剧本的主要种类

第一节　文学剧本的要义

文学剧本同小说一样，属于叙事文学的一种，不过跟小说相比，它又有着自己的独特之处。比如就创作目的来说，它不像小说那样供读者阅读欣赏，而是为戏剧、影视等舞台或荧屏艺术作品演拍提供服务的，是导演的工作设计本（又称分镜头剧本）的脚本。

为了便于演拍，让剧本内容能以镜头（或画面）的形式呈现，文学剧本特别强调内容的画面感。受制于这个创作目的，文学剧本创作远远不如小说创作那样能放开手脚，不能像小说那样自由灵活地采用多种手段来写人写事。比如小说可以多方面描写人物所处的外部世界，也可以淋漓尽致地写人物的内心世界，而文学剧本就不可以，它只能通过人物的话语和动作，将人物及其事件外化。无怪乎高尔基曾感慨："剧本是最难运用的一种文学形式，其所以难，是因为剧本要求每个剧中人物用自己的语言和行动来表现自己的特征，而不用作者提示。"[①]

文学剧本的核心要素是人物，由人物派生出来的要素有台词、动作和场景等。下面我们来简要了解一下这些要素。

一、台词

所谓台词，主要指剧中人物的话语。台词这种要素是文学剧本所独有的，也可以说它是文学剧本的一种标志性要素。台词通常包括对白、独白和旁白。

对白，就是剧中人物之间的对话，是剧本中用得最多、作用也最大的一种台词。可以说，文学剧本的表现手段以对白为主。对白承担着很多功能，如塑造人物、推动剧情（矛盾冲突）向前发展、评价其他人物、交代一些次要的事件等。

独白，主要指人物的自言自语。尽管它没有对白使用的频率高，但在必要时，也能发挥它的特殊作用。由于剧本强调"可视性"，人物内心的情感或心理活动就很难表现出来，但是在某种情况下——比如不可避免地要展示人物的内心世界，独白是比较有效的表现方式。英国戏剧泰斗莎士比亚的剧本中就有不少经典独白。如其悲剧《哈姆雷特》第三幕第一场主人公哈姆雷特有一段关于"生存还是毁灭"的著名独白。

生存还是毁灭，这是一个值得思考的问题；默然忍受命运的暴虐的毒

---

① 高尔基.论剧本[M]//论文学.孟昌,曹葆华,戈宝权,译.北京：人民文学出版社,1978：57.

箭,或是挺身反抗人世的无涯的苦难,通过斗争把它们扫清,这两种行为,哪一种更高贵?死了;睡着了;什么都完了;要是在这一种睡眠之中,我们心头的创痛,以及其他无数血肉之躯所不能避免的打击,都可以从此消失,那正是我们求之不得的结局。死了;睡着了;睡着了也许还会做梦;嗯,阻碍就在这儿;因为当我们摆脱了这一具朽腐的皮囊以后,在那死的睡眠里,究竟将要做些什么梦,那不能不使我们踌躇顾虑。人们不甘心久困于患难之中,也就是为了这个缘故;谁愿意忍受人世的鞭挞和讥嘲、压迫者的凌辱、傲慢者的冷眼、被轻蔑的爱情的惨痛、法律的迁延、官吏的横暴和费尽辛勤所换来的小人的鄙视,要是他只用一柄小小的刀子,就可以清算他自己的一生?谁愿意负着这样的重担,在烦劳的生命的压迫下呻吟流汗,倘不是因为惧怕不可知的死后,惧怕那从来不曾有一个旅人回来的神秘之国,是它迷惑了我们的意志,使我们宁愿忍受目前的折磨,不敢向我们所不知道的痛苦飞去?这样,重重的顾虑使我们全变成了懦夫,决心的赤热的光彩,被审慎的思维盖上了一层灰色,伟大的事业在这一种考虑之下,也会逆流而退,失去了行动的意义。①

　　莎士比亚在这个悲剧中主要表现哈姆雷特深邃而又复杂矛盾的心灵世界。年轻的丹麦王子哈姆雷特突然遭受父猝死、母速嫁(叔父)、王位丧失等多重打击,特别是亡父的鬼魂告知他叔父克劳狄斯就是他的杀父仇人,他痛苦不堪,忧思无度。他深刻地洞察人性的丑恶和人生的复杂,认识到人其实是渺小的,人生是虚无的,他为此更加迷惘与忧虑,惶惶不安。这一段独白有力地揭示哈姆雷特痛苦而又矛盾的内心。观众通过独白,能比较清晰地了解人物精神世界的苦闷。

　　旁白,是指在场景外或画面外运用的一种台词。旁白的作用不少,一些不便通过画面来表现的内容可以借助旁白来表现,一些场景转换也可以借助旁白来完成。

　　不少电视电影剧本　　尤其是那种根据名家小说改编的影视剧本,采用旁白是为了忠实地保持小说的原汁原味;因为其中一些内容(譬如人物的心理活动、对人物的评价等)不易"可视化"或"画面化",如果将它们删省,就会影响原作的风貌,适当采用旁白是比较明智的选择。

---

① 威廉·莎士比亚.哈姆雷特[M]//罗密欧与朱丽叶.朱生豪,译.北京:人民文学出版社,2001:202.

二、动作与场景

我们这里所说的"动作"是指有关人物的活动或行为。剧情就是由人物一系列的活动或行为构成的。

在文学剧本中,"动作"通常有两种。

一种是人物说话时的伴随动作(一般是单一动作),写那种人物台词时,顺便将伴随的动作也写出来。比如田汉的戏剧剧本《关汉卿》中有这样两句:

郝　　祯　　(顺手接过,交关汉卿)照条儿上记的都给改一改,行吗?
关汉卿　　(接过匆匆看了一下)这恐怕不行,把这些全改了,就不成一个戏了。①

此处括号里的便是说话者的动作。这种动作使人物形象具有一种动感,毕竟人不是木偶,说话时总要有某种动作。而且剧本中对这种人物说话伴随动作的交代,也便于演员实际表演。

另一种是人物(具有一定因果关系的)一系列活动或行为,这种构成剧情的"动作"一般不直接写出来,而是通过台词来表现(暗示或推进)。比如古希腊剧作家阿里斯托芬(Aristophanes)的喜剧《鸟》开场的一个片段:

〔欧厄尔庇得斯和珀斯特泰洛斯上,前者手持鹊,后者手持鸦。
欧厄尔庇得斯　　你叫我一直走到那树跟前吗?
珀斯特泰洛斯　　他妈的,这乌鸦又叫了。
欧厄尔庇得斯　　坏家伙,干什么让我们跑上跑下,穿来穿去的,都要把我们跑死了。
珀斯特泰洛斯　　看我多倒霉,听了乌鸦的话,跑了一千多里路。
欧厄尔庇得斯　　我也是命中多难,听了喜鹊的话,把脚趾甲都磨没了。②

剧中人物欧厄尔庇得斯和珀斯特泰洛斯是两个雅典公民,他们厌恶雅典城里人们无休止的争吵与诉讼,想离开雅典找一个安乐逍遥的地方,他们听信了集市上卖鸟人的巧言,各自买了一只喜鹊和一只乌鸦,由喜鹊和乌鸦领着他们去寻找理想之所。我们节选的这个片段就是通过两人的对白将他们的活动表现出来:他们分别听信喜鹊和乌鸦的话,一直不停地艰苦跋涉。

接下来我们来说说"场景"。所谓场景,也就是剧中的场面,通常由特定环境

---

① 田汉.关汉卿:第六场[M]//朱栋霖.中国现代文学作品选(第四卷).北京:高等教育出版社,2002:420.
② 阿里斯托芬.鸟[M]//杨宪益,译.古希腊戏剧选.北京:人民文学出版社,2008:165.

下的人物的活动构成。场景又可分为内景和外景。内景一般指室内景,外景则指室外景。

我们来看下面两段场景描写。

场景一

灯火亮如白昼。一台钻机在洞壁上钻探。钻头在一毫米一毫米地艰难挺进。采矿人名叫马西南,是坑长。他年近四十,灯光照着马西南坚毅的脸。在马西南的身边,他的师傅肖家贵正指点着。突然,一旁的有线电话响了。肖家贵接听,怔住了!肖家贵拉了电闸,轰鸣的机器声戛然而止。马西南和工人们惊诧地看着肖家贵。

肖家贵:最后一座矿区倒闭了。

人们停顿的神情。死一般的沉寂的矿硐。稍顷,马西南扔下手中的工具,朝洞外跑去,

工人们跟随着,肖家贵竭力阻止。①

场景二

一片阴霾掠过蓝天,雄伟、挺拔的大井架在空中摇摇欲坠。有人正用铁锤砸,用绳索牵引,欲将井架扳倒。

山坡上,马西南带着工人们奔向大井架。奔跑中,他们顺势拣起石头和棍棒。肖家贵驾车赶来,他将车横在大井架和马西南之间。

肖家贵:站住!

马西南:矿长,有人在砸大井架!

肖家贵:矿山都倒闭出让了,还保什么大井架!

马西南:上!

肖家贵:你们都想被开除是不是?

马西南仰望着大井架,"头顶蓝天、脚踏实地、胸怀祖国、放眼世界"十六个大字在蓝天白云的映衬下格外的醒目。马西南向前迈了一步。②

"场景一"中,人物的活动发生在矿硐内,这里描写的场景属于比较典型的内景。而"场景二"中,人物的活动是在蓝天白云下的山坡进行,这样的场景就属于典型的外景。

作为文学剧本的要素之一,场景的作用很多,比如有利于人物的塑造、衬托剧情的发展,渲染环境,强化主题等。不论是内景还是外景,都必须写到位。

---

① 曹力源.穿越[J].中国作家:影视专刊.2009(5):增刊.
② 同上。

以上我们简要谈了文学剧本的主要素人物以及隶属于人物的台词、动作和场景等要素,我们不妨对文学剧本作这样一个界定:文学剧本是服务于戏剧、影视等舞台或荧屏艺术作品演拍的一种文学样式,它偏重于借助人物台词、动作、场景等手段,集中反映以人的活动为中心的社会人生(尤其重视凸现矛盾冲突)。

第二节 文学剧本的基本特征

文学剧本同小说一样,最基本的内容也是反映社会人生。只不过,作为一门独立的文学样式,文学剧本有它独具的一些特征。

一、具有"可视性"和画面感

文学剧本是为影视演拍(或舞台演出)服务的,而影视演拍的主要目的是为观众提供视觉娱乐和精神享受;故而文学剧本创作必须充分体现作品内容的"可视性",也就是将作品内容(如人物形象、事件及情景等)以镜头(画面)的形式呈现于荧屏或舞台,以便为观众直接感知。

剧本的"可视性"和画面感,主要通过人物对话、动作以及人物活动的环境等方面的描写来实现。写剧本,一般都重视台词,将人物之间的对话写得简明干脆,必要时人物说话时伴随的重要动作(或神态)也要清晰地写出来。

我们来看刘连枢的电视文学剧本《暗宅之谜》第八章的一个片段。

枝子拎着两条鲤鱼走进二道门。黑衣老太坐在廊子前晒太阳,脖子依然挂着布娃娃。满囤妈正在水管边淘米。

满囤妈:哟,不年不节的,买鱼干啥啊?

枝子:听人说吃鱼能补脑子,给大妈补补脑子,兴许能变明白点儿。

满囤妈:真要变明白就知道家住哪儿了,省得多养一个白吃饭的。

枝子拿过马扎儿坐下,用剪刀破开鱼膛。

九库跑过来:妈妈,我要鱼泡。

枝子从鱼肚子里掏出鱼泡:给。

九库将鱼泡放地上,抬起脚,用力一踩,鱼泡砰的一声爆炸了。

枝子收拾完鱼,将装有鱼鳞鱼内脏的塑料袋扔进自家的垃圾桶里。①

这个片段具有很强的"可视性"和鲜明的画面感。它首先展现的是三个人物

---

① 刘连枢.暗宅之谜[M.]北京:同心出版社,2007:108.

同时活动的镜头:枝子拎鱼进门,黑衣老太廊前晒太阳,满囤妈水管边淘米。接下来,写满囤妈和枝子(婆婆和儿媳)之间富有个性的对话以及富有生活气息的细节场景(暗示时间的推进):枝子剪破鱼膛,儿子九库要鱼泡、踩鱼泡,枝子收拾完鱼,将装鱼鳞鱼内脏的塑料袋扔进垃圾桶。

写剧本,最讲究的是将人物事件写得有形有影,有声有色,一般忌讳用那种描述性(或抒情性)的文字来写人物和事件,比如剧作家一般都避免描写人物内心世界,而是尽可能通过人物的对话、动作和表情(神态)来将其外化。

二、塑造人物和推动情节发展主要靠台词和动作

写作文学剧本始终都要遵从为影视演拍服务的宗旨,遵从"可视性"原则,人物的塑造与情节的展开主要依靠台词和动作。这样,在舞台演出的戏剧或演拍的影视中,观众可以通过听剧中人物说的话,看人物的各种动作以及表情,来直观感受和关注人物及其相关事件的发展,从而体悟剧作所包含的思想(情感)内容。下面我们就以沙叶新的荒诞剧《耶稣·孔子·披头士列侬》(四幕)为例。

沙叶新在这部剧中,巧妙地设计了上帝之子耶稣、中国儒圣孔子和披头士歌手列侬作为上帝的使者,组成考察团,离开天国前去人间进行考察。在人间,他们亲眼目睹各种不正常现象:金人国视金钱为最高价值,为了金钱不惜抛弃亲情、友情、爱情甚至生命,人人都极度自私自利,深陷欲望的泥潭不能自拔。而紫人国恰恰相反,不分男女,无性无欲,崇尚统一,甚至统一小便!天国的三位使者考察人间的充满传奇的这些经历,表面看来荒诞,却深刻地揭示了现实社会的病态——人的价值观及其生命已经异化,其主题不可谓不严肃。剧作家通过人物富有幽默讽刺味的台词和带有夸张的动作(表情),来塑造被异化的人们,推动剧情的发展。我们来看第三幕一对金人国父子在大庭广众之下争金币的情景。

〔广场上有一对父子不期而遇,父亲五十岁,儿子二十三岁,两人都衣冠楚楚,文质彬彬。

儿　子　(亲热地)爸爸!

父　亲　(喜出望外)哈里,是你?!

〔父子二人拥抱。

……

豪　斯　这是我们金人国很普通的一对父子。

孔　子　父慈子孝,其乐融融!

耶　稣　好像没什么不正常。
列　侬　也许好戏在后头。
豪　斯　（从袋中取出一枚金币）请看！
　　　　〔豪斯将这枚金币扔到父子二人中间。
　　　　〔父子二人听到金币落地的响声，引起注意。
父　亲　什么？你看！
　　　　〔儿子俯身去看。
儿　子　金币！
父　亲　金币？
儿　子　（捡起）啊，一枚金币！
父　亲　（从儿子手中拿过古金币）是古金币。
儿　子　要值多少钱？
父　亲　无价之宝！
儿　子　啊，太幸运了！
父　亲　哈里，祝贺我吧。
儿　子　祝贺你？
父　亲　对，你爸爸要成为大富翁了！
儿　子　爸爸，是我捡到的！金币应该属于我的！
父　亲　你别忘了，是我先看到的！应该属于我的！
儿　子　你看到可没捡起来呀！
父　亲　没有我看到，你能捡起来吗？
儿　子　谁捡起来算谁的！
父　亲　谁看到算谁的！
儿　子　我的！
父　亲　你的？那怎么会在我手里？
儿　子　你抢过去的！
父　亲　你胡说！谁证明？
儿　子　给我！他妈的！
父　亲　休想！你这小子！
儿　子　那就别怪我不客气了！
父　亲　哈里，你敢?！我宰了你！
　　　　〔父子二人争夺金币，大打出手，最后儿子掏出匕首，刺杀父亲，夺得金币。父亲掏出手枪，击中儿子。儿子将手中金币抛向远处，众记者随金币抛去的方向争先恐后地跑去。父与子

　　　　　　倒地身亡。
　　　　　〔警察过来将父与子的尸体拖走。
豪　　斯　葬到烈士陵园去。
列　　侬　葬到烈士陵园？我他妈的给搞糊涂了，父子互相残杀，竟然成
　　　　　了烈士？①

　　这是一段绘声绘色的场面描写，基本上通过人物的台词和动作来表现的。
　　我们可以通过这段人物的台词和动作，来了解事件的发生与进展：这对金人国的父子相见原本其乐融融，但由于豪斯故意在他们中间投掷了一枚金币，父子间的和乐即被破坏，父子关系马上发生了质的变化，演变成赤裸裸争钱的对立关系，为争夺金钱而翻脸不认亲不念情乃至不惜命，骨肉相残，最后双双倒地身亡，上演了一幕不该上演的悲剧。令列侬他们诧异的是，这对为钱而双亡的父子竟然被葬到烈士陵园，他们不了解金人国的价值观：为钱而拼命的行为是英勇行为，是值得敬佩的。
　　我们还可以通过人物台词和动作，来了解人物性格的发展与变化。这一段的主要人物父与子形象塑造得非常鲜明。在没有利害冲突之前，父亲和儿子都彼此重亲情，见面欢喜不已，亲热拥抱，交谈。父亲可谓慈祥宽厚，儿子可谓孝顺体贴。但面对落在地上的金币，他们的性情马上就变了，变得很冷酷，很固执，说的话完全是仇敌语言，由舌战到动刀枪，最终彼此毙命。

三、重视表现矛盾冲突

　　文学剧本必须重视表现矛盾冲突。可以说，不讲究矛盾冲突，就算不得真正的剧本。剧情的发展要曲折动人，要跌宕起伏，环环相扣，这样的矛盾冲突才能吸引人。如曹禺的《雷雨》。
　　《雷雨》一剧的矛盾冲突非常强烈。曹禺善于在血缘关系和家庭关系中寻找对立关系，通过对立矛盾的人物关系来表现激烈冲突。
　　周公馆的老爷周朴园与世家小姐出身的周繁漪是夫妻关系，但他们因性格、人生观迥异而产生尖锐的矛盾，他们在精神上是对立的。繁漪跟周朴园的大儿子周萍表面上是继母与继子关系，但实际他们又是情人关系。后来周萍因追求丫头鲁四凤又导致与繁漪产生比较激烈的冲突。周冲（周朴园跟繁漪所生）也喜欢鲁四凤，跟同父异母的哥哥周萍也有矛盾。周萍和四凤之间，最初是大少爷与

---

① 沙叶新.耶稣·孔子·披头士列侬：节选[M]//朱栋霖.中国现代文学作品选（第四卷）.北京：高等教育出版社，2002：438-439.

女佣关系,后发展成恋人关系,并且四凤还怀上了周萍的孩子;而他们其实又是同母异父的兄妹。四凤的母亲鲁侍萍曾经是周朴园的女佣,被周朴园看上,两人同居,侍萍为周朴园生了两个孩子。在侍萍生下小儿子刚三天,周朴园为了和有钱有门第的小姐结婚,抛弃侍萍,将两个孩子留下。小儿子病得快要死了,周朴园才允许侍萍带走小儿子。侍萍带着小儿子(就是剧中的鲁大海)离开周家,为生活所迫,后改嫁给好赌的鲁贵,生了女儿四凤。四凤成年后,又阴错阳差地进了周家做下人。鲁大海则进了资本家周朴园的矿厂做工,他痛恨周朴园昧着良心赚黑心钱,鼓动工人罢工。鲁大海本是周朴园的亲生儿子,经剧作家精心设计,站到了周朴园的对立面,坚决跟周朴园作对。他们之间的矛盾是不可调和的。这样一来,父子关系就成了仇敌关系。

《雷雨》的人物关系设置得非常成功,在人物一系列纠葛的对立关系中,矛盾冲突不断被引发,并且不可调和。剧情始终在一种矛盾、紧张的气氛中展开、推进,最终推向高潮(悲剧结局):在一个雷电交加的暴风雨之夜,四凤在得知自己与周萍的兄妹关系,羞愧难当,冲出屋去,不幸触及漏电的电线而亡,周冲去拉她,也不幸触电身亡。周萍在书房饮弹自杀。

四、艺术追求上要实现严肃性与通俗性的统一

文学剧本创作的最终目的是为演拍出供大众欣赏的戏剧、影视等作品。从这一点上来说,文学剧本属于大众文学艺术,它不只要具有严肃的艺术性,同时还要考虑大众的审美趣味;所以文学剧本在艺术追求上要实现严肃性与通俗性的统一,做到雅俗共赏。

所谓严肃性,是指文学剧本所表现的内在主题是严肃的,它通过典型的艺术形象,反映某一个深刻主题,譬如某一时期的世态人情或社会本质、带有普遍性的社会心理等。

所谓通俗性,是指文学剧本的外在表现形式是通俗的,它一般写的是大众所熟悉的世俗社会的平凡人事(即便是超现实的所谓神魔或虚幻人事,也总是现实社会的间接反映),能为大众所普遍关注,它所采用的语言是能被大众普遍接受的明白晓畅的口语。文学剧本的通俗易懂容易使大众产生情感共鸣。

以1990年出品的50集电视连续剧《渴望》为例。《渴望》的主题很严肃:反映中国社会由20世纪60年代末到80年代末这一段由混乱到改革开放的特定时代背景下,人们对人间最基本的三情(爱情、亲情、友情)以及美好生活的强烈渴望。它演绎的故事和表现形式是大众化、通俗化的,它曲折生动地描写大众所关注的普通人事特别是普通人的情感纠结。

首先是秀美善良的年轻女工刘慧芳在对象选择上的纠结。车间副主任宋大成和下放来厂劳动的大学毕业生王沪生同时追求她,宋对她非常关心,可谓对她情深义重;而王因父亲被打成右派,处境很难堪,渴望体贴,善良的她经过一番激烈的情感冲突,最终还是选择了王沪生。

其次是王沪生的姐姐王亚茹在亲情和爱情方面的纠结。她的未婚夫罗刚被勒令去干校改造,她已怀有身孕,罗刚考虑到自己处境艰难,他很不希望要这个孩子,但王亚茹还是背着罗刚偷偷生下孩子(女儿,取名罗丹)。后罗刚突然深夜返家,瞒着王亚茹携幼女离去,并狠心将孩子遗弃。王亚茹痛失女儿,为此事怨恨她曾经深爱的罗刚。

再次是养女带给刘慧芳的情感纠结。刘慧芳的妹妹燕子在放学的路上捡到一个女婴抱回家,母亲碍于家境贫寒不想收养,王沪生也不情愿收养,刘慧芳心疼捡来的女婴,坚持收养,给女婴起名刘小芳。她视小芳如己出,在小芳身上倾注了很多心血。后来小芳不幸得了一种疑难病症,更让刘慧芳操碎了心。生活的重压并没有销蚀刘慧芳的好学上进心,她业余上夜大,从而结识在夜大任教的罗刚,偶然间得知小芳就是罗刚和王亚茹的孩子。她对小芳有着深厚的母爱,极不愿让小芳离开自己;但她又不忍给罗刚和王亚茹造成痛苦,最后还是决定让小芳回到亲生父母身边去。

《渴望》大众化、通俗化地表现普通人种种情感纠结,折射最真实的世俗人性人情,不啻为严肃性与通俗性相结合的典范之作。无怪乎当年这部电视文学剧本一经演拍播放,即唤起人们强烈的共鸣,从而出现万人空巷的盛况。

第三节 文学剧本的主要种类

一、按表现内容分类

按照表现内容分,文学剧本可以分为悲剧、喜剧和正剧等种类。

1. 悲剧

悲剧以悲为基本特点,多表现主人公与现实之间尖锐的冲突及其悲惨结局。如古希腊埃斯库罗斯的《被缚的普罗米修斯》、索福克勒斯的《奥狄浦斯王》、欧里庇德斯的《美狄亚》等都是举世闻名的经典悲剧。

2. 喜剧

喜剧以喜为基本特点,剧作家常运用夸张、对比等手法,来嘲讽社会上那些丑恶、落后的现象,剧情往往引人发笑、深思,结局大多是圆满的。如法国莫里哀的《达尔杜弗或者骗子》(又译《伪君子》)是经典的喜剧代表作。

3. 正剧

正剧兼有悲剧和喜剧的因素,其前身是"悲喜剧",也有以正剧来称社会剧的。

正剧多半反映纷繁复杂的社会生活,其剧中矛盾复杂,有悲剧冲突,也有喜剧结果。比较典型的如莎士比亚的《一报还一报》《暴风雨》等。

二、按表现形式分类

按表现形式来分,文学剧本可分为多种,如戏剧文学剧本、电影文学剧本、电视文学剧本、小品文学剧本、广告文学剧本等种类。

我们这里重点介绍前三种。

1. 戏剧文学剧本

戏剧是直接面向观众的舞台艺术。其舞台表演有严格限制。如舞台表演时间不宜过长,一般不超过三个小时。舞台场景相对固定,不能随时换景。戏剧演出最忌"冷场"。剧作家必须抓住戏剧的这种特点,写出适合舞台演出的剧本。

戏剧文学剧本要讲究集中,如场景集中、人物集中、冲突集中,尤其要重视冲突集中。

戏剧文学剧本还可按场次划分,分为独幕剧与多幕剧等。

独幕剧,指不分幕的小型戏剧。比如田汉的《南归》、袁牧之的《一个女人和一条狗》等都是独幕剧。独幕剧一般人物比较少,场景(布景)相对比较简单,情节也不复杂。以《南归》为例。该剧的人物只有母、女、少年和流浪者四人。布景很简单:农家门前,井,桃树。情节可以概括为一女二男戏,其间母亲作为事件的挑动者。剧情大致如下:女(春姑娘)深恋辛先生(即剧中的"流浪者"),一直苦等他归来,少年(即剧中的"正明")也爱恋春姑娘。春姑娘的母亲并不希望耽搁女儿的终身,想将女儿嫁给少年。这时流浪者来了,春姑娘向他表白心迹,流浪者感动于春姑娘的痴情,决定和她在一起。但是春姑娘的母亲趁女儿在屋里给流浪者弄饭时,告知流浪者她已将女儿许配他人,并且说春儿已经答应了。流浪者闻言,选择了离开。这个剧的结局是春姑娘追流浪者,母亲追春姑娘。

多幕剧,指分成若干幕演出的大型戏剧,一般比独幕剧人物多,情节复杂。

多幕剧依照分幕的多少,可以分为三幕剧、四幕剧、五幕剧等(不少剧开头还有序幕)。如老舍的《茶馆》、夏衍的《上海屋檐下》是三幕剧,曹禺的《雷雨》是四幕剧,郭沫若的《屈原》是五幕剧。

有的多幕剧中的每幕还分场,如郭沫若的《屈原》就是如此。有的剧不分幕而是分场次,如田汉的《关汉卿》,全剧一共分十一场,故称十一场剧。

戏剧文学剧本写作时有一定的格式要求,一般要交代人物(角色)、时间、地点、环境(可以用"布景"或"幕启"等形式来表示),正文一般采用人物对话形式,在对话时将人物必要的动作、表情以括注的形式附带着写出来。

下面我们就提供一个独幕剧的写作样式。

山中访隐士(独幕剧)

(根据唐代贾岛诗《访隐者不遇》改编)

人物 诗人

　　　童子

时间 中唐,春季某晴日下午。

布景 苍翠的深山,茅舍前,古松。

〔深山有一座茅舍。茅舍前有一棵高大的古松。一个穿着灰色短衣短衫的童子在茅舍前扫地。面容清瘦的诗人——身穿黑色圆领袍衫,头戴黑色幞头,下蹬乌皮六合靴,腰系革带,风尘仆仆地走到古松前。

诗人　(朝童子作了个揖)请问,你师傅可在家呀?

童子　(停止扫地,也作揖)我师傅采药去了。

诗人　你知道他在哪里采药吗?

童子　(环顾周围苍翠的高山,有点茫然地摇头)我只知道他在这座山中采药,不知道他具体在什么地方呢。

2.电影文学剧本

电影属于典型的荧屏艺术。它一般采用镜头组合的蒙太奇艺术手法,以多个画面来展现明晰的视觉形象。美国著名编剧悉德·菲尔德给电影剧本下了这样的定义:"一部电影剧本就是一个由画面讲述出来的故事,还包括语言和描述,而这些内容都发生在它的戏剧性结构之中。"[①]

电影文学剧本是电影艺术作品的基础。在结构上,必须讲究灵活性,要符合蒙太奇艺术规律,这样有利于导演的实际拍摄。在内容上,必须突出电影的荧屏性(即可视性),表现鲜明的可视画面。写剧本时,务必写明场景(分内景、外景)、人物、台词、动作和表情。必要时,还要写明时间。

电影一般有一定的时间限制,较短的一个小时左右,较长的可达四五个小

---

① 悉德·菲尔德.电影剧作写作基础(修订版)[M].钟大丰,鲍玉珩,译.北京:世界图书出版公司,2012:5.

时,分上、下集或上、中、下集。因为囿于时间的限制,电影剧本在内容上具有一定的浓缩性,情节集中紧凑,不可拖沓。

电影文学剧本的写作样式多种,比较常见的有小说样式、话剧样式和场景样式以及美国好莱坞电影剧本标准样式等种类。下面我们予以简要介绍。

(1) 小说样式

小说样式,指电影文学剧本在人物、事件、场景等方面的描写,基本采用小说的叙述方式。电影文学剧本《红高粱》就采用这种样式。为了有别于正规的小说体裁,它稍微分了节。比如下面这段,写轿夫们抬新娘子粗野颠轿。

> 11. 花轿里九儿赶紧拿起红布蒙到头上,顶着轿帘的脚下尖也悄悄收回。轿内又是一团漆黑,只听见轿夫们七嘴八舌逗趣的话和粗野的笑:"唱个曲儿给哥哥们听吧,哥哥抬着你哩!""小娘子,你可不能让单扁郎沾身呀,沾了身你也烂啦!""小娘子,先给咱哥儿弟兄吧,你看上谁就是谁。""咱占鳌兄弟还是个童男子哩!""旁边就是高粱地,钻吧!哈哈哈……"九儿不由自主地往花轿角上躲,双手交叉抱在胸前,不敢吭声。一个轿夫戏谑地嚷嚷道:"不吱声? 颠! 颠不出话把干的稀的都给颠出来! 哈哈哈……"
>
> 12. 高粱地红色的花轿像颠簸的小船,在高粱的绿浪中翻飞、沉浮。男人们放肆的笑声、叫声推波助澜。
>
> 13. 花轿里九儿死死抓住座板,五脏六腑翻江倒海。红盖头被颠得沸沸扬扬,飘落到脚下。九儿偷偷藏在怀中的剪刀也被颠了出来,滑落在轿板上。九儿一惊,奋不顾身地伸出红绣鞋,把剪刀紧紧踩在脚下。她咬紧牙关,把从肚肠里冲上来的东西憋在喉咙里,一手抓着座板,艰难地弯下腰,用另一只手捡起剪刀,揣回怀里。就在这一瞬间,一股奔突的浊流从她嘴里窜出来,射到轿帘上。帘外的轿夫们得意忘形地狂喊着:"吐啦,吐啦,哈哈哈……""颠呀,颠呀,上面颠出来了,下面也快了……"九儿终于绷不住了,她咿唔着,可怜兮兮地告饶道:"好哥哥们,饶了我吧……"话一出口,就收不住了,索性放声大哭起来。①

(2) 话剧样式

话剧样式,是指电影文学剧本采用话剧的写作样式,大体上具有以下特点:分场次,开篇对所有出场人物作个大致的交代,每场都交代时间、地点(环境)和具体的出场人;主要通过台词表现人物,必要时,也借助人的表情和动作来展示人物的性格及其心理。电影文学剧本《滚滚红尘》就采用话剧样式,譬如下面的第六场。

---

① 陈剑雨,朱伟,莫言.红高粱[J].西部电影,1987(7).

时:日,秋末了,梧桐树没有叶子。
景:韶华租来的楼房小间,大家合住着的。
人:韶华、老太太、小夫妻、司机。

那位司机在进入楼房小小几步的园子时,看见了楼下一对小夫妻,以及一个老太太。

这时司机已经开口了,手上拿着一个中型信封。

司机:请问——这里住着一位沈韶华小姐吗?

小妻子:小姐我们这楼下是没有的,你去看看那个楼上的,倒是小姐派头——

老太太:(来插嘴)真好派头,一来就把那个留声机开得好大声啊——

送信的司机上了楼,楼下众邻居张口呆呆的目送。

门开了,韶华一脸的茫然。

韶华:找我!?

韶华接过信封,看见明明自己的名字写在上面,就接下了。

门没有被关上,韶华随手把信一搁,抱了个枕头出来,伸手一掏,掏出来一只金戒指,对司机说——

韶华:谢谢你!

金戒指被韶华当成了赏钱交到司机手中,她将房门碰一下又关上了。韶华当时神情十分心不在焉,也不知应对(韶华心爱物都在枕头中放着)。

注:此场可能引起争议,事实上这种拿金戒指付小账的事情,在本剧原作者身上发生过。可见存在。不必争论。当时她身上只有两个戒指。[①]

(3)场景样式

场景样式,是指电影文学剧本注重以场景的方式来展示人物及其事件。电影文学剧本《建国大业》主要采用的就是场景样式。比如下面这几段节选。

49.船舱底部

那个苏联船员带着他们过了一道又一道的舱门,一直向前走着,直到了底舱的蓄煤仓里。

大家面面相觑,紧张而无言。

50.公海水域

军舰越来越近,三个国民党海军坐上小艇靠近了货轮。

不知何时,船舷上起火冒烟了,浓烟从上船的入口处越烧越高,弥漫起来。

[①] 三毛.红尘滚滚[M].北京:作家出版社,1991:59-61.

船长指挥着灭火,各种消防器械都派上用场。

三个上船检查的国民党海军,立足未稳,就被烟熏得受不了,再加上苏联船员救火的消防喷水直射向他们,难以站住,片刻变成落汤鸡。

侦察机又飞过来了,绕了一圈,最后飞远了。①

(4)美国好莱坞电影剧本标准样式

好莱坞电影剧本标准样式,更多注重体现"可拍性"以及"画面感"。它通常分外景和内景,外景具体什么样?内景具体又是什么样?都必须交代清楚。人物大致的形貌、表情及其具体活动等也要交代清楚。总之,要将所表现的人物、事件通过蒙太奇的艺术手法,转化为一个个清晰的画面或镜头,这样让人看起来一目了然。譬如下面的剧本片段。

(1)外景。亚利桑那沙漠—日景

(2)灼热的骄阳照在大地上,一望无际的荒漠。远处,一辆吉普车穿过荒野,卷起一团尘雾。

(3)运动摄影

吉普车在艾灌丛和仙人掌中急驰。

(4)内景。吉普车内—主要表现乔·查科

(5)乔鲁莽地开着车。**安迪**坐在他身边。她是个媚人的 20 岁姑娘。

(6)安迪

(7)(喊着)

(8)有多远呀?

乔

大概两个小时吧,你怎么样?

(9)安迪疲倦地微笑着。

安迪

我能坚持到。

(10)忽然,马达**突突作响**,他们担心地相互望着。

(11)切至:②

---

① 王兴东,陈宝光.建国大业[J].中国作家,2009(5):增刊.
② 悉德·菲尔德.电影剧本写作基础(修订版)[M].钟大丰,鲍玉珩,译.北京:世界图书出版公司,2012:199-200.

以上片段是从美国剧作家悉德·菲尔德的《电影剧本写作基础》中《剧本的格式》一章中摘录的。菲尔德还对这个范例的要点作了必要说明:

第一行(1),场景题头栏的一行说明一般的或具体的故事发生地点。我们是在室外,"外景",在"亚利桑那沙漠",时间是"白天"。

第二行(2),双倍行距,然后,动作用单倍行距写,介绍人物、地点和动作。对人物和地点的介绍,只应用很少几行。动作描写不要超过四句话。这并没有什么绝对的原则,只是个建议。纸页上多留点"空白",看起来会舒服些。

第三行(3),双倍行距,"运动摄影"这个一般的术语是指摄影机关注点的变化。(这不是对摄影的指示,只是建议。)

第四行(4),双倍行距。从吉普车外转到车内。我们的焦点对准乔·查科这个人物。

第五行(5),新出现的人物要用黑体字。

第六行(6),说话者的名字用黑体字,并且居中。

第七行(7),给演员的场景说明要另起一行,写在说话者下面的括号内,切忌滥用。只能在最需要的时候用。

第八行(8),对话要居中。两边均空格。不同人物的对话都另起一行。

第九行(9),场景说明还包括这个场面中的人物做些什么,是作出反应,还是沉默或者其他。

第十行(10),音响效果和音乐效果要用黑体字。……

第十一行(11),如果你要标明一个场面的结束可以写"切至:"或"化至:"("化"是把两个画面相叠,一个浅出的同时另一个淡入)或"淡出"(一般是渐隐到黑)。①

好莱坞电影剧本标准格式比较专业,而且简洁精练,是我们今后写作电影剧本应遵循的范式。

3. 电视文学剧本

电视同电影一样,也属于荧屏艺术作品。电视文学剧本是电视艺术作品的依据。它的写作要求跟电影文学剧本的写作差不多,也是采用镜头组合的蒙太奇艺术手法,以多个画面来展现明晰的视觉形象。

不过,电视文学剧本不像电影文学剧本那样受比较严格的时间限制,它在时间方面所受的约束很宽松,它的篇幅比电影剧本要长很多,一般采用分集形式,

---

① 悉德·菲尔德.电影剧本写作基础(修订版)[M].钟大丰,鲍玉珩,译.北京:世界图书出版公司,2012:201.

连缀成连续剧。一部电视剧起码在五集以上,通常在二十集至五十集之间,篇幅长的可达一百集。甚至还有根据实际需要,写得更长的。假如一百多集的电视剧本写完,演拍成电视连续剧播放,如果收视率很高,剧作家还可能接着写续集,再继上几十集甚至上百集。当然,这种续写免不了拼凑而流于粗糙乃至媚俗,所以须谨慎。

电视文学剧本篇幅长,容量大,适合于反映广阔的社会生活和复杂的人生万象。借助于电视机这种早已被普及的载体,以电视文学剧本为依据而演拍而成的电视连续剧已成为大众必不可少的一种娱乐存在。

推荐阅读书目:

朱栋霖.中国现代文学作品选·戏剧(第一卷,第四卷)[M].北京:高等教育出版社,2002.

[英]莎士比亚.罗密欧与朱丽叶[M].朱生豪,译.北京:人民文学出版社,2001.

三毛.红尘滚滚[M].北京:作家出版社,1991.

[法]莫里哀.莫里哀喜剧六种[M].李健吾,译.上海:上海译文出版社,2008.

[美]悉德·菲尔德.电影剧本写作基础(修订版)[M].钟大丰,鲍玉珩,译.北京:世界图书出版公司,2012.

剧本改编练习:

1.请将唐代杜牧的诗《清明》改成独幕剧。

附《清明》原诗:

清明时节雨纷纷,路上行人欲断魂。

借问酒家何处有?牧童遥指杏花村。

2.请按好莱坞电影剧本标准格式,将闻华舰的微小说《惊喜》改编成电影文学剧本。

第十二章

文学剧本的人物塑造与结构安排

>>
文学剧本的人物塑造
文学剧本的结构安排

第一节 文学剧本的人物塑造

　　同小说一样,人物是剧本的核心,诸如故事情节、环境之类都是附属于人物的,剧本所要表现的也是以人物及其活动为中心的社会人生,所以剧本创作必须重视人物塑造。高明的编剧不只会编故事,更会写人物,将人物写得活灵活现。

　　在写人物之前,必须在以下两方面对剧中人物(尤其是主要人物)作个大致的预设:一是应该让剧中人物有个合适的归宿(结局)。表面上看来,这应该算情节方面的安排,但实际上关系到采用什么样的方式来塑造人物。二是应该让剧中人物有比较独到而且比较积极的生活观(生活态度)。人物的生活观往往左右人物的言行。人物有独到的生活观,其言行与个性一定有动人之处。

　　我们不妨来看看兰晓龙编剧的电视剧本《士兵突击》。剧中主要人物许三多之所以塑造得比较成功,与编剧对许三多的结局及其生活观的恰当预设不无关系。编剧有意要让许三多由一个乡巴佬最终成为一个"兵王"(高科技特种兵的先锋),许三多的这个结局实际就决定了这部剧以许三多曲折动人的成长史为主要内容,而许三多的形象就是通过其成长史来塑造的。编剧还特意让许三多有自己坚定的人生信条:活着就是为了做许多有意义的事情,什么是有意义?有意义就是好好活。许三多不管做什么,都能做到"不抛弃,不放弃",坚持到底。许三多的这种平淡中见质朴、木讷中见坚毅的务实品质,在当今普遍追逐名利、充满浮躁气的商业社会,是难能可贵的,也最容易打动人心。

　　预设并确定写什么样的人物之后,接下来就要具体塑造人物。当然,塑造人物是要讲究一定技巧的。这里提供两种基本的写作技巧,供大家参考。

一、要最大限度地利用对白来塑造人物

　　文学剧本的表现手段是以对白为主。对白在表现人物方面起着至关重要的作用,人物的性格、精神面貌以及不同人物之间性格的差异等可以通过对白来表现。

　　写剧本对白,务必要注意两点:一是紧扣人物的身份与性格,二是人物张口说话务必是生动、鲜活的口语。

　　老舍曾在《对话浅论》中谈起自己这方面的创作经验:"在话剧对话的时候,我总期望能够实现'话到人到'。这就是说,我要求自己始终把眼睛盯在人物的性格与生活上,以期开口就响,闻其声,知其人。""我设想张三是个心眼爽直的胖子,我即假拟着他的宽嗓门,放炮似的说直话。同样的,我设想李四是个尖嗓门

的瘦子,专爱说刻薄话,挖苦人,我就提高了调门儿,细声细气地绕着弯子找厉害话说。这一胖一瘦若是争辩起来,胖子便越来越起急,话也就越短而有力。瘦子呢,调门儿大概会越来越高,话也越来越尖酸。说来说去,胖子是面红耳赤,呼呼地喘气,而瘦子则脸上发白,话里添加了冷笑……"[1]老舍本人在戏剧剧本创作中基本遵循以对话凸显人物个性的原则。他的话剧《茶馆》即是如此。我们来看第一幕的一段节选。

松二爷　好像又有事儿?
常四爷　反正打不起来!要真打的话,早到城外头去啦;到茶馆来干吗?
　　　　〔二德子,一位打手,恰好进来,听见了常四爷的话。
二德子　(凑过去)你这是对谁甩闲话呢?
常四爷　(不肯示弱)你问我哪?花钱喝茶,难道还教谁管着吗?
松二爷　(打量了二德子一番)我说这位爷,您是营里当差的吧?来,坐下喝一碗,我们也都是外场人。
二德子　你管我当差不当差呢!
常四爷　要抖威风,跟洋人干去,洋人厉害!英法联军烧了圆明园,尊家吃着官饷,可没见您去冲锋打仗!
二德子　甭说打洋人不打,我先管教管教你!(要动手)
　　　　〔别的茶客依旧进行他们自己的事。王利发急忙跑过来。
王利发　哥儿们,都是街面上的朋友,有话好说。德爷,您后边坐!
　　　　〔二德子不听王利发的话,一下子把一个盖碗搂下桌去,摔碎。翻手要抓常四爷的脖领。
常四爷　(闪过)你要怎么着?
二德子　怎么着?我碰不了洋人,还碰不了你吗?
马五爷　(并未立起)二德子,你威风啊!
二德子　(四下扫视,看到马五爷)喝,马五爷,您在这儿哪?我可眼拙,没看见您!(过去请安)
马五爷　有什么事好好地说,干吗动不动地就讲打?
二德子　嗻!您说的对!我到后头坐坐去。李三,这儿的茶钱我候啦!(往后面走去)[2]

这是一段很精彩的场面描写,主要写外场有打群架的,双方找人从中调停,约到茶馆里会面。松二爷和常四爷到茶馆喝茶,议论这件事。一个叫二德子的

---

[1]　老舍.对话浅论[M]//老舍全集(第十六卷).北京:人民文学出版社,1999:342.
[2]　老舍.茶馆[M]//老舍经典作品选.北京:当代世界出版社,2002:449-450.

打手大概听不顺耳,从中打岔,引起他和常四爷之间的纠纷,两人差点动起手来。松二爷和王利发先后从中调解,二德子都不听,依然胡搅蛮缠。只有马五爷一出面,二德子才萎了声气,找借口开溜了。这一段基本上以对白展开。我们可以通过人物对白,来了解场上的松二爷、常四爷、二德子、王利发和马五爷等人物的鲜明个性。松二爷和常四爷作为茶客,二人性格截然不同:松二爷斯文随和,不愿搅事;常四爷耿直刚强,遇事不让;二德子是个打手,身上有流氓地痞气,蛮横霸道,不讲道理;王利发,为人精明,善于处事,作为茶馆的当家掌柜,在他的眼里,凡是进他茶馆的人都是客,面对纠纷,他要想方设法地出面调停,当和事佬;马五爷是吃洋饭的,信洋教,说洋话,很有威势,连官面上都不敢惹他,遑论一个打手二德子!他一张口说话,二德子就像见了祖师爷一样,对他的话恭顺听从。至于次要人物群——其他茶客,则抱着一副"事不关己,高高挂起"的态度。

  法国古典主义喜剧的杰出代表莫里哀(Molière)也非常重视通过人物对白来塑造人物,他的名剧《达尔杜弗或者骗子》(又译《伪君子》)堪称这方面的典范。譬如第三幕第一场写伪君子达尔杜弗正式出场,和他唱对台戏的是女仆道丽娜。这两个人的对话很精彩。

达尔杜弗　(望见道丽娜)劳朗,把我修行的苦衣和教鞭收好了;祷告上帝,神光永远照亮你的心地。有人来看我,就说我把募来的钱分给囚犯去了。

道　丽　娜　真会装蒜,吹牛!

达尔杜弗　你有什么事?

道　丽　娜　告诉您……

达尔杜弗　(从他的衣袋内掏出一条手帕)啊!上帝,我求你了,在说话之前,先给我拿着这条手帕。

道　丽　娜　干什么?

达尔杜弗　盖上你的胸脯。我看不下去:像这样的情形,败坏人心,引起有罪的思想。

道　丽　娜　原来您这样经不起诱惑,肉身子对您起这么大的作用?说实话,我不知道您心里热烘烘的,在冒什么东西,可是我呀,简直麻木不仁,我可以从头到脚看您光着,您浑身上下的皮,别想动得了我的心。①

  达尔杜弗一见到女仆道丽娜,当着道丽娜的面,特意嘱咐劳朗将他修行的苦

---

① 莫里哀.达尔杜弗或者骗子[M]//莫里哀喜剧六种.李健吾,译.上海:上海译文出版社,2008:132-133.

衣和教鞭收好,他做了善事——将募来的钱分给囚犯,唯恐别人不知道,郑重其事地要宣告一番。更有甚者,他看到穿着低胸衣裳的道丽娜,故作姿态地掏出手帕,要道丽娜将胸脯盖上,理由是道丽娜的样子"败坏人心,引起有罪的思想"。作为女仆的道丽娜,实在看不惯达尔杜弗的做派,毫不客气地回敬、嘲讽达尔杜弗。莫里哀通过这两个人物的对白,将他们各自的性格展示出来:达尔杜弗虚伪造作;道丽娜伶牙俐齿,爽脆泼辣。

二、要善于通过矛盾冲突来表现人物

上一章说过,文学剧本强调表现矛盾冲突,而矛盾冲突又是发生于人与人之间的,这些矛盾冲突最能表现人物的性格及其内心世界。利用矛盾冲突的展开来塑造人物,是一种非常行之有效的手段。

1. 选择本身就包含冲突的事件

在很多时候,矛盾冲突是由事件直接引发的,甚至矛盾冲突的发生、发展是伴随着事件的发生、发展的,从这个意义上说,冲突即事件,事件即冲突。这种本身就包含冲突的事件最适合表现人物。大体说来,这样的事件有三大类:自然性事件、家庭事件和社会性事件。

自然性事件,是指给人们带来重大生命财产损失的自然灾害(如地震、洪涝、雪崩等)。需要指出的是,这些自然灾难性事件一般不作剧本的主要事件,但可作主要事件产生的诱因。如电影文学剧本《唐山大地震》,主要写地震后人们的生活情感,地震不过是这部剧的一个引子。

家庭事件,是指发生在家庭成员间的矛盾冲突(如情感纠葛、遗产纠纷、家庭暴力等)。家庭是社会的主细胞,家庭事件往往反映一定的社会矛盾。比如离婚,虽然是夫妻双方婚姻关系的解除,但它反映的并不仅仅是家庭问题,也是带有一定普遍性的社会问题。由于家庭事件能真实生动地反映人的生活与情感,表现人的性格与精神状态,所以家庭事件包藏着很多戏份,比较适合于作为剧本的主要事件。比如《渴望》《金婚》《激情燃烧的岁月》等较有名的电视剧都是以家庭事件为主要内容的。

社会性事件,是指发生在社会上的矛盾冲突(如战争、械斗、游行示威等)。社会性事件所包含的矛盾冲突一般比家庭事件要强烈得多,它们更能有力地表现人物的生存处境以及精神状态。比如著名的好莱坞电影《西线无战事》(根据德国作家雷马克的同名小说改编),选取的是发生在第一次世界大战期间的事件,以主人公保罗为首的一群德国年轻人在理想主义和爱国主义的召唤下,开赴战场,在战场上经历了血与火的残酷考验,深深感受到战争的不确定性和非人道性。这部电影深刻地表现战争带给保罗等人的是一种难以言说的迷茫、无奈和绝望情绪,但他们内心深处依然潜藏着对于美、对于生命的强烈渴望。电影的结尾凄美,令人心颤:原本蹲在战壕里发呆的保罗被战壕附近的一只美丽蝴蝶所吸引,他不由自主地将头探出战壕,缓缓地伸手,想将翩然落在树枝上的蝴蝶捉住,他没有提防远处有个长长的枪管正瞄准他的脑袋。随着一声清脆的枪响,保罗那双捉蝴蝶的手颓然垂下……

有时,出于表现人物的需要,社会事件也可以跟家庭事件放在一起写。《雷雨》就是如此,剧本主要写发生在家庭成员间的矛盾冲突,其间也涉及社会事件,如被周朴园遗弃的亲生儿子鲁大海和周朴园作对,带领工人罢工。这个事件能很好地表现鲁大海的个性:爽直、坦诚、富有正义与反抗性。

2. 要善于搭建能形成冲突的人物关系

剧中人物一般有几个主要人物和若干次要人物。要想塑造好这些人物,应该设法让这些人物之间能形成一定的冲突。

首先,要设置性格截然不同的人物。

在设置主要人物时,至少要设置两个性格截然相反的人物,人物的性格反差越大,矛盾就会越突出。次要人物的设置,也要注意与主要人物的性格对比。此外,在整部剧的人物关系当中,要注意使主要人物之间有对比,主要人物与次要人物之间以及次要人物与次要人物之间,都尽可能在性格上产生比较鲜明的对比。

其次,要恰当地搭配好人物间的关系,使其彼此之间产生冲突。

虽然人物性格本身各异,但不一定能构成冲突。人与人之间的冲突,往往源于利益冲突的产生,而人们之间的利益冲突又多半在某种特定的关系之中发生。比如两个同胞兄弟,他们之间本来比较和睦,突然有一天他们的生活发生巨大逆转,因为兄弟二人都同时喜欢一个女孩,在与女孩的三角关系中,兄弟之间自然而然地产生了矛盾,女孩与兄弟之间也有矛盾产生。美国现代戏剧之父尤金·奥尼尔(Eugene O'Neill)荣获1920年普利策文学奖的名剧《天边外》就是这样写的。

剧本写两个兄弟和一个农家姑娘之间的故事。哥哥安朱聪明能干,稳重踏实,原在家乡安心耕种;弟弟罗伯特具有诗人般的浪漫气质,他在大学念过一年书,向往远方自由诗意的生活。兄弟相处,本应和乐融融,但他们却陷入了难堪境地,因为他们同时爱上健壮、美丽的农家姑娘露斯。兄弟之间的这种矛盾冲突是很难解决的。不过,这部剧的情节发展以及结局,并不像我们读者所想象的那样兄弟二人反目成仇,大打出手,酿成悲剧,而是有点出乎人意料。最初露斯为弟弟罗伯特的浪漫气质所吸引,选择了罗伯特;尽管罗伯特并不善于做农事,但他为了爱情,还是毅然放弃了出海远游的梦想,留在农庄务农。哥哥安朱备受失恋的打击,伤心之余,决然地选择了出海漫游。而露斯跟罗伯特结合之后,因为罗伯特经营农场不力,家境每况愈下,生活很不如意,两人逐渐产生矛盾。露斯对罗伯特的爱日渐寡淡,她开始蔑视罗伯特"无能",甚至后悔跟罗伯特结婚,她愈发感觉还是安朱更适合自己。他们的生活在充满矛盾、痛苦中延续。等到安朱漫游归来,父母已经过世,家业衰败,弟弟罗伯特害肺病濒临死亡。安朱提出要在经济上帮助罗伯特渡过难关,但遭到罗伯特的拒绝,兄弟二人关系依然微妙,并没有冰释前嫌。与此同时,安朱的归来让露斯重新燃起对生活的希望,她强烈渴望安朱能留下,帮她经营农庄;但今非昔比,安朱对露斯的感情也比较复杂,他反感她对弟弟罗伯特漠不关心,反感她曾当弟弟的面说爱的是他,甚至将弟弟病死归咎于她。在这部剧中,哥哥安朱、弟弟罗伯特与露斯之间的三角关系构成矛盾冲突,三个人的性格与复杂心理也在矛盾冲突中逐渐得到展现。

在人物关系中,二角难以产生冲突,只有三角或多角,才能构成冲突,才能产生引人入胜的"戏",这就是为什么众多爱情剧中的人物总以三角或四角(甚至多角)的关系出现的主要原因。

第二节 文学剧本的结构安排

文学剧本结构,又称布局,也就是通常我们所说的剧情安排。

剧本结构俨然是剧本的骨架,这副骨架合适不合适,往往决定剧本成功与否。如果结构安排得很糟糕,即便剧本的选材和立意再新,写出来的剧本也不会成样,充其量是一堆软肉。所以,对一部剧来说,结构安排务必要高度重视。

一、剧本结构必须完整、统一

这里所说的完整、统一,主要是指构成剧本情节的事件(或人物的命运)有一个比较完整的发展过程,即有起因有结果。

怎样做到剧本结构完整、统一?大致有以下几种方式。

第一种,采用线形结构,即从故事的起因开始写起,遵照生活的逻辑,按时间的先后顺序,将故事的发展以及结局有条不紊地写出来,其矛盾冲突是逐步展开的;而且人物关系和情节主要通过台词和具体的动作及表情直接呈现在舞台(荧屏)上。比如曹禺的《雷雨》、莎士比亚的悲剧《麦克白》等剧本都采用这种写法。这种按事件的自然发展来写的剧本,其结构一般都比较完整、统一。

第二种,采用截面结构,即截取某个社会一角(譬如大众休闲场所茶馆、咖啡馆、夜总会等),通过这个社会一角中的一系列人物的活动,反映人们的生存状况,折射带有普遍意义的社会本质。但是这种截取社会一角的生活横断面,以人物带动故事的结构方式,容易给人一种松散的感觉。为了克服这个缺陷,在具体结构时,必须有一个贯穿全剧的中心人物,而且这个中心人物的性格命运要有一个比较清晰的发展史,这样才能使剧本达到完整、统一。老舍的《茶馆》和曹禺的《日出》在这方面就堪称典范。

《茶馆》截取了三个时代(戊戌政变后的清朝末期、辛亥革命失败后的民国初年和抗战结束后的国民党统治时期)的茶馆风貌,出场人物有70多个,有姓有名的就超过了50个,表面看来人多事杂,但它有一条主线,那就是茶馆老板王利发的人生遭际。王利发一辈子苦心经营茶馆,到最后茶馆要被流氓特务强占,他被逼悬梁自尽,结局很凄惨。曹禺的《日出》同《茶馆》一样,写的虽是"多人多事",但有一个贯穿剧本始终的中心人物——交际花陈白露,这个剧也是以陈白露的悲剧人生为主线展开剧情的。

第三种,采用截"点"结构,既不按照事件自然发展的顺序安排剧情,也不采用多人多事的截面结构,而是选择从矛盾冲突比较尖锐的某个具体事件(我们姑且称为"点")入手,推进情节的进一步发展,至于事件的起因,则在情节发展中适当予以回顾交代。这种结构,从总体来说,也比较完整。它还有一大长处,就是能使剧本一开幕就接近高潮,容易吸引人。如古希腊悲剧家索福克勒斯(Sophocles)的悲剧《奥狄浦斯王》采用的就是这种结构。

《奥狄浦斯王》取材于古希腊神话,写奥狄浦斯王竭力摆脱命运的安排而又无法抗拒命运,犯下"杀父娶母"的滔天大罪,最后受到严厉的惩罚。剧本没有按照事件自然发展的方式去写,而是从一开幕,就直接挑明尖锐的矛盾冲突,制造紧张气氛:神谕称特拜城将降瘟疫,只有找出杀死老王的元凶并加以严厉惩处,才能避免灾难。接下来剧情在充满冲突中继续发展:第一场和第二场,为了追查凶手,奥狄浦斯先后和特拜城的先知特瑞西阿斯以及王后伊奥卡斯特的兄弟克瑞昂发生争吵。第三场和第四场,从科任托斯来了一个信使,告知王后:奥狄浦斯就是当年被老王遗弃的亲生儿子。这消息如同晴天霹雳,让王后肝肠寸断,走上了自杀的绝途。而奥狄浦斯在获悉真相之后,感到罪孽深重,用金别针刺瞎自己的双眼,带着无限哀怨,要外出流亡。

第四种,采用"聚焦"结构,选取一桩能将众多人物和众多情节都贯串起来的大事件,这样有头有尾,前后照应,能取得结构上的完整、统一。比如郭沫若的话剧《武则天》就采用这种结构方式。剧本并没有按时间发展的顺序,将武则天的一生所经历的大小事件以及与之相关的各种人写个遍,而是只选取武则天平定裴炎等人的叛乱这桩大事。围绕"平叛",集中笔墨来写武则天,突出一代女皇的睿智和干练。这种聚焦结构,给人一种紧凑感。

以上几种结构的区分是相对来说的,并不一定要单一使用。在有的剧本中,往往将不同的结构结合起来使用。比如《茶馆》和《日出》的结构,虽说主要是截面结构,但事件的发展以及人物的命运基本上还是按时间先后的顺序来写的,所以它们同时又属于线形结构,是截面结构和线形结构的结合。

二、安排剧本结构必须遵从的原则

安排剧本结构,必须遵从以下原则。

1. 要服从于主题表达的需要

每一个剧都有其鲜明的主题。剧本结构,就是要力求表现这种主题,所以安排结构要以主题为中心。

让结构服从于主题,比较传统的结构是"立主脑""一人一事"。这种结构一般比较单纯,人物比较少,情节集中紧凑,主线突出,以情节来推动人物性格的发展。还有一种结构要相对复杂一点,人物比较多,情节比较复杂,它不是以情节来推动人物性格的发展,而是以人物带动情节的发展。采用这种结构的剧本,虽然跟采用"一人一事"结构的剧本比起来,其情节显得不是特别集中,但它同样能有力地表达主题。比如前面提过的话剧《茶馆》就是如此。

老舍写《茶馆》的意图是以"埋葬三个时代"来讴歌新时代。《茶馆》以掌柜王利发经营的北京裕泰茶馆作为人物活动的特殊环境,借助裕泰茶馆这个"窗口",淋漓尽致地展现清末、民初、国统三个时代的黑暗腐朽,揭示其必将被埋葬的命运。

为了深刻地表现这个主题,老舍在剧本结构上动了一番脑筋。他舍弃了传统的"立主脑""一人一事"的结构手法,而是采用了"多人多事"的结构。不过,有人认为,这种结构使故事情节显得有点松散,但老舍还是认定这种结构最适合表达主题。他曾撰文特意谈到这个问题:"有人认为此剧的故事性不强,并且建议:用康顺子的遭遇和康大力的参加革命为主,去发展剧情,可能比我写的更像戏剧。我感谢这种建议,可是不能采用。因为那么一来,我的葬送三个时代的目的就难达到了。抱住一件事去发展,恐怕茶馆不等被人霸占就已垮台了。"[①]老舍的这番话明确表明:写作剧本时,采用什么样的结构,是要服从于主题表达的需要的。

2. 要有利于展开矛盾冲突

剧本非常强调矛盾冲突。安排剧本结构应该为展开矛盾冲突服务,以有利

---

① 老舍.答复《茶馆》的几个问题[J].剧本,1958(5).

于展开冲突为基本原则。

莎士比亚很善于设置剧本结构,他设置的剧本结构非常有利于矛盾冲突的展开。他的悲剧名作《麦克白》就是这方面的范本。

《麦克白》一开场,就交代悲剧的起因:苏格兰国王邓肯的表弟麦克白将军,为国王平叛和抵御外侵凯旋归国,路上遇见三个女巫。女巫预言他即将封爵,并且还会成为未来的君主,麦克白开始产生篡夺王位的野心。接下来,剧情按照女巫的预言继续发展:邓肯王亲自出城迎接胜利凯旋的麦克白,封他为考特爵士;不但如此,邓肯王为了显示恩宠,特地到麦克白的府邸留宿。而已有野心的麦克白在其夫人的撺掇下,弑君夺位。这之后,麦克白又为自己的罪恶行径恐惧不安,变得狭隘多疑,冷酷无情,他先后害死了一些在他看来对他构成威胁的人,比如邓肯的侍卫、将军班柯等。而麦克白夫人也成天生活在恐惧之中,以致精神失常而死。麦克白众叛亲离,而此时,邓肯之子马尔康为复仇,借助英格兰军队的力量,围攻苏格兰,最后杀了麦克白。

这部剧有关麦克白的故事情节基本上按照时间的顺序自然发展:麦克白路遇女巫——封爵——(通过谋杀邓肯王)当上国王——因心理极度恐惧而不断杀人——最后被杀。该剧情节与情节之间环环相扣,有着很强的连贯性和逻辑性,而且也很符合复杂人性:麦克白因为受女巫的诱惑,内心的欲望膨胀,再加上其夫人的怂恿,麦克白的欲望逐渐淹没了理智,最后对邓肯王下了毒手。他虽然谋杀了邓肯,但尚未完全泯灭的良心使他深陷罪恶的泥潭而不能自拔,他痛苦地感觉:"人生不过是一个行走的影子,一个在舞台上指手画脚的拙劣的伶人,登场片刻,就在无声无臭中悄然退下;它是一个愚人所讲的故事,充满着喧哗和骚动,却找不到一点意义。"①他的心理越来越变态,行为愈来愈不正常,不断杀害无辜,最终自取灭亡。

3. 要考虑剧本对观众的吸引力

文学剧本创作的目的是为了演拍成舞台剧或影视剧,供观众欣赏。安排剧本结构,必须考虑将剧情安排得引人入胜。

增加剧本对观众的吸引力的方式有多种,其中比较常见的有设置悬念和制造"意外"等方式。

(1)设置悬念

所谓悬念,就是让观众在欣赏剧情时,对全然不知或尚知道一点点的故事情节和人物命运的一种关注或期待心理状态。

设置悬念,要注意以下问题。

---

① 莎士比亚.麦克白[M]//罗密欧与朱丽叶.朱生豪,译.北京:人民文学出版社,2001:149.

其一，为了让观众有所关注或期待，必须在剧本创作中将悬念的前提交代清楚；

其二，为了让观众关注或期待的兴趣浓厚，悬念的内容必须博得观众的高度同情；

其三，为了让观众获得心理上的最大满足，必须在剧本创作中掌控剧情发展的节奏，不要随意将悬念的内容抖落给观众，而是在恰当时期"引爆"。

下面以莫里哀的著名喜剧《伪君子》为例，来谈谈悬念的设置。

《伪君子》一共五幕，主要剧情：自称是最虔诚的基督教的骗子达尔杜弗凭借其伪善的行为和花言巧语，骗得了巴黎富商奥尔恭的信任，奥尔恭将他请为家里的座上客。达尔杜弗在奥尔恭家里为所欲为，最后暴露出其伪君子的庐山真面目。

莫里哀为了增加观众对该剧的吸引力，在剧本结构的安排上颇见匠心，其开场尤为值得称道。头两幕，该剧的核心人物达尔杜弗都没有直接出场，而是让奥尔恭的妻子、儿子、女儿以及女仆道丽娜出场，大家都议论达尔杜弗的作为。剧情发展到第三幕，达尔杜弗才正式出场。这种有意延迟达尔杜弗出场的结构手法，比起剧本一开幕就让达尔杜弗直接上场，要巧妙得多。所谓"百闻不如一见"，观众的好奇心被本能地勾起来，都想亲眼见见达尔杜弗究竟是个什么样的人，他们自然充满期待，被吸引着往下看。

根据剧本结构安排的需要设置悬念，一般有两种方式。

第一种，在剧本一开场，就设置悬念。此时观众全然不知，开场设悬念对观众有很强的吸引力。比如古希腊悲剧家索福克勒斯的悲剧《奥狄浦斯王》，一开场，神谕称特拜城将遭受瘟疫的惩罚，只有找出杀死老王的元凶，给以充军的处分，才能避免瘟疫的灾难。究竟是谁杀害了老王？这是一个巨大的悬念。这个悬念对观众充满强烈的吸引力。

第二种，在剧情进展中设置某种悬念。不过，剧中设的悬念不同于开场设悬念，多少对观众也透露一点信息，好奇的观众还是希望知道得更具体、更详尽，为此，他们也就饶有兴趣地关注后面剧情的发展。比如莎士比亚的《麦克白》，女巫预言麦克白封爵，还能当国王。这算是将后面的剧情对观众透露了一点线索。对于从战场胜利凯旋的将军，麦克白受封爵位应该是顺理成章的，观众对此大概也不会有太多的期待，让观众最期待的，应该还是女巫对麦克白当国王的预言。麦克白能不能真的如女巫所言当上国王？麦克白又将通过一种什么样的途径当上国王？——这些都是悬念，观众想对此详细了解。

（2）制造"意外"

所谓"意外"，是指剧情的发展出乎观众的意料，从而能极大地调动观众的兴趣。

莎士比亚很善于制造"意外"，代表他戏剧最高成就的五幕悲剧《哈姆雷特》就是一个著名的范本。

在这部剧中，莎士比亚以复仇为主线展开冲突，冲突的展开不是按事件发展的常态进行，而是时时充满了非常态的意外。比如沙翁有意写了四组"误杀"。

第一组误杀，哈姆雷特误杀情人奥菲莉娅的父亲波洛涅斯。波洛涅斯作为哈姆雷特父亲（老国王）在世时的重臣，没有是非曲直之心，在老国王猝死，克劳狄斯夺位后，为了既得利益，倒向克劳狄斯一边，沦为克劳狄斯的帮凶。他奉克劳狄斯之命，躲在帷帐外偷听哈姆雷特和其母乔特鲁德的谈话，结果被哈姆雷特误认为叔父克劳狄斯，一剑刺过去，将他给杀了。

第二组误杀，英国国王误杀丹麦信使。克劳狄斯一心要除掉心腹之患哈姆雷特，派哈姆雷特带密信出使英国，想借英王之手除掉哈姆雷特，不料途中被哈姆雷特识破。哈姆雷特使了个掉包计，悄悄地返回丹麦，而让送他去英国的两个人给英王送信，结果被英王误当是克劳狄斯密信中所要杀的人，英王就将他们给杀了。

第三组误杀，克劳狄斯误杀王后乔特鲁德。在哈姆雷特和波洛涅斯之子雷欧提斯的比武中，克劳狄斯暗中在给哈姆雷特准备的酒里下毒，想借此毒杀哈姆雷特，没想到王后乔特鲁德见儿子比武流汗，很辛苦，心疼儿子，替儿子将毒酒喝了下去，痛苦地死去。

第四组误杀，哈姆雷特误杀雷欧提斯。克劳狄斯唆使恨哈姆雷特的雷欧提斯跟哈姆雷特比武，而他们事先合谋在剑刃上抹了剧毒，在比武过程中，雷欧提斯不遵守比武规则，拿开了刃的毒剑刺伤哈姆雷特，激怒了哈姆雷特，此时，两个人的剑都掉在地上。哈姆雷特捡起一把剑——恰恰是雷欧提斯那把开了刃的毒剑，将雷欧提斯也刺伤了。雷欧提斯最终丧生。

沙翁设计的这四组误杀颇具匠心，它们有力地推动矛盾冲突的展开。哈姆雷特误杀波洛涅斯，进一步引发了更多的矛盾冲突：其一是善良的奥菲利娅因无法接受情人杀死自己父亲的残酷现实，变疯，落水而死；其二是哈姆雷特暴露了自己要对克劳狄斯复仇的真实心理，让克劳狄斯起了杀机，想出借英王之手除掉哈姆雷特的毒计，结果没有得逞，克劳狄斯进而又生"比武"一计，想趁雷欧提斯跟哈姆雷特比武之际，用毒酒毒死哈姆雷特，没想到将王后给毒死了。其后的矛盾冲突更集中，达到高潮：雷欧提斯和哈姆雷特彼此都死于毒剑之下，雷欧提斯临死前幡然悔悟，对哈姆雷特道出了事实真相；哈姆雷特在临死前拼尽最后一丝气力，杀死了克劳狄斯。

4. 安排剧本结构要精练

安排剧本结构要注意精练，不拖沓。比如采用正面表现与侧面表现相结合的方式。正面表现,指某些故事情节直接呈现在舞台或荧屏上。侧面表现,是指某些情节不直接呈现在舞台(荧屏)上,而是通过某种间接方式加以表现。正侧面结合的方式,比较常用的有两种。

(1)带戏上场

所谓带戏上场,是指剧中人物一上场,人物的表情、动作以及所说的话带着明显的情绪,营造某种气氛。这情绪与气氛能侧面展现人物的处境或人物之间的关系。

如《雷雨》中就有很多地方采用这种"带戏上场",下面节选第一幕的小片段:

鲁　贵　(喘着气)四凤!

鲁四凤　(只做听不见,依然滤她的汤药)

鲁　贵　四凤!

鲁四凤　(看了她的父亲一眼)喝,真热。(走向右边的衣柜旁,寻一把芭蕉扇,又走回中间的茶几旁扇着)

鲁　贵　(望着她,停下工作)四凤,你听见了没有?

鲁四凤　(烦厌地,冷冷地看着她的父亲)是!爸!干什么?

鲁　贵　我问你听见我刚才说的话了么?

鲁四凤　都知道了。

鲁　贵　(一向是这样被女儿看待的,只好是抗议似地)妈的,这孩子!

鲁四凤　(回过头来,脸正向观众)您少说闲话吧!(挥扇,嘘出一口气)呀!天气这样闷热,回头多半下雨。(忽然)老爷出门穿的皮鞋,您擦好了没有?(拿到鲁贵面前,拿起一只皮鞋不经意地笑着)这是您擦的!这么随随便便抹了两下,——老爷的脾气您可知道。

鲁　贵　(一把抢过鞋来)我的事不用你管。(将鞋扔在地上)四凤,你听着,我再跟你说一遍,回头见着你妈,别忘了把新衣服都拿出来给她瞧瞧。

鲁四凤　(不耐烦地)听见了。

鲁　贵　(自傲地)叫她想想,还是你爸爸混事有眼力,还是她有眼力。

鲁四凤　(轻蔑地笑)自然您有眼力啊!

鲁　贵　你还别忘了告诉你妈,你在这儿周公馆吃的好,喝的好,就是白天侍候太太少爷,晚上还是听她的话,回家睡觉。

鲁四凤　那倒不用告诉,妈自然会问的。

鲁　贵　(得意)还有啦,钱,(贪婪地笑着)你手下也有许多钱啦!

鲁四凤　钱!?

鲁　贵　这两年的工钱，赏钱，还有(慢慢地)那零零碎碎的，他们……
鲁四凤　(赶紧接下去，不愿听他要说的话)那您不是一块两块都要走了么？喝了！赌了！①

这里上场的人物是在资本家周朴园家做工的鲁贵和女儿四凤。鲁贵和女儿四凤一上场，都带有比较强的情绪。鲁贵和四凤什么样的表情、动作以及说的什么话，这些是正面表现。而人物的语言和表情动作又侧面表现了鲁贵和女儿四凤的处境以及父女之间的微妙关系。鲁贵是个眼里只有钱，自以为是，又嗜酒好赌的地道的市侩小人。四凤有些讨厌父亲的做派而瞧不起父亲。

(2)借助剧中人物的叙述，来表现舞台(荧屏)上不便表现或不需表现的某些内容

在文学剧本创作中，剧作家必须考虑所要表现的内容可拍不可拍或可演不可演。为了使剧本结构不拖沓，节约文字，一些不便"可视化"的内容就可以通过人物叙述的方式来表现。以"古希腊悲剧之父"埃斯库罗斯的经典代表作《被缚的普罗米修斯》为例。剧作家在这部剧中主要表现普罗米修斯被缚后坚不可摧的顽强心理及不屈的英雄气概。无论受天王宙斯多么恶毒的残害，普罗米修斯也坚决不向专制暴虐的宙斯屈服。剧作家重点写的是与这个主题密切有关的内容，而与主题关联不大的内容就通过人物叙述来表现。比如开场的一个片段：

〔普罗米修斯由威力神与暴力神自观众左方拖上场，赫菲斯托斯拿着铁锤随上。

威力神　我们总算到了大地边缘，斯库提亚这没有人烟的荒凉地带。啊，赫菲斯托斯，你要遵照你父亲给你的命令，拿牢靠的钢镣铐把这个坏东西锁起来，绑在悬岩上；因为他把你的值得夸耀的东西，助长一切技艺的火焰，偷了来送给人类；他有罪，应当受众神惩罚，接受教训，从此服从宙斯统治，不再保护人类。

赫菲斯托斯　啊，威力神，暴力神，宙斯的命令你们是执行完了，没有事儿了；我却不忍心把同族的神强行绑在寒风凛冽的峡谷边上。可是我又不得不打起精神作这些事；因为漠视父亲的命令是要受惩罚的。

(向普罗米修斯)谨慎的特弥斯的高傲的儿子啊，尽管你和我不情愿，我也得拿这条解不开的铜链把你捆起来，钉在这荒凉的悬岩上，在这里你将听不见人声，看不见人影；太阳的闪烁的火焰会把你烤焦，使你的皮肤失掉颜色；直到满天星斗的夜遮住了阳光，

---

① 曹禺.雷雨[M]//曹禺全集(第1集).石家庄：花山文艺出版社，1996：30-31.

或太阳出来化去了晨霜,你才松快。这眼前的苦难将永远折磨你;没有人救得了你。

这就是你爱护人类所获得的报酬。你自己是一位神,不怕众神发怒,竟把那宝贵的东西送给了人类,那不是他们所得之物。由于这原故,你将站在这凄凉的石头上守望,睡不能睡,坐不能坐;你将发出无数的悲叹,无益的呻吟;因为宙斯的心是冷酷无情的;每一位新得势的神都是很严厉的。①

剧中出场的是普罗米修斯、威力神、暴力神和火神赫菲斯托斯(天王宙斯的儿子)。威力神、暴力神和火神遵照天王宙斯的命令,将普罗米修斯钉绑在高加索的神山上接受永无休止的惩罚。关于普罗米修斯违反天令,盗取天火给人类,触怒了宙斯等一系列的事件,剧作家就借威力神和火神赫菲斯托斯之口说出,所不同的是,威力神对普罗米修斯帮助人类的行为是深恶痛绝的,在他看来,普罗米修斯是个坏东西,理应受到严惩。而火神赫菲斯托斯则对普罗米修斯不无同情。至于普罗米修斯将受到怎样痛苦的折磨,就借火神赫菲斯托斯之口来告诉观众:"听不见人声,看不见人影;太阳的闪烁的火焰会把你烤焦,使你的皮肤失掉颜色;直到满天星斗的夜遮住了阳光,或太阳出来化去了晨霜,你才松快。"借助剧中人物叙述的方式来处理一些内容,有利于剧本结构精练。

推荐阅读书目:

[古希腊]埃斯库罗斯,等.古希腊戏剧选[M].罗念生,等译.北京:人民文学出版社,2008.

曹禺.曹禺全集(第1集)[M].石家庄:花山文艺出版社,1996.

剧本写作练习:

1. 自由选材,写一个情景剧(要求:构思新颖,人物形象鲜明)。

2. 从校园人事中选材,写一个电影文学剧本(要求:人物塑造要到位,结构安排要合理)。

---

① 埃斯库罗斯.被缚的普罗米修斯[M]//罗念生等,译.古希腊戏剧选.北京:人民文学出版社,2008:9.

第十三章

影视文学剧本的改编

——如何将小说改编为影视剧本

影视剧本的改编及其前提条件
改编影视剧本的基本原则
改编影视剧本应注意的问题

第一节　影视剧本的改编及其前提条件

一、关于影视剧本的改编

在当今日趋娱乐化的商业时代,影视(尤其是电视剧)越来越成为人们娱乐生活的首选。不过,大家看到的每部电影或电视剧并不都是上乘的,有的甚至很低劣。客观地说,影视的优劣直接取决于影视文学剧本质量的高低。这就需要寻求质量比较高的影视文学剧本。

寻求好的影视文学剧本有两种途径:一种是原创,另一种是改编。所谓原创,是指作者直接从现实生活或历史、神话传说等资料中寻找合适题材,设置人物关系,构筑结构,创作适合演拍的影视文学剧本。所谓改编,是指改编者寻找合适的小说文本作底本,按照剧本的基本要求,将小说改编成适合演拍的影视文学剧本。

从剧本写作的角度来说,改编比原创要相对容易一些,毕竟不用费功夫去寻找题材,也不必处心积虑地去设计情节,毕竟小说已经提供了故事的大致框架,改编者要做的工作就是如何用电影或电视的方式把故事讲出来;因而改编也就成为打造影视文学剧本的一个备受重视的途径。很多优秀的影视都是由好的小说改编而来的。张艺谋曾经谈及他的电影《秋菊打官司》(根据陈源斌的中篇小说《万家诉讼》改编),就特意提到中国电影跟文学改编之间的密切关系:"中国电影离不开文学,中国电影的繁荣与否和文学繁荣与否有直接关系。我们几代导演成功的范例,都是由文学作品改编而来的。我自己的电影也全是靠文学改编的。"[1]

根据小说改编文学剧本一般有两种情况:一种是忠实于小说原著,另一种是不忠实于原著。

所谓忠实于小说原著,是指改编者在改编时,在主题、人物、情节等方面基本遵从小说原作,不作什么删改。比如根据沈从文的小说《边城》改编的同名电影剧本、根据钱钟书的小说《围城》改编的同名电视剧本等,都是忠实于原作改编的范例。这种忠实于原著改编而成的影视剧本大体能呈现小说原作的风貌。

所谓不忠实于小说原著,是指改编者大刀阔斧地对原作进行改动,根据演拍需要,有意增删(或合成)人物、情节,甚至改变原作的主题。比如苏小卫根据张

---

① 木子.张艺谋谈《秋菊打官司》[J].当代电视,1992(10).

羚小说《余震》改编的电影文学剧本《唐山大地震》就是如此(后面将重点谈到此剧)。

二、影视改编的前提条件

要想影视改编能取得满意效果,必须选择适合改编的小说底本。这是影视改编的一个很重要的前提条件。

大致说来,小说底本应该符合两点最起码的要求。

1. 具有较高的艺术性和较深的思想性(或称情感性)

从严肃意义上来说,影视作品在向观众提供视听娱乐的同时,也要使人们获得精神上的陶冶与启迪。所以,影视改编所要选择的小说底本,必须既有较高的艺术价值,又有较深的思想内涵。那些经过岁月的淘洗依然光鲜的经典小说名著,无疑都是高度艺术性和深刻思想性的结合,这也是名著之所以成为影视改编的首选乃至被频繁改编的一个重要原因。

不过,影视改编总不能一味地选择小说名著,被不断翻拍的名著再改编起来,总是缺乏新鲜感,难以突破的。明智的做法是从非名著的小说作品中去寻找那些有艺术价值、有思想内涵的小说作品。张艺谋早期的一些电影就是如此,比如《秋菊打官司》。这部电影的小说底本《万家诉讼》写得不一般,它写普通的农家妇女何碧秋"讨说法"的故事:何碧秋因为自己的男人被村长打了要害部位,而村长却没事一般,连个说法也没有,她咽不下这口气,一定要为男人"讨个说法"。张艺谋觉得这篇名不见经传的小说的思想内涵比较深刻:农民法制观念有觉醒的苗头,农民开始知道用法律武器来为自己讨回公道,而且,这篇小说在艺术上具有一定的黑色幽默味。张艺谋就看中了这篇小说,由刘恒将其改编成电影文学剧本,定名为《秋菊打官司》,他导演拍摄成电影成品,大获成功(曾获中国长春首届国际电影节金杯奖、中国电影金鸡奖、百花奖和政府奖以及第49届威尼斯国际电影节金狮奖)。毫无疑问,这部电影的成功离不开小说《万家诉讼》的良好底子。张艺谋也曾坦言,小说写得好是影视改编成功的一个重要因素:"《秋菊打官司》这部电影,首先是小说原作写得好,它给我们提供了思路。"[①]

2. 小说底本要具有引起大众普遍关注的焦点或"亮点"

所谓亮点或焦点,指小说内容能产生聚焦效应,令人耳目一新。

一般来说,能反映民生民情的敏感题材容易成为大众关注的"焦点"。比如六六的小说《蜗居》写的是都市年轻人买房故事。在攒钱速度追不上房价上涨速

---

① 木子.张艺谋谈《秋菊打官司》[J].当代电视,1992(10).

度的现实面前,买房是最牵动人心的一个敏感话题,而且小说借买房故事,反映当前都市人普遍存在的生存压力以及来自婚恋、家庭等方面的感情纠葛。这种以直面现实的态度反映民生民情的小说很容易引起人们的共鸣,也非常适合改编成电视剧。事实也证明确实如此,六六根据自己的小说《蜗居》改编成的同名电视剧一经演播,产生很强烈的社会反响。

小说底本的"亮点",多半体现在选材角度的新颖上。以龙一的短篇小说《潜伏》为例。这篇小说写的是抗日战争胜利前潜伏在军统天津站的中共地下工作者的故事。性情沉稳的地下工作者余则成和泼辣耿直的女游击队队长翠萍出于工作需要,扮演成一对夫妻。小说由此展开故事情节。客观地说,这类题材本身并不新鲜,但《潜伏》能够打破同类题材的常规写法(比如写地下工作者深入虎穴,同敌人周旋,如何坚韧顽强,如何机智勇敢等),着重从余则成和翠萍二人的假夫妻生活入手,站在人性角度来写特殊时期的地下工作者的情感问题。其选材角度就比较新颖,这就是该小说的亮点。因为小说有这个亮点,姜伟以它为底本进行精心改编加工,出炉了30集同名电视连续剧,投拍演播很成功,赢得观众的一片喝彩。

第二节 改编影视剧本的基本原则

改编影视剧本应遵循什么原则?是一味强调忠实于原著,还是大刀阔斧地更改(甚至篡改)原著?有关改编影视剧本的基本原则,夏衍曾经中肯地谈了他的看法,"一方面要尽可能地忠实于原著,但也要力求比原著有所提高,有所革新,有所丰富,力求改编之后拍成的电影比原著更为广大群众所接受、所喜爱,对广大群众有更大的教育意义"。[①]

将小说改编成影视,也就是用电影或电视的方式来讲故事,必须最大程度、最艺术地实现小说的影视化。具体说来,应该达到以下几点要求。

一、改编务必围绕主题进行

大体有两种情况:一种是改编基本遵从小说原著的主题,编剧一般对小说内容(譬如人物、情节等方面)不作大的变动,而是在表现手段上下功夫,即如何运用声音、画面等技术手段最大程度地实现小说的影像化。比如电影剧本《边城》、

---

① 夏衍.夏衍论创作[M].上海:上海文艺出版社,1982:387.

电视文学剧本《围城》等都如此。另一种是改编不遵从小说原著的主题,而是重新确定新的主题。这种改编就比较复杂一些,除了在表现手段上下功夫,还要对小说内容进行必要删改。下面就以电影《唐山大地震》为例,具体谈一谈它的改编。

电影《唐山大地震》是根据张翎的中篇小说《余震》改编的。小说写 1976 年 7 月 28 日凌晨的那场 7.8 级大地震,将整个唐山城瞬间变成一片废墟。地震发生后,一个叫李元妮的母亲在自己的孪生儿女中只能救一个的残酷事实面前,痛苦而又无奈地选择救儿子小达,而放弃救女儿小登。后来小登侥幸地活了下来,被人领养。但是大地震给她带来难以弥合的心理创伤,使她长期生活在阴影中,成年后她又遭遇养母病逝、养父性侵害、丈夫婚外恋、女儿离家出走等诸多打击,以致她精神濒临崩溃,多次试图自杀。

小说通过女主人公的不幸经历以及孤寂、痛苦的情感世界,来表现人性的阴暗和现实人生的残酷,其基调幽怨阴暗。而电影文学剧本《唐山大地震》的主题与小说原著相反,主要彰显大地震灾难下的温暖情感,该剧本的改编便紧紧围绕这个主题进行,为此,小说原作被改动不少,比较重要的改动如下。

其一,对线索作了改动。小说以女主人公方登心理疗伤的过程为线索(单线)展开,而电影剧本则是以多线(即方登的母亲、方登和弟弟方达的生活)展开情节。编剧苏小卫解释说:"这是为了更好地表达影片的主题。一个家庭的几个人物因为灾难导致生活失衡,他们的感情纠结着;而剧中人物命运变化的同时,又包含了 32 年的时代变迁,形成了更加宏阔的电影格局。"①

其二,对相关人物与情节也作了一些改动。比如小说原作中的养父是个很阴暗的角色,他在妻子过世后对养女方登性侵害。由于这个角色不太符合电影剧本的主题,编剧就将养父改成一个很重情义的善良人,他对自己的养女很关心,很爱护。剧本还增加了小说原著中并没有的汶川大地震情节,并且特意设计失散多年的方登和方达姐弟在汶川意外相逢,其目的也是表现震后一家人的温暖亲情。

二、重视搭建矛盾、对立的人物关系网

在上一章就提过,影视非常讲究矛盾冲突,而矛盾冲突主要表现为人物之间的冲突。所以在影视改编时,必须重视搭建矛盾、对立的人物关系。

关于人物关系的搭建,有经验的剧作家对此深有体会,比如创作电视文学剧本《暗宅之秘》的刘连枢认为,"搭建人物关系,三角关系是铁律。所谓人物三角关系,

---

① 大地震编剧苏小卫:让观众透过电影感受剧本体温[N].光明日报,2010-7-21.

不仅是血缘关系、亲情关系、夫妻关系、恋人关系、情人关系,还包括朋友关系、同事关系、邻里关系、上下级关系等所有构成关系的关系。这些关系,应该是矛盾的、非寻常的、彼此相联的、牵一发而动全身的,能够引发和推动戏剧冲突"。①

刘连枢将自己的小说《半个月亮掉下来》改编成电视文学剧本《暗宅之秘》,就非常注意人物关系的搭建。原先小说中的人物关系比较简单,不存在多少矛盾冲突。在改编时,为了使人物之间形成矛盾,刘连枢对小说中的人物进行很大改动。

比如,原小说里,枝子妈家跟王一斗家不过是邻里关系,两家并无多大瓜葛;剧本里,泼辣的枝子妈成了王一斗那老实忠厚的儿子满囤的丈母娘,两家由邻里变亲家,而这亲家又是冤家。枝子跟满囤的婚事一直遭到顽固的枝子妈的反对,以致外孙九库都到了快上学的年岁了,还是个黑户头。因为枝子妈还死攥着户口本,枝子和满囤没法登记领结婚证。枝子妈跟王家的矛盾不可谓不深。

又比如,小说中,夏五爷和大漏勺之间关系疏淡,两人并没有什么交往;剧本里,夏五爷和大漏勺成了非血缘关系的爷孙关系。大漏勺为了发财,贩起了文物,成日就盯着夏五爷暗藏的金缕玉盖,算计着如何将它据为己有。这对表面看来很亲密的爷孙之间的冲突不可谓不大。

再比如,小说中枝子妈和郑考古原本是单纯的嫂子与小叔子关系;剧本里,枝子妈和郑考古之间的关系变得有些复杂,两人是浪漫的黄昏恋人。他们俩凑到一块儿,给睡梦里都想着挖宝发财的王一斗带来很大障碍。这无疑更加深了枝子妈跟亲家王一斗之间的矛盾。

总之,刘连枢通过对小说中原本比较平淡的人物关系的改动,使电视剧本中的人物关系充满矛盾冲突,无疑也使这个剧很有看头,以他自己的话来说,"搭好人物关系,戏剧冲突就会一场接着一场,有趣的故事情节就会雪片般飞来,人物对白就会英雄有了用武之地"。②

第三节 改编影视剧本应注意的问题

就剧本改编而言,有了好的小说底本,能否将其改编为成功的影视剧本,关键还在于改编者的改编是否恰当。改编剧本务必注意以下三个问题。

---

① 刘连枢.小说与电视文学剧本写作的区别[M]//暗宅之秘(附录三).北京:同心出版社,2007:343.

② 同上。

一、剧中人物要到位

所谓人物"到位",主要是指人物要有个性,且其个性与其心理、年龄、身份、家庭出身等比较吻合。如果剧中人物改编越位了,那就会大大削弱其艺术感染力,给人一种假的感觉。

沈从文特别强调人物的到位。他的小说《边城》中女主人公翠翠是一个十四五岁的未成年的乡下女孩子,她对情感有着一种朦胧的感觉。这一点,沈从文在写翠翠时是非常注意的。这部小说后来被改编为电影,编剧曾一度忽视了翠翠是个不成熟的女孩子,将她的情感当恋爱感受处理。电影剧本的初稿传到沈从文那里,他对此提出了中肯的意见。比如,剧本写傩送提出给翠翠守船,有这样的句子:

"我要一个人给你们守渡船,好不好?"
翠翠莞尔一笑,感激地望着他,她走了神……

沈从文在剧本稿子上写了他的意见:"即有如上的事,也不会有所写的情况。因为她始终还是个不成熟的乡下女孩子!"①他还特意给编剧写信,提出他的建议:"望尽可能照原文处理。翠翠应是个尚未成年女孩,对恋爱只是感觉到,其实朦朦胧胧的。因此处理上盼时时注意到。"②

人物能否到位,是关乎剧本改编成功与否的一个重要因素。一部剧,即便情节再曲折,主题再鲜明,如果人物写得支离破碎,那也是失败的改编。

二、剧情要合乎情理

在剧本改编时,尤其是那种不遵从小说原作的改编,务必注意合乎情理。剧情设计要前后紧凑,环环相扣,谨防出现漏洞。关于这点,清代李渔曾指出:"编戏有如缝衣,其初则以完全者剪碎,其后又以剪碎者凑成。剪碎易,凑成难,凑成之工,全在针线紧密。一节偶疏,全篇之破绽出矣。"③

剧情的安排要考虑周全,先写什么,后写什么,剧情发展要合乎生活常理。这里有必要提一下电影《唐山大地震》。客观地说,这部剧在改编上有不少可取之处,但是剧的后半部改得不如原作完整,比较突出的是有关方登及其弟方达的

---

① 沈从文.对边城电影文学剧本的改评[M]//边城(附录二).太原:北岳文艺出版社,2002:149.
② 沈从文.对边城电影文学剧本的改评[M]//边城(附录二).太原:北岳文艺出版社,2002:134.
③ 李渔.闲情偶寄:词曲部[M].北京:华夏出版社,2006:13.

命运安排，经不起推敲。方登18岁那年（1986年）考入杭州的医学院，与一位研究生相恋，后怀孕，研究生考虑自己的前途，希望她打胎，但她宁可退学，也要生下这个孩子（研究生后来出国，两人断了音信）。在20世纪80年代中期，人们的观念尚比较保守，像方登这样一个底层家庭出身的姑娘，会没有顾忌地未婚先孕还要生下孩子？这是不太符合常理的。况且一个单身女人，既无学历又无业，怎么拖着一个孩子过活？电影写方登后来嫁给一个大她16岁的外国律师。她又是怎么下嫁这个外国人的？电影没有相关的情节（或通过人物对白）予以交代。方登的弟弟方达在地震中失去了左臂，18岁那年他跟姐姐一起参加高考，没考上，便到杭州打工，以蹬三轮车拉客为生。经过十年的打拼，方达前途一片光明：房、车、妻都有了，还开起了公司。方达作为一个蹬三轮车的独臂人，十年间他是如何发迹的？电影也没有作任何交代。虽然说电影剧本也不是不可以留白，但是留白要留得合理，不能存在漏洞。

三、要充分体现影视的可视性（荧屏化）特点

前面说过，文学剧本是供影视演拍（或舞台演出）之用，影视剧本改编必须体现影视的可视性（荧屏化）特点，即设法将以语言文字为媒介的小说转换为以画面为主的镜头。其中比较难改编的是小说中缺乏画面感的部分（比如纯粹叙述性文字、心理描写等），这里就重点说一说如何将它们转化为可视性很强的画面。比较常见的有以下两种处理方式。

1. 尽可能通过台词和动作来表现

这是最基本的改编方式。刘连枢根据他的小说《半个月亮掉下来》改编的电视文学剧本《暗宅之谜》就是如此。我们来看下面这段小说文字：

> 几十年来，王一斗重复地做着同样的梦，有时清晰，有时朦胧，内容大同小异，几乎一成不变，结局都是被金条烫醒，每次醒来，手掌都感到火辣辣的疼。王一斗请过不少睁眼的瞎眼的睁一只眼的瞎一只眼的算命先生，但他们都无法解析这个梦，也说不清他这些年为啥总做同样一个梦。只好认同满囤妈的话："都怪你不开眼的爷爷给你起了个一斗的名儿，你这辈子顶多就是一斗粮食的命，穷疯了就做发财梦呗。"[①]

上面的小说片段基本上是叙述性文字，叙述王一斗多年来的黄金梦，其中涉及的内容主要是王一斗的心理活动，满囤妈不过是出现于王一斗心理活动中的一个人物。人物的心理活动见诸文字，可以为读者所理解，但要在荧屏上转化为

---

① 刘连枢.半个月亮掉下来[M]//暗宅之谜（附录一）.北京：同心出版社，2007：275.

画面,是很不容易的。所以刘连枢在将他的小说改编成电视文学剧本时,就紧扣住电视剧的"荧屏化"特点,将满囤妈提升到与王一斗同等重要的地位,由她来跟王一斗进行对话,而小说所写的王一斗的梦就被纳为两人直来直去的对话内容。

> 王一斗大叫一声,醒了:啊——
> 满囤妈:又做你那发财梦了吧?
> 王一斗伸开手:那金条就像是刚刚浇铸的,烫得我手火辣辣地疼。
> 满囤妈:同样一个梦,做了几十年,你哪次不是让金条烫醒呀?有本事,拿回一根真的金条来,哪怕让我过过眼瘾也行啊。……我算看透了,你这一辈子,就是"一斗"粮食的穷命!想发财?做梦吧!
> 王一斗:要说这梦,也真邪门了!自从住进这所宅子,几十年了,为啥总是做同一个梦?每一次还都不走样儿,有时清楚,有时模糊,有时像是在梦里,有时又像是真的……①

2. 合理采用旁白

编剧在改编文学剧本(特别是改编小说名著),为了忠实地保持小说的原貌,根据需要,可合理采用旁白。根据钱钟书的小说《围城》改编的同名电视文学剧本就是典型例证。

钱钟书的小说《围城》堪称学者型小说,小说写人叙事都大量采用比喻等修辞手段,而且还热衷于引经据典,因而其知识蕴含非常丰富。不过,其中的很多内容不太适宜荧屏化表现,如果在改编成电视剧本时将这些都删掉不用,就会大大削弱作品的表现力。小说《围城》的艺术魅力会因为不恰当的改编而丧失。为了真实地在荧屏上再现钱钟书小说气象万千的原貌,给观众一个有魅力的《围城》,改编者处理那些不宜在剧中直接表现的内容时,就采用旁白。如方鸿渐在国外留学期间混了几年,毫无所得。为了回国向资助他留学的岳丈以及对他寄予厚望的家父交差,方鸿渐厚着脸皮买了一张子虚乌有的克莱登大学的假博士文凭,这种弄虚作假的行为让他多少有点不安,于是他又在心理上自我辩护,寻求开脱。小说有一段很精彩的描写:

> 撒谎欺骗有时并非不道德。柏拉图《理想国》里就说兵士对敌人,医生对病人,官吏对民众都应该哄骗。儒圣如孔子,还假装生病,哄走了儒悲。孟子甚至对齐宣王也撒谎装病。父亲和丈人希望自己是个博士,做儿子女婿的人好意思教他们失望么?买张文凭去哄他们,好比前清时代花钱捐个官,或英国殖民地商人向帝国府库报效几万镑换个爵士头衔,光耀门楣,也

---

① 刘连枢.小说与电视文学剧本写作的区别[M]//暗宅之谜(附录三).北京:同心出版社,2007:336.

是孝子贤婿应有的承欢养志。反正自己将来找事时,履历上决不开这个学位。①

这段引经据典,很妙地表现了方鸿渐的小聪明,生动地展露他不务实的自欺欺人心理,这段心理描写不好在荧屏上直接表现,于是改编者就以旁白的形式处理。

推荐(对比)阅读书目:

陈源斌.万家诉讼(小说)[J].中国作家,1991(3).

刘恒.秋菊打官司(电影文学剧本)[M]//菊豆 秋菊打官司·刘恒影视作品集.北京:中国社会科学出版社,1993.

莫言.红高粱(小说)[J].人民文学,1986(3).

陈剑雨,朱伟,莫言.红高粱(电影文学剧本)[J].西部电影,1987(7).

刘连枢.半个月亮掉下来(小说)[M]//暗宅之秘(附录一).北京:同心出版社,2007.

刘连枢.暗宅之秘(电视文学剧本)[M].北京:同心出版社,2007.

剧本改编练习:

请将汪曾祺的微型小说《陈小手》改编成电影剧本。

---

① 钱钟书.围城[M].北京:人民文学出版社,1998:10.

散文篇

第十四章

散文概述
>>>

> 散文的要义及其特征
> 散文的主要种类

第一节　散文的要义及其特征

何谓散文？散文一般有两种理解，一种是广义的散文，另一种是狭义的散文。广义的散文，是指不受任何韵律限制的一种很自由的散体文，包括随笔、杂感、游记等，甚至还包括各种应用文和论文。狭义的散文，也是我们今天常说的文艺性散文，是就文学意义上而言的，它是与诗歌、小说、剧本等相提并论的一种文学样式。

散文这种文学样式题材广泛，形式自由，注重抒写真情，并且讲究美感。散文有四大基本特点，我们可以概括为四个字，即"广""散""真""美"。

一、"广"

在所有文学样式的题材选择上，散文是最不受约束的。比如它不需要非得像小说那样将写人作为重点，也不必非要写完整的事件，它也不需要像戏剧那样非得重视生活中的矛盾冲突，它可以选生活的零碎片段，写作者的点滴感受。散文作者想写什么，就可以写什么。大千世界的芸芸众生、万事万物，诸如山川草木、星换物移、人情世故等，皆可成为散文的题材。散文的内容可谓无所不包，大到广袤无垠的宇宙，小到微不足道的尘埃，上至天文，下至地理，古今中外的各种事体——凡是能引起作者感想的，都可以成为散文写作的对象。

大体说来，散文的"广"，主要表现在突破时空的局限：一是可立足现在，纵横千古，又可涉笔未来，完全不受时间限制。二是空间转换广，天南海北，海内海外，从地球写到太空，完全不受空间局限。

二、"散"

散文在形式上贵"散"，忌拘束。散文之"散"，要散得舒展自如，有风度，如行云流水。宋代大文豪苏轼写的散文洒脱不羁，天马行空，他曾这样自评他的散文："吾文如万斛泉源，不择地而出，在平地滔滔汩汩，虽一日千里无难，及其与山石曲折，随物赋形，而不可知也。所可知者，常行于所当行，常止于不可不止。"[①]

[①] 苏轼.自评文[M]//苏轼文集(卷66).孔凡礼,点校.北京：中华书局,1986：2069.

散文之所以称之为散文，主要因为它形式"散"，"散"即是不受拘执，自由"散漫"，散文比诗歌、小说、戏剧等其他文学体裁都要自由，比如它可以自由灵活地选用素材，在表达方式上也很灵活，可用记叙、说明、抒情、议论、描写等方式。鲁迅曾指出"散文的体裁，其实是大可以随便的"。[①] 李广田在《谈散文》一文中对散文的"散"有更具体形象的阐释："诗必须圆，小说必须严，而散文则比较散。若用比喻来说，那就是：诗必须像一颗珍珠那么圆满，那么完整，小说就像一座建筑，无论大小，它必须结构严密，配合紧凑……至于散文，我以为它很像一条河流，它顺了壑谷，避了丘陵，凡可以流处它都流到，而流来流去却还是归入大海，就像一个人随意散步一样，散步完了，于是回到家里去。这就是散文和诗与小说在体制上的不同之点，也就足以见出散文之为'散'的特色来了。"[②]

不过，散文的"散"，并不是像一盘散沙那样散得无序，而是表面上散，实际上，其内在的"神"（中心情感）不散，能聚收；好比撒网一样，看似随心所欲，信手撒出去，却是终究能聚得起，收得拢的。这就是通常人们说的"形散神聚"。

三、"真"

好的文章都是真挚情感的产物，散文尤其如此。大凡优秀散文都是因为写得情真意切而感人至深。

比如史铁生的散文，之所以读后令人感动，叫人难忘，就因为他的散文篇篇都是写他自己的亲身经历和真切感受，其真情非一般肤浅之人所能表达。作为一个不幸被病魔剥夺了行走能力的人，他承受着常人所无法承受的痛苦，他对人生的深刻体悟也是超越常人的。他依仗着他的笔让自己重新"站立"，抑或说他是靠真情抒写来构筑他那灵动飞扬的精神世界。他写的每一篇散文（比如《地坛》《秋天的怀念》等）都是字字关情，字字藏真，字字含善。

下面我们就来赏读他简短而又情深的《秋天的怀念》。

> 双腿瘫痪后，我的脾气变得暴怒无常。望着望着天上北归的雁阵，我会突然把面前的玻璃砸碎；听着听着收音机里甜美的歌声，我会猛地把手边的东西摔向四周的墙壁。母亲就悄悄地躲出去，在我看不见的地方偷偷地听着我的动静。当一切恢复沉寂，她又悄悄地进来，眼边红红的，看着我。"听说北海的花儿都开了，我推着你去走走。"她总是这么说。母亲喜欢花，可自从我的腿瘫痪后，她侍弄的那些花都死了。"不，我不去！"我狠命地捶打这

---

① 鲁迅.怎么写——夜记之一[M]//鲁迅小说散文杂文全集(中).南宁：广西民族出版社，1995：896.
② 李广田.谈散文[M]//俞元桂.中国现代散文理论.南宁：广西人民出版社，1983：148.

两条可恨的腿,喊着:"我活着什么劲!"母亲扑过来抓住我的手,忍住哭声说:"咱娘儿俩在一块儿,好好儿活,好好儿活……"

可我却一直都不知道,她的病已经到了那步田地。后来妹妹告诉我,她常常肝疼得整宿整宿翻来覆去地睡不了觉。

那天我又独自坐在屋里,看着窗外的树叶"唰唰啦啦"地飘落。母亲进来了,挡在窗前:"北海的菊花开了,我推着你去看看吧。"她憔悴的脸上现出央求般的神色。"什么时候?""你要是愿意,就明天?"她说。我的回答已经让她喜出望外了。"好吧,就明天。"我说。她高兴得一会坐下,一会站起:"那就赶紧准备准备。""唉呀,烦不烦?几步路,有什么好准备的!"她也笑了,坐在我身边,絮絮叨叨地说着:"看完菊花,咱们就去'仿膳',你小时候最爱吃那儿的豌豆黄儿。还记得那回我带你去北海吗?你偏说那杨树花是毛毛虫,跑着,一脚踩扁一个……"她忽然不说了。对于"跑"和"踩"一类的字眼儿,她比我还敏感。她又悄悄地出去了。

她出去了。就再也没回来。

邻居们把她抬上车时,她还在大口大口地吐着鲜血。我没想到她已经病成那样。看着三轮车远去,也绝没有想到那竟是永远的诀别。

邻居的小伙子背着我去看她的时候,她正艰难地呼吸着,像她那一生艰难的生活。别人告诉我,她昏迷前的最后一句话是:"我那个有病的儿子和我那个还未成年的女儿……"

又是秋天,妹妹推我去北海看了菊花。黄色的花淡雅、白色的花高洁、紫红色的花热烈而深沉,泼泼洒洒,秋风中正开得烂漫。我懂得母亲没有说完的话。妹妹也懂。我俩在一块儿,要好好儿活……①

在文中,作者深切怀念自己已故的母亲。母亲为让双腿瘫痪、心绪很坏的儿子鼓起生活的勇气,坚持要推儿子去北海公园看菊花,而那时的她已经重病缠身,肝病疼得她彻夜睡不着觉,但在儿子面前,她却装作什么事也没有。她临终最放不下的是有病的儿子和未成年的女儿。母亲对艰难生活的忍耐,对病中儿子的理解和深爱,让人读后心中久久不能平静,在感动于无私而又博大的母爱的同时,也慨叹命运的不测与无常。

四、"美"

"什么是美"?我们先追究一下这个问题。著名美学家朱光潜曾对"美"作过

---

① 史铁生.史铁生作品集(第1集)[M].北京:中国社会科学出版社,1995:71-72.

这样的阐释："美不仅在物,亦不仅在心,它在心与物的关系上面;……它是心借物的形象来表现情趣。世间并没有天生自在、俯拾即是的美,凡是美都要经过心灵的创造。……美就是情趣意象化或意象情趣化心中所觉到的'恰好的'快感。"①朱光潜所说的"情趣意象化",是指作者创作(创造)作品,"表现情趣于意象";而"意象情趣化"则是指读者欣赏作品,"因意象而见情趣"。由此我们也就知道了"美"的实质,是由意象所引起的人心灵的一种快感。

散文创作要注重表现美,美是对散文艺术上的要求。好的散文,要求做到情文并茂,既有真情,又有美感。

散文的美有多种,比如有干练峭拔之严正美,有柔润清新之温婉美,有如夕阳抚大漠般的沉静之美,有如东风吹杨柳般的清秀之美……不论散文的美有多少种,大致说来,又可粗分为情趣美和理趣美两大类。

有些散文,诸如记人、叙事、写景和状物之类,往往表现或蕴含作者细腻的主观感情,带有比较浓厚的情调和趣味(即情趣),这种情趣能引起人心灵的快感,这便是所谓的情趣美。散文的情趣美多半源于作者对自然、生活(人生)的热爱,以一种艺术的态度去感受它们。很多散文家,如冰心、朱自清、张晓风、徐迅、叶卫东等人的散文都是以情趣美见长。

散文的情趣美主要是通过意象(包括物象和事象)来表现的。比如叶卫东的散文佳作《在古谯楼晒太阳》。

> 冬天晴好的日子,我会走到古谯楼下晒太阳。这座谯楼属于旧时城墙的一个组成部分,始建于元代,后一再毁于战火,在明洪武以及清顺治、同治年间多次重建。往日的谯楼曾雄踞于旧城之上,守城大将登临远眺、仰观云天,俯瞰巷陌,这场景多么令人神往。
>
> 谯楼的拱形城门洞,深约二十多米。靠在城门洞里晒太阳,是一种莫大的享受。这里背风朝阳,似一个大暖房。身上闪动的阳光,簇新鲜活,而身后的城砖,又是古老沉厚的。
>
> 闲来无事,我开始打量城门洞中对分的两扇城门。门是紫檀色的,成扇状敞开,每扇城门上有九十八颗门钉。想来前人是遵照风水学原理——百米之外一座民国时期的省会图书楼,正对着成纵深状的城门洞,二者不偏不倚,非常严整地处于一条端线上,以至于远处灰色墙砖的图书楼正好映入城门洞里,让人不由联想起血腥战争与静室书斋间的奇妙并存——谯楼是战士守卫城池之处,而图书楼则是读书人探究学问之地。这二者,在一定意义上象征了战争与和平的依存转换。

---

① 朱光潜.文艺心理学[M].上海:复旦大学出版社,2005:141.

我试图关闭一扇城门,不想竟纹丝不动。它有多么沉重?我一人动不了它,那么晚上守门人怎样才能关上城门?后来仔细观察,发现门后有一条钩链,钩住了大门。取下钩链,稍稍用力,大门就闭合了。地上一根四五米长的圆木,就是晚上顶城门用的。

继续享受城门洞的太阳。时间一久,温暖的阳光从我头顶贯入血脉,进入身体内部,浑身骨节逐渐松爽安然。身前晒热了,背脊后却隐隐透出一股古老城墙的苍凉。闭上双眼,太阳就变作一团在眼帘外扑动的光斑。太阳晒着我,也晒着我身后的城砖,把城砖上关于时间的斑痕一无遗漏地呈现。每一块城砖都该有一段风雨剥蚀的往事。往谯楼高处看,城堞处垂下一缕青黄的蒿草,像一把倒悬的竹扫帚。有两处城砖的缝隙寄生着小草,绿而茂盛,相对这个季节,有些奇特。它提示我们,在冬天的古老城墙上,同样有生命存在,而且自得其趣。

阳光洒到城墙楼下的场地上,如水银漫过。有轿车停在那里,司机坐在车里看报,晒太阳。一个老人,约有八十岁,方脸,白发,垂着头在城门楼下的石阶上忙碌着——他面前铺一张晚报,上面堆放着大约上千枚古铜色的五角硬币。他是在同一币值的硬币中挑选硬币,把一些挑出来的硬币叠放在一边。已有三四叠,每叠都有十余枚。我不明白他做这件事的意义所在,但是觉得有点神秘。他的手指看上去笨拙,却并不慢。神态非常专心,并且一副乐在其中的样子。我向他请教,是根据什么标准挑出这些硬币,是币面新旧?铸造年代?老人一律摇头,一副忙得懒怠答理我的样子。或许他是听力有障碍,或者这本就是他打发老年时光的一种游戏。我的好奇心减退,于是离开了这位也许根本不希望他人打搅的老人。

午后,阳光凝固了一般暖和。右边城墙下,不知何时坐满一排七八十岁的男女老人。他们给太阳晒着,或闭目养神或仰身瞌睡。他们的脸比老城墙更显得斑驳沧桑。一位约摸九十岁的老人,团成一团,像一座笑面菩萨像。左边城楼下,坐着一群天真的孩童。他们欢声笑语,像阳光一样的明媚。我从左看到右,又从右看到左,不知应该参加哪边的队列。

听到老人们在说,这一天是"三九"的第四天。真是好太阳啊!①

《在古谯楼晒太阳》以一种轻松灵动的笔触,写了诸多动人的意象,譬如背风朝阳似一个大暖房的谯楼的拱形城门、崭新鲜活在人身上闪动的温煦的阳光、垂着头在城门楼下的石阶上专注挑硬币的白发老翁、团成一团像一座笑面菩萨像的晒太阳的老人等。这些意象本身传达的就是平淡生活中一种真切感人的

---

① 叶卫东.在古谯楼晒太阳[M]//寄存在故乡的时光.长春:吉林人民出版社,2011:62-63.

情趣。

散文的理趣，主要是指散文作者以富有智慧或蕴藉隽永的文字，形象化地阐释对客观事物的深刻见解或对纷繁复杂的社会人生的独特体悟。这类散文一般不是枯燥地说大道理，也不是纯粹依靠严谨的逻辑推理，而是借助形象化的表现手法比如类比、引证等来阐释作者所要表达的人生体悟，故而文章既富有哲理，又不失生动，带给读者的是一种意味深长的理趣美。钱钟书、邓拓、王小波等人的随笔式散文多以理趣美见长。其散文的理趣与他们阅历的丰富和识见睿智密切相关。比如王小波的散文名篇《一只特立独行的猪》，写了插队岁月喂猪时见到一只特立独行的猪的传奇经历。王小波表面上写猪，其实是有其深刻用意的，他在文章结尾作了这样的注脚：

> 我已经四十岁了，除了这只猪，还没见过谁敢于如此无视对生活的设置。相反，我倒见过很多想要设置别人生活的人，还有对被设置的生活安之若素的人。因为这个缘故，我一直怀念这只特立独行的猪。①

王小波的真实意图是要借这只特立独行的猪的传奇故事，来反衬现世中庸众的死气沉沉的生活。此文的主旨是向人警示：被别人设置的生活是不幸的，因为被设置，就意味着自由的丧失，而人们却往往习惯于生活被设置，很少能像那只特立独行的猪一样有独立自由的意识，敢于去追求属于自己的生活。对于这个包含人生哲理的严肃命题，王小波采用的是一种形象而又深刻的类比手法（以猪类比人），借助的是一种幽默调侃的文笔，使得作品充满浓厚的理趣美，幽默而严正，深入而浅出，读来让人玩味。

散文的情趣美和理趣美的区分是相对的。有的以情趣美见长的散文，也包含一定的理趣美；而有的以理趣美见长的散文，也包含一定的情趣美。

以上就散文的广、散、真、美四个方面，大致谈了散文的基本特点，这也是我们对散文的一般理解。而就具体的散文写作而言，尤其在散文写作方面有很高造诣的作家那里，他们对散文是有更深刻、更独到的体悟和感受的，比如作家徐迅就曾这样感受散文："我说过，在我的倾向里，散文就是那种恣意、鲜活的，有一种飞翔的姿势，或者能拧出青草之汁的东西。现在想，我喜欢与坚持的正是散文那种内在的自由精神。内心与灵魂的自由真的很舒服。而'能拧出青草之汁'，恰恰符合我对文字的审美要求。这可以不可以说，生命无论轻盈或沉重，散文于我，也是追求个性与自由的一种方式？"②徐迅之所以对散文有这种感受，主要源于散文在他，已成为宣张自由灵魂的一种自然存在。

---

① 王小波.一只特立独行的猪[M]//我的精神家园.北京：文化艺术出版社，2002：108.
② 徐迅.想到就写[M]//在水底思想.北京：中国电影出版社，2011：209.

第二节 散文的主要种类

散文的种类比较多,按照其内容和性质,一般可分为叙事散文、写景散文、抒情散文、议论(哲理)散文等种类。

一、叙事散文

叙事散文是以记叙人物和事件为主的散文,一般偏重于客观、具体地写人和记事,作者的感情往往包含在字里行间。根据叙事散文内容的侧重点不同,我们又可以将它们分为记人散文和记事散文。

记人散文主要记的是人物,人物既是线索,又是中心。这类散文一般选取最能体现人物的个性和精神面貌的生活片段,来给人物画像,栩栩如生。鲁迅的《藤野先生》、张中行的《叶圣陶先生二三事》、汪曾祺的《金岳霖先生》、施蛰存的《纪念傅雷》等,都是写人散文的范作。必须注意的是,记人散文的人物形象必须是真实的,切忌虚构。

记事散文主要记的是事件,事件是线索,也是重点。这类散文所记的事也多半选取一些生活片段,如鲁迅的《从百草园到三味书屋》、张爱玲的《公寓生活记趣》;也有所记的事件有头有尾,比较完整,如许地山的《落花生》、张洁的《拾麦穗》、丛维熙的《梦回故园——欢乐篇》等。

有一点须明确,叙事散文虽以记人和叙事为主,但并不完全局限于对人和事的记叙,其间还可融入景物描写、作者的抒情甚至议论(感慨)。比如沈从文的《鸭窠围的夜》,作者写自己回归离别十余年的故乡湘西,途中夜宿鸭窠围一夜间的所见和所思。文中重点记叙"水上人"和"妇人们"的生活情状,作者在记叙的同时也忍不住抒发自己的真切感受,比如听吊脚楼上妇人在暗淡灯光下唱小曲,听小羊固执而柔和的叫声时,作者这样抒写他的感受:

> "此后固执而又柔和的声音,将在我耳边永远不会消失。我觉得忧郁起来了。我仿佛触着了这世界上一点东西,看明白了这世界上一点东西,心里软和得很。"①

作者写夜深人静时"水面上那一分红光与那一派声音",作者这样感慨:

---

① 沈从文.鸭窠围的夜[M]//沈从文文集(第九卷).广州:花城出版社,1984:244.

"那种声音与光明,正为着水中的鱼和睡眠的渔人生存的搏战,已在这河面上存在了若干年,且将在接连而来的每个夜晚依然继续存在。我弄明白了,……我所看到的仿佛是一种原始人与自然战争的情景。那声音,那火光,皆接近于原始人类的武器!"①

这种叙事中夹杂抒情和感慨,能有力地凸现作品的主题。

二、写景散文

写景散文重点在于写景,即以描绘景物为主。

比较常见的有两种写景。

一种是以情感为线索,选取一些类似画面的片段,突出景物的特征。如郁达夫的《江南的冬景》,写"江南"——他的家乡浙江富阳一带的冬日风光,选取户外曝背谈天图、冬郊散步图、冬雨农村图、江南雪景图和旱冬闲步图等五个优美的画面,突出江南温润、晴暖和优美的特色,而贯穿全文的线索即是作者对故乡的深厚感情。

另一种是采用"移步换景"的手法(常见于游记类的散文),将观察的变化(或空间的变化)作为全文的线索。比如碧野的《天山景物记》就是如此。作者先写远望天山美丽迷人的风姿,然后以导游的身份,带着读者同去游览,从天山外围写到天山深处,从天山低处写到天山高处,每处的景色变化各有特征。

写景散文并不是为了写景而写景,往往在写景的同时抒发感情,借景写情或寓情于景。

三、抒情散文

抒情散文重点在于抒情,即注重抒发作者的思想情感,具有浓郁的抒情性。抒情散文大致有下列特点:善于将抽象的思想情感寓于具体生动的形象中;立意比较清新,往往富有诗情画意;文辞优美流畅,艺术感染力很强。

抒情散文也有写景状物或写人写事的,但所写的景与物、所记的人和事一般是为了抒发情感。抒情散文往往有三种表达方式:借景抒情、托物抒情和因人(事)抒情。

比如林语堂的《秋天的况味》就是典型的借景写情,在他的笔下,秋代表成熟的"古色苍茏之概,不单以葱翠争荣",他认为,熟秋是"最值得赏慕的"。作者借

---

① 沈从文.鸭窠围的夜[M]//沈从文文集(第九卷).广州:花城出版社,1984:249.

写秋的况味,来表达他对人生的体味。秦牧的《社稷坛抒情》属于托物抒情。作者借写社稷坛,来抒发他怀古之幽情以及由此生发的民族自豪感与对现实人生的感喟。史铁生的《秋天的怀念》是因人抒情,作者为怀念他的母亲而写下感人至深的抒情散文。冰心的《我的家在哪里》属于因事抒情。作者写因梦见自己叫洋车去(曾经与父母和弟弟们住的)"中剪子巷",却怎么也找不到,由衷地抒发她对故土的强烈思念,"中剪子巷"是她永久的家——灵魂深处的"家"。

四、议论(哲理)散文

议论散文是散文家族中颇具特色的一员,与叙事性散文、写景性散文、抒情性散文不一样,它更多涉及的是有关社会、人生等问题的深刻体悟,在社会万象与人生百态中去感悟人生的真谛,去透视社会的本质,故而它以智性见长。但它又不同于那种强调清晰的理性和严密的逻辑性的一般议论文,它更多偏重于形象的描绘和情感的抒发,深刻的哲理往往融于具体生动的形象和真切动人的情感之中。

大致说来,议论散文具有形象性、抒情性和哲理性的特点,它呈现给读者富有哲理的形象和情感,让读者在获得优美形象和直观感受的同时,能得到深刻的启迪。如钱钟书的《吃饭》、冰心的《谈生命》、朱光潜的《慢慢走,欣赏啊》等都属于哲理散文名篇。

推荐阅读书目:

鲁迅.朝花夕拾[M].北京:人民文学出版社,1979.
沈从文.沈从文文集(第九卷)[M].广州:花城出版社,2002.
叶卫东.寄存在故乡的时光[M].长春:吉林人民出版社,2011.
王小波.我的精神家园[M].北京:文化艺术出版社,2002.
史铁生.史铁生作品集(第1集)[M].北京:中国社会科学出版社,1995.

散文写作练习:

请写一篇散文,题材不限,要求情文并茂。

第十五章

散文写作

>>>

善于捕捉"闪光点"
选材务真实
如何"串珠"

散文题材广，形式自由，表面上，似乎不难写，但实际上，将散文写好并不是一件容易的事。要想写好散文，需要作者有比较丰厚的生活积累、比较渊博的知识储备，还要有一定的文学修养，更重要的，是要拥有一颗热爱生活和文学的灵心，并且拥有一双善于发现真、善、美的慧眼。具备了这些素质，散文才有可能写得出色。

写好散文的要求虽然比较高，但真要狠下功夫，比如多阅读那些散文家的名篇佳作，从中总结出一定的创作经验，汲取一些有益的养分；多观察生活，做生活的有心人；多思考，勤练笔，那么"笔头"会越磨越尖，散文也会越写越有长进，终致能写出精品佳作来。

下面，我们就从写作的角度，重点谈一谈散文的构思问题。

一篇散文在下笔前，须要进行比较精巧的构思，如考虑如何立意、选材、布局以及运用修辞等问题。

第一节　善于捕捉"闪光点"

散文的立意很重要，立意于散文而言，如同有了主心骨。关于散文立意的要求，同以前讲过的诗歌的立意要求大体相似，比如立意简明突出，确定一个明确的主题；要有新意，力避陈词滥调；要饱含真情，不可虚情假意；要自然得体，不可造作牵强等。这里就不多赘述。

散文创作源于生活。散文的"意"即散文的中心思想（情感），是需要作者在纷繁的生活中去细心观察，去真切感受，去敏锐发现的。现实生活中那些能让人眼睛为之一亮、心灵为之一颤的闪光点或"不寻常处"，其实就是散文创作的灵感。作者一旦捕捉住了这些"闪光点"或不寻常处，也就等于给散文立了"意"。

比如茶叶，在常人的眼里，是再普通不过的一种饮品。但是在有着浓厚乡土情结的作家徐迅那里，他敏锐地感受他的家乡皖河的茶寻常中见不寻常：茶寄寓人生，"茶叶不仅仅是一种单纯的饮料，更成了乡亲们一种人生的价值取向"；茶牵系乡情，"好茶须好水。这水当然就是皖河的水了——'走千走万，不如皖河两岸'。乡亲们说只有皖河的水，才最为清纯无比。"徐迅还特意提到他离开皖河之后，喝的茶是枯黑的"死茶"，因为那茶是没有用皖河水泡的，其恋乡之情由此毕现。徐迅满怀深情地将他家乡皖河茶的不寻常处写下来，这就是为很多读者所击赏的抒情散文佳作《有一种树叶叫茶》。下面我们不妨来赏读一下。

做一片树叶总是要落的，你自己不落，别人也会伸手帮你摘落下来。然后将这树叶一片片地洗涮干净，摆进水里淋透，浸上一天半日的，再放到一块干净的石头上揉得碎碎的,直揉出鲜嫩的绿色浆汁来,用钵子盛着,放上一勺子石膏。过不了一会,这绿色的液体浓酽酽的就凝固成了一块豆腐。含在嘴里冰凉冰凉的,透着爽快。乡亲们管这树叶叫"观音楂",管这做出来的绿豆腐叫"观音豆腐"。这是他们夏天用来消暑的饮料了。最喜欢做观音豆腐的是一群姑娘嫂子们,她们用灵巧的双手,使乡村生动,也让自己亲人的生活变得丰富多彩。

久而久之,乡亲们就从树叶上看出了很多门道。于是对在河边小山、丘陵上生长出来的树叶也产生了极大的兴趣。春天里,他们大把大把地摘着香椿树叶当菜炒,夏天里摘着肥硕的梧桐叶,蒸米粉肉和小麦粑、米糕之类,或干脆用桑叶泡水喝。女人甚而还用采来的艾叶煮水蒸着身子——乡亲们将所有的树叶都找到了用途,让它落到它应该滴落的地方。

有一种树叶叫茶。这种叫茶的树叶在皖河的两岸漫延无边。皖河的水汽袅袅蒸腾,一天天的,春日的叶片儿就长得很旺很亮,显出格外绿叶葱葱的样子。在清明谷雨前后,一河两岸茶叶飘香,茶树丛里突然就会钻进许许多多鸟儿和摘茶的小姑娘——摘茶与摘其他的树叶方式相似,都是不等树叶长老,就将嫩嫩的芽子摘下来。只是这叶子他们不在太阳里晒干,而是用栗炭火微微焙熏、烤干,然后就慢慢地搓着、揉着,直揉出自己喜欢的形状来。然后按形就状地起些名字:或剑毫、或弦月或云雾的,这就名正言顺地成为茶了。他们将这茶放进茶壶里,冲入滚沸的开水,茶叶就微微地舒展开来,恢复它本来的形状,一股香气随即也从壶里袅袅地飘逸出来。

说起来,皖河人在老祖宗手里就将茶种得神采飞扬,这从地方志中也能找到记载。唐代杨华写的《膳夫经手录》说这茶:"虽不峻道,亦甚甘香芳美,良重也";县志上说:"茶以皖山茶为佳产,皖峰高矗云表,晓雾布漫,淑气钟之,故其气味不待熏焙,自然馥馨,而悬崖绝壁间,有不种自生者,尤为难得。谷雨采贮,不减龙团雀舌也……"据说,唐代有人授"舒州牧",当时的宰相大人李德裕向他要茶,那人就送了他十几斤,李宰相"乃命烹瓯沃肉食,纳以银盒,闭之,诘旦开视,其肉化为水"。从发黄的线装书上,乡亲们看见茶叶与别的树叶有不一样的神奇的功效,于是种茶喝茶,更是津津有味了。

喝茶,是一年到头与土地打交道的乡亲们最大的乐趣。喝着喝着,河边突然就出现了一群大大小小的茶馆,随即也就出现了专门以卖茶为生的人。这些人整天痴迷着茶叶,陶醉在他们劳动之外的另一种乐趣里。一拍即合,闲暇无事的时候,这些志同道合的乡亲就成天地泡茶馆,说自己"晚上水包皮,早上皮包水",十分幸福与得意——在皖河,这些茶客最会品茶。茶香飘飘渺渺,如深谷的幽兰若隐若现,若用鼻子嗅嗅,不经意地直沁人脾腑。举杯慢慢啜那茶水,香郁味醇,茶韵清香;而细细地品茗,回味中却又略带些甘甜。只觉香醇飘逸,神清气爽;只觉四肢百骸,通体舒泰。渐渐地,乡亲们不仅仅只关注那壶中之水,而且开始关注那一片片茶叶了。一片细小的茶叶,纤弱、无足轻重,可又非常微妙,将它们放在壶里,一旦与水融合,立即就释放出自己的一切,毫不保留地献出了它们生命的全部精华。那壶中的茶叶在水里沉浮不定,变幻莫测,朵朵嫩芽,缓缓地舒展,或恰如雀舌,或一旗(叶)一杆(芽)相互辉映,一片片嫩芽显露出茸茸的细毫,亮丽得宛如皖河岸边明媚的早春。

说来奇怪,在茶叶飘香的季节,皖河两岸的人民其情融融,其乐陶陶。他们互相走动,关系陡然间就融洽了不少。乡亲们说皖河的茶叶可以驱睡气、除病气、养生气,可以尝滋味、养身体,更可养志。在这里,茶叶不仅仅是一种单纯的饮料,更成了乡亲们一种人生的价值取向。

好茶须好水。这水当然就是皖河的水了——"走千走万,不如皖河两岸",乡亲们说只有皖河的水,才最为清纯无比。茶因水而生;水因茶而活——茶与水就这样水乳交融,密不可分。

直到现在,我品尝的也还是皖河的茶。但在离开皖河的日子,我却奇怪地发现这茶喝不上几口,就会变成一壶"死茶"——茶水淡淡的,枯黑的叶片躺在水里像一堆毫无生机的乱叶。我发现这就实在不如用皖河水泡茶那么鲜活和赏心悦目了。要在皖河,那喝淡了的茶叶纯绿依然,还可以晒干装进枕头套里。夜里,枕在脑袋上明心养性,也清香无比。①

又比如中国传统女性的发髻,本也很平常,略作引申,它不过是体现一种传统女性的风韵与端庄的标志,但在散文家琦君那里,发髻自有其"不寻常"处。在她的记忆中,母亲年轻时乌亮的好发,发髻梳理的是俏丽和自信。后来父亲带回一个梳着美丽的横爱司髻的姨娘。母亲因为姨娘的出现而郁郁不乐,她和姨娘曾经在廊前背对背梳头,相互仇视不交一语。而姨娘在父亲去世后,因失去依傍而空虚落寞,她的发髻不再多彩多姿,而是很简单的款式,她和母亲彼此间反倒不再嫉恨,成了相依为命的伴侣。母亲病逝之后,姨娘更加孤寂。而作者也意识到自己将渐渐不年轻,不禁喟叹光阴无情,如白驹过隙,再光鲜的生命最终都将归于衰老。作者由母亲和姨娘的发髻体味到母亲和姨娘的命运乃至自己的人生,发髻由此便有了令人心颤的情感内涵,这也是作者写《髻》的立意所在。《髻》以寻常的发髻为线索,娓娓道来的是寻常家事和普通情感,但传达的是人世的沧桑和无奈。文章的最后几段尤为感人。

---

① 徐迅.有一种树叶叫茶[M]//染绿的声音.长春:吉林人民出版社,2011:47-48.

来台湾以后,姨娘已成了我唯一的亲人,我们住在一起有好几年。在日式房屋的长廊里,我看她坐在玻璃窗边梳头,她不时用拳头捶着肩膀说:"手酸得很,真是老了。"老了,她也老了。当年如云的青丝,如今也渐渐落去,只剩了一小把,且已夹有丝丝白发。想起在杭州时,她和母亲背对着背梳头,彼此不交一语的仇视日子,转眼都成过去。人世间,什么是爱,什么是恨呢?母亲已去世多年,垂垂老去的姨娘,亦终归走向同一个渺茫不可知的方向,她现在的光阴,比谁都寂寞啊。

我怔怔地望着她,想起她美丽的横爱司髻,我说:"让我来替你梳个新的式样吧。"她愀然一笑说:"我还要那样时髦干什么,那是你们年轻人的事了。"

我能长久年轻吗?她说这话,一转眼又是十多年了。我也早已不年轻了。对于人世的爱、憎、贪、痴,已木然无动于衷。母亲去我日远,姨娘的骨灰也已寄存在寂寞的寺院中。这个世界,究竟有什么是永久的,又有什么是值得认真的呢?①

下面,我们再以鲁迅的《藤野先生》为例,来看看这篇散文是如何立意的。

鲁迅曾在一九〇四年至一九〇六年日本学医期间,幸遇一个叫藤野严九郎的教解剖学的老师。当时中国是弱国,日本人普遍瞧不起中国人。鲁迅在日本的医科学校就受尽歧视和侮辱。而为人正直的藤野严九郎却一视同仁地对待他所教的学生,对鲁迅很尊重,也很关照,态度和蔼地纠正鲁迅作业上的错误。鲁迅感到很温暖,也感到做人的尊严。后来鲁迅决定弃医从文,藤野先生很感惋惜,还特意请鲁迅到他家里,赠送鲁迅照片,照片后面写"惜别"二字,足见其对鲁迅的深厚情意。在那个特殊的年代,藤野先生作为一个日本老师,能抛弃民族偏见,以一种诚挚的态度对待中国留学生,这是他最闪光之处。藤野先生的闪光处实在令人敬佩不已,无怪乎鲁迅终生难忘,"在我所认为我师的之中,他是最使我感激,给我鼓励的一个。""他的性格,在我的眼里和心里是伟大的,虽然他的姓名并不为许多人所知道。"②藤野先生带给鲁迅深深的感动,因为这份感动,鲁迅满怀深情地写下了这篇著名的叙事散文,以表达对藤野先生的怀念。相信读了这篇散文的人,都会为藤野先生的严谨、正直、诚挚的为人所感动。

上面举的几篇散文之所以成为佳作,都是因为作者善于从现实生活中捕捉"闪光点",也就是善于给自己的散文立意。由此看来,散文立意并非难事,关键是要学会从寻常的现实生活中捕捉那些能让人感心动意的"不寻常处"或亮点。

---

① 琦君.髻[M]//朱栋霖.中国现代文学作品选(第四卷).北京:高等教育出版社,2002:270-271.
② 鲁迅.藤野先生[M]//朝花夕拾.北京:人民文学出版社,1979:76.

第二节 选材务真实

关于散文的选材,一般有两种情况。

一种是主动选材。所谓主动选材,就是散文作者为了写一篇散文,先给散文立好了意,也就是确定散文的主题(中心情感),然后再根据主题,选择合适的生活材料。

另一种是自然选材。所谓自然选材,是指作者事先并没有一定要写的打算,而是在生活中碰到某人或某事,见到某景或某物,心中自然而然地产生一种比较深刻的感受,作者就有感而作,写成一篇散文。

一般来说,散文还是自然选材的好,比较容易写得真挚。而那种主动选材,多少有点为写而写之嫌,未必就一定写得感人。

需要注意的是,散文选材要求真实可靠。

我们都知道,小说、剧本在选材时可以在现实生活的基础上适当进行虚构。散文创作却不允许虚构。散文作者在选材方面务必要真实,比如写真人真事,或写自己的亲身经历,或写别人的亲身经历,所抒发的是作者的真实情感。

诸多经典散文佳作,都很重视选材的真实,真情抒写真实的人事物景,自有亲切感人之处。如巴金晚年著名的散文集《随想录》是真情抒写的典范之作。这部散文集收录150篇散文,42万字,选取的都是作者亲身经历的真实材料,记录了作家在"文化大革命"十年的惨痛经历及其心路历程。《随想录》最大的价值在于它的求真,它记叙的是真人真事,抒发的是真情,探究的是真理,向往的是真性灵。以巴金自己的话说,《随想录》"讲出了真话,我可以心安理得地离开人世了。可以说,这五卷书就是用真话建立起来的揭露'文化大革命'的'博物馆'吧"。①

笔者手头有当代作家凌翼赠送的一本散文集《故乡手记》,客观地说,这部集子里的各篇散文,辞藻并不见得多么华美,构思也不见得多么缜密,但字里行间透溢着一种纯真、自然和质朴之气,读来比较感人。究其原因,很重要的一点,就是其散文选材真实生动,作家选取的是他故乡赣西的真人真事、实景实境,浸染于熟悉而亲切的故乡的风土人情,他下笔便格外动情。比如《岳母》一文,作家写除夕前的一天岳母还在忙着给顾客尽心尽意地修鞋。岳母平凡而真的言行,透露出她的勤劳、素朴、讲究规矩等良好禀性。比如妻子劝岳母要过年了,该收摊了。岳母回答说:"咳,人家老远拿来,你不跟人家搞好,有点过意不去。"②

---

① 巴金.随想录合订本新记[M]//巴金全集(16).北京:人民文学出版社,1987:9.
② 凌翼.岳母[M]//故乡手记.北京:中国电影出版社,2010:88.

散文为什么要强调选材真实？这是由散文自身的性质决定的。散文是一种注重抒写真情的自由灵活的文学样式，或者说是作者有感而发的产物。如果散文作者写的是自己并没有经历过的事情，就算他写出来了，甚至写得跟真的一样，但由于他没有用心，没有用情，他写出来的文章也是很难打动人的。

第三节　如何"串珠"

前面讲过，散文形式上很自由，所选的材料比较散，宛如颗颗珠子，这些珠子彼此之间有一定关联。散文"布局"就是如何将这些比较散的珠子串成一个有机的整体，甚至还要细致到确定好珠子的具体位置，如哪颗珠子放在最前面，哪些珠子搁在中间，最后又该放哪颗珠子。

下面，我们就散文线索、开头与结尾以及留白等方面择要谈一谈。

一、线索

散文最重要的一个特点是"形散神聚"，在形式上讲究散，但在布局上却忌散。而要避免散，就需要一条"绳索"把它们串起来，因此，寻找一条合适的线索是非常必要的，它能让散珠子般的材料串成一个整体。没有这条线，选的材料再合适，也只不过是一堆材料而已。

散文线索很多，比较常见的有以下线索。

其一，情感线。上面提过，散文是有感而发的产物，不管是写人还是记事，往往跟作者在生活中的种种感受分不开，如对某人的无限怀念，对某物的真心喜爱，对某景的流连往返等，皆可写成感人之作。在散文中可以用情感线，将一些能表达主题的比较零散的材料串接起来。比如宗璞的《哭小弟》就是以"哭"——对已故小弟冯钟越的无限哀痛之情为线索，深情地回忆小弟生前感人的事迹，颂扬小弟忘我工作的可贵品质。作者不只哭小弟，也哭像小弟一样英年早逝、壮志未酬的蒋筑英、罗健夫等人，"他们几经雪欺霜冻，好不容易奋斗着张开几片花瓣，尚未盛开，就骤然凋谢，我哭我们这迟开而早谢的一代人！"[1]其感情之真挚，哀痛之深沉，实在感人肺腑。

其二，人物线。散文写作中人物线常见于两种情况：一种写不同时地的不同人事，用某个人物（包括作者本人"我"）作为线索串接来写；另一种写某个人物在

---

① 宗璞.哭小弟[M]//徐中玉,齐森华.大学语文.上海：华东师范大学出版社,2007：330.

不同时地的行为活动,用这个人物为全文的线索展开来写。比如叶卫东的《鸽与歌》就是以人物陈怀京为线索,写陈怀京业余时间痴迷养鸽和唱歌,他放飞鸽子的同时也放飞自己的歌声,使得平凡的人生富有趣味,充满诗意。

其三,事件线。散文写作中写人或记事,可以选取最能表现人物或给人留下深刻印象的事件来作线索。如朱自清的名作《背影》,选取的线索是父亲送"我"到车站,独自离去的背影,这"背影"不只包含真挚的父子之情,也包含"我"对艰难人生的体悟,读来自有一番感人的力量。鲁迅追忆少年时期生活的叙事散文名篇《从百草园到三味书屋》,也是以事件为线索的,比如在百草园里玩耍时做的一些事(春季翻泥墙根的断砖、拔何首乌藤、冬天在园子里捕鸟等)和上三味书屋念私塾时发生的事(拜孔子、拜先生、逃课、师生摇头晃脑地读书等),这些事件串接起来,便构成鲁迅少年时期不无乐趣、不无率真的生活,让人读来兴味盎然。

其四,景物线。散文以景为线,融情于景,在写景中寄托作者的感情。这是写景散文惯常的写法。如徐志摩《我所知道的康桥》就是以康桥景致的优美、环境的宁静为主线来写的。作者将自己对康桥的深厚情感融入写景之中。

其五,感受线。以写生活为内容的散文,可以选取感受作为线索,比如张爱玲的《公寓生活记趣》即是以公寓生活的忧与乐为线索,写公寓生活。

其六,行踪线。写游记的散文通常以游览的行踪为线索。如郁达夫的《钓台的春昼》,就是以游历的踪迹为线索,记叙到桐庐桐君山和严子陵钓台游览一事,生动地描写这两处幽静秀美的风景,并借景抒情,如借荒寥、阴森的钓台景色表现作者内心的郁闷和感伤,抒发作者对于时政的愤懑之情和对于自身生存状态的感伤之情。

散文写作笔法很多,在具体创作时,其线索的选取也比较灵活。比如写人,可以采用人物线,也可以采用感情线,或者二者同时并用。写景,可以采用感情线,也可以采用行踪线,或二者并用。比如朱自清的《荷塘月色》就有感情和行踪两条线索,借写月夜游赏荷塘美景来抒发感情。作者写自己"这几天心里颇不宁",要出去散心,这样引出到荷塘去,观赏荷塘美景时,心境变得恬静,接下来又引出江南采莲的习俗,心头不觉泛起思乡之情,令"我"惦念起江南,带有这种缠绵之情,"我"又回到家中。这样由抒情到写景,最后又回到抒情,委婉有致。

二、开头与结尾

散文形式自由,作者写起来看似漫不经心,开头与结尾似乎也不需要煞费苦心,其实不然,散文短小,开头与结尾都是比较引人注目的。散文如何起头,如何结尾,还是应该要讲究的。

好的开头能吸引人,增加读者阅读的兴趣,而且还能有助于引出所要表现的内容。比如鲁迅的《藤野先生》,开头第一句就是"东京也无非是这样"。作者的口气似乎带着点无奈、不以为然。东京到底是怎么样的呢?读者是很想知道的,于是就有往下看的强烈欲望。鲁迅接下来就写东京著名的上野公园里的一些"清国留学生"盘着大辫子看樱花的情景:

> 上野的樱花烂熳的时节,望去确也像绯红的轻云,但花下也缺不了成群结队的"清国留学生"的速成班,头顶上盘着大辫子,顶得学生制帽的顶上高高耸起,形成一座富士山。也有解散辫子,盘得平的,除下帽来,油光可鉴,宛如小姑娘的发髻一般,还要将脖子扭几扭。实在标致极了。①

这样的开头,流露出作者对这些自以为是的留日同胞的失望与婉讽,同时又为后面写中国学生受日本学生的歧视以及写藤野先生作铺垫。

又如余秋雨的《废墟》,开篇是"我诅咒废墟,我又寄情废墟",这样的开篇会让读者有点不解:为什么在诅咒废墟的同时又寄情废墟呢?读者会带着疑问继续读,去了解作者为什么会有如此矛盾的感受:他之所以诅咒废墟,是因为"废墟吞没了我的企盼,我的记忆。片片瓦砾散落在荒草之间,断残的石柱在夕阳下站立,书中的记载,童年的幻想,全在废墟中陨灭……";他寄情废墟,是因为"废墟表现出固执,活像一个残疾了的悲剧英雄。废墟昭示着沧桑,让人偷窥到民族步履的蹒跚。废墟是垂死老人发出的指令,使你不能不动容"。②

好的结尾同样也能吸引人。它以要笔收束全文,或彰显作者写作的意图,或深化主题,或阐发感悟,或寄托深情,诸如此类的结尾能使人回味悠长。

比如徐迅的《天柱山冬云》,写原本起早和友人去天柱山峰顶看日出,虽然大片冬云妨碍了观日,但善感的作者还是从冬云中感受到它充满诗意之处。

> 这冬云,虽然没有日出的磅礴和蔚为大观,但它在山峰间轻盈飘渺,它与山峰的亲吻,透出的竟是缠绵的爱意;它在树丛里走动,忽而又不见,就如衣袂飘飘的仙人。纵然,它那猛然间的云翻波涌,诡谲无常,我觉察到它透出的也还是生命的本相——在山风呼啸,云海滚涌的那一刹那,我就有一种驾驶一叶扁舟行驶在江心的感觉:人生种种原就是自然种种,难怪连圣人也惊呼富贵"于我如浮云"!

作者在文章的结尾进一步阐发他的感悟:

> "浮云游子意,落日故人情"——我想,面对永远的落日和浮云,古人的

---

① 鲁迅.藤野先生[M]//朝花夕拾.北京:人民文学出版社,1979:71.
② 余秋雨.废墟[M]//朱栋霖.中国现代文学作品选(第四卷).北京:高等教育出版社,2002:214.

浮想联翩也许是对的。只不过,这日,这云却并不会仅仅是那"游子"和"故人"的情意所能说得清的。山重或水复,"日"穷即云起。细究起来,生命的真谛原早在这一"日"一"云"间就安歇好了的。①

这种由冬云联想到人生的感悟令人玩味。

又比如贾平凹的《秦腔》,写他的故乡八百里秦川孕育的秦腔,富有浓郁、独特的秦川乡土气息。作者在文章的结尾这样充满感情地概括秦腔之于秦人的独一无二:

广漠旷远的八百里秦川,只有这秦腔,也只能有这秦腔,八百里秦川的劳作农民只有也只能有这秦腔使他们喜怒哀乐。秦人自古是大苦大乐之民众,他们的家乡交响乐除了大喊大叫的秦腔还能有别的吗?②

这种寄托深情的概括更加深了读者对秦腔的认识与理解。

三、留白

在小说篇中,我们讲过留白问题。留白既是一种叙述技巧、语言技巧,也是一种布局技巧。写散文也同样要讲究留白,在"串珠"时要考虑珠子与珠子之间应留有适当的"间距",也就是说创作时要善于用笔俭省,笔法跳跃,给读者阅读留有一定的余地。

说起来,散文中留白的技巧其实并不复杂,最重要一条,就是要学会省略,做到精练含蓄。

散文留白要注意以下两点。

其一,写作时不要面面俱到,要根据主题需要,精心选取最合适的材料,突出重点。比如以"谈酒"为题来作文,那就得围绕"酒"来谈,谈的内容必跟酒有关。周作人就是这么写的。他在《谈酒》一文,紧紧扣着一个"酒"字,谈酒的做法,谈专门能鉴定煮酒的"酒头工",进而谈饮酒,谈乡间饮酒的一些风俗,谈自己喝酒的感受,乃至谈到喝酒的趣味等,其言谈若断若续,断而续之,皆由"酒"为线串连起来。如此谈开来,字里行间仿佛飘溢着一股十足的酒味,能使读者俨然隐约嗅出其中的丝丝醇香来。

其二,要注重运用富有意味的细节性意象。写散文有一个忌讳,就是一提笔便直不笼统地将要表达的意思全部说出来。散文要尽可能写得含蓄隽永。这就要求散文作者在具体创作时要真情投入,营造出令人心动的美感。而这种美感

---

① 徐迅.天柱山冬云[M]//染绿的声音.长春:吉林人民出版社,2011:139.
② 贾平凹.秦腔[M]//朱栋霖.中国现代文学作品选(第四卷).北京:高等教育出版社,2002:205.

(亦可称为美的意境)往往是蕴藏在饱含主观情感的形象(意象)之中,需要读者发挥想象,才可体会的。所以,将散文写得含蓄的一个比较有效的办法,是选取一些富有特征性的细节性意象,通过细节性意象来营造让读者感心动意的意境。

比如陆蠡的《囚绿记》写得清秀隽永,是一篇情文并茂的散文佳作。这与作者重视运用细节性意象是分不开的。最典型的一个意象是作者居所的破了角的圆窗外长着常春藤,当常春藤不受任何约束,自由生长,会显得绿意葱茏,生命勃发;当常春藤被自私的"我"从那破碎的窗口牵进屋子来,失去了自由,它就渐渐失去了青苍的生命之色,变得瘦黄了。这种细节性的意象富有深刻的内涵:拥有自由,生命才能勃发;失去了自由,生命终将自行枯萎。常春藤如此,人同样也如此。而这种内涵作者并没有直接说出来,而是蕴含于意象之中。这实质上就是一种留白艺术。

推荐阅读书目:

朱栋霖.中国现代文学作品选·散文(第二卷,第四卷)[M].北京:高等教育出版社,2002.

巴金.随想录[M].北京:人民文学出版社,1987.

徐迅.染绿的声音[M].长春:吉林人民出版社,2011.

散文写作练习:

请写一篇散文,力求含蓄隽永。

主要参考书目

（一）文学作品征引书目（含单篇）

刘毓庆,李蹊（译注）.诗经[M].北京:中华书局,2011.
林家骊（译注）.楚辞[M].北京:中华书局,2010.
庄子.庄子[M].北京:中华书局,2007.
上海古籍出版社.唐诗一百首[M].上海:上海古籍出版社,1986.
中国社会科学院文学研究所.唐宋词选[M].北京:人民文学出版社,1981.
朱梓,冷昌言.宋元明诗三百首[M].北京:华夏出版社,2006.
黄岳洲,茅宗祥.宋金元文学卷[M].上海:汉语大词典出版社,2002.
萧涤非,程千帆等.唐诗鉴赏辞典[M].上海:上海辞书出版社,1983.
金性尧.唐诗三百首新注[M].上海:上海古籍出版社,1980.
彭定求,等.传世藏书·集库·总集·全唐诗[M].海口:海南国际新闻出版社,1995.
洪迈.容斋随笔[M].长沙:岳麓书社,1994.
蒋星煜,等.元曲鉴赏辞典[M].上海:上海辞书出版社,1990.
鲁迅.鲁迅小说杂文散文全集[M].南宁:广西民族出版社,1995.
鲁迅.鲁迅书信集[M].北京:人民文学出版社,1976.
戴望舒.戴望舒全集·诗歌卷[M].北京:中国青年出版社,1999.
顾永棣.徐志摩诗全编[M].杭州:浙江文艺出版社,1987.
闻一多.闻一多全集4[M].上海:上海三联书店,1982.
解志熙.冯至作品新编[M].北京:人民文学出版社,2009.
牟决鸣.何其芳诗文掇英[M].北京:东方出版社,2004.
卞之琳.三秋草[M].北京:华夏出版社,2008.
唐晓渡.北岛作品精选·诗歌卷[M].武汉:长江文艺出版社,2011.
阿丁,周所同.华人诗坛新人诗选[M].布达佩斯:匈牙利东方文化出版社,1991.
海子,骆一禾.海子骆一禾作品集[M].南京:南京出版社,1991.
汪国真.汪国真经典代表作[M].北京:作家出版社,2010.
谭旭东.生命的歌哭[M].兰州:敦煌文艺出版社,2008.
湖南《新创作》编辑部.诗坛新秀千人选拔赛获奖作品集[M].香港:南洋出版社,1991.
朱栋霖.中国现代文学作品选（第一卷,第四卷）[M].北京:高等教育出版社,2002.
孙必泰.青春风采[M].合肥:安徽文艺出版社,1993.
崔宝衡.外国文学名篇选读[M].天津:南开大学出版社,1998.
李笑玉.中外名家经典诗歌（普希金卷）[M].武汉:长江文艺出版社,2008.
[英]雪莱.雪莱诗选[M].江枫,译.长沙:湖南人民出版社,1980.

郑小琼.早晨[J].绿风,2006(4).

赵毅衡.美国现代诗选[M].北京:外国文学出版社,1985.

[英]拜伦,雪莱,济慈.拜伦雪莱济慈诗精选[M].穆旦,译.武汉:长江文艺出版社,2011.

[英]弥尔顿.失乐园[M].朱维之,译.上海:上海译文出版社,1984.

[美]惠特曼.草叶集选[M].楚图南,译.北京:人民文学出版社,1955.

[印]泰戈尔.泰戈尔诗选[M].郑振铎,石真,冰心,译.北京:人民文学出版社,2015.

[英]莎士比亚.莎士比亚十四行诗[M].王勇,译.哈尔滨:哈尔滨出版社,2003.

曹雪芹.红楼梦[M].北京:人民文学出版社,1964.

吴敬梓.儒林外史[M].北京:人民文学出版社,1958.

沈从文.沈从文文集[M].广州:花城出版社,1984.

[美]海明威.老人与海[M].吴劳,译.上海:上海译文出版社,2012.

[英]笛福.鲁滨孙漂流记[M].方原,译.北京:人民文学出版社,1959.

[美]霍桑.红字[M].胡允桓,译.北京:人民文学出版社,1991.

[法]司汤达.红与黑[M].张冠尧,译.北京:人民文学出版社,1999.

施耐庵.水浒传[M].北京:中华书局,2009.

[法]巴尔扎克.高老头[M].张冠尧,译.北京:人民文学出版社,2002.

[英]哈代.德伯家的苔丝[M].张谷若,译.北京:人民文学出版社,1984.

[美]杰克·伦敦.杰克·伦敦小说选[M].万紫,等译.北京:人民文学出版社,2003.

[法]福楼拜.包法利夫人[M].李健吾,译.北京:人民文学出版社,2003.

废名.冯文炳选集[M].北京:人民文学出版社,1985.

孙犁.孙犁全集(第1集)[M].北京:人民文学出版社,2004.

琚静斋.蓝月[M].桂林:漓江出版社,2007.

[苏]肖洛霍夫.静静的顿河[M].金人,译.北京:人民文学出版社,1982.

莫言.蛙[M].北京:作家出版社,2012.

[哥伦比亚]马尔克斯.百年孤独[M].黄锦炎,沈国正,陈泉,译.上海:上海译文出版社,1984.

[奥]卡夫卡.卡夫卡中短篇小说选[M].韩瑞祥,全保民,选编.北京:人民文学出版社,2003.

[日]川端康成.雪国[M].高慧勤,译.北京:人民文学出版社,2008.

老舍.老舍经典作品选[M].北京:当代世界出版社,2002.

李劼人.死水微澜[M].北京:华夏出版社,2009.

张爱玲.倾城之恋[M].广州:花城出版社,1997.

阿来.尘埃落定[M].北京:人民文学出版社,2005.

苏童.中国当代作家选集丛书·苏童卷[M].北京:人民文学出版社,2000.

王安忆.长恨歌[M].海口:南海出版公司,2003.

琚静斋.光斑[J].中国作家,2007(8).

钱钟书.围城[M].北京:人民文学出版社,1991.

徐中玉,齐森华.大学语文[M].上海:华东师范大学出版社,2001.

琚静斋.婶婶的养子[J].现代教育报·文化茶坊,2002-4-5.

琚静斋.祖[J].芒种,2001(8).

琚静斋.白马[J].安徽青年报·晨风周刊,2000-11-17.

王奎山.乡村传奇[M].广州:世界图书出版社,2011.

郑允钦.百年百篇经典微型小说[M].武汉:长江文艺出版社,2008.

闻华舰.闻华舰微博:http://t.163.com/wenhuajian.

[英]莎士比亚.罗密欧与朱丽叶[M].朱生豪,译.北京:人民文学出版社,2001.

[法]莫里哀.莫里哀喜剧六种[M].李健吾,译.上海:上海译文出版社,2008.

曹禺.曹禺全集(第1集)[M].石家庄:花山文艺出版社,1996.

曹力源.穿越[J].中国作家,2009(5):增刊.

陈剑雨,朱伟,莫言.红高粱[J].西部电影,1987(7).

三毛.红尘滚滚[M].北京:作家出版社,1991.

刘连枢.暗宅之秘[M].北京:同心出版社,2007.

王兴东,陈宝光.建国大业[J].中国作家,2009(5):增刊.

[古希腊]埃斯库罗斯,等.古希腊戏剧选[M].罗念生,等译.北京:人民文学出版社,2008.

叶卫东.寄存在故乡的时光[M].长春:吉林人民出版社,2011.

王小波.我的精神家园[M].北京:文化艺术出版社,2002.

史铁生.史铁生作品集:第1集[M].北京:中国社会科学出版社,1995.

巴金.随想录[M].北京:人民文学出版社,1987.

徐迅.染绿的声音[M].长春:吉林人民出版社,2011.

凌翼.故乡手记[M].北京:中国电影出版社,2010.

(二)文学理论参考书目(含单篇)

艾青.诗论[M].上海:复旦大学出版社,2005.

[英]培根.培根随笔集[M].曹明伦,译.北京:人民文学出版社,2006.

[法]杜拉斯.写作[M].曹德明,译.沈阳:春风文艺出版社,2000.

周振甫.文心雕龙注释[M].北京:人民文学出版社,1981.

班固.汉书·艺文志[M].北京:中华书局,1962.

赵则诚,张连弟,毕万忱.中国古代文学理论辞典[M].长春:吉林文史出版社,1985.

永瑢.四库全书简明目录[M].上海:古典文学出版社,1957.

李渔.闲情偶寄[M].北京:华夏出版社,2006.

鲁迅.中国小说史略[M].北京:东方出版社,1996.

胡适.胡适文集(第3册)[M].北京:人民文学出版社,1998.

朱光潜.文艺心理学[M].上海:复旦大学出版社,2005.

徐迅.在水底思想[M].北京:中国电影出版社,2011.

[法]巴尔扎克.论艺术家[M]//古典文学理论译丛:第10集.北京:人民文学出版社,1965.

马振方.小说艺术论[M].北京:北京大学出版社,1999.

汪曾祺.沈从文先生在西南联大[J].人民文学,1986(5).

老舍.出口成章[M].北京:作家出版社,1964.

[苏]高尔基.论文学[M].孟昌,曹葆华,戈宝权,译.北京:人民文学出版社,1978.

[美]约翰·盖利肖.小说写作技巧二十讲[M].梁森,译.北京十月文艺出版社,1987.

[美]海明威.死在午后[M].金绍禹,译.上海:上海译文出版社,2004.

[俄]别林斯基.别林斯基论文学[M].梁真,译.上海:新文艺出版社,1958.

[苏]高尔基.文学书简[M].曹葆华,渠建明,译.北京:人民文学出版社,1962.

童庆炳.文学理论教程[M].北京:高等教育出版社,1992.

[俄]契诃夫.契诃夫论文学[M].汝龙,译.北京:人民文学出版社,1958.

论短篇小说创作[M].北京:人民文学出版社,1979.

董衡巽.海明威谈创作[M].上海:上海三联书店,1985.

张德林."视角"的艺术[J].文艺理论,1986(12).

老舍.怎样写小说[J].文史杂志(第一卷第八期),1941-8-15.

王蒙.倾听着生活的气息[J].文艺研究,1982(1).

[苏]贝奇柯夫.托尔斯泰评传[M].吴钧燮,译.北京:人民文学出版社,1959.

[美]华莱士·马丁.当代叙事学[M].伍晓明,译.北京:北京大学出版社,2005.

夏衍.夏衍论创作[M].上海:上海文艺出版社,1982.

[美]悉德·菲尔德.电影剧本写作基础(修订版)[M].钟大丰,鲍玉珩,译.北京:世界图书出版公司,2012.

木子.张艺谋谈《秋菊打官司》[J].当代电视,1992(10).

老舍.答复《茶馆》的几个问题[J].剧本,1958(5).

俞元桂.中国现代散文理论[M].南宁:广西人民出版社,1983.